CARMINE ABATE

# Der Hügel des Windes

Roman

Aus dem Italienischen
von Esther Hansen

aufbau

Die Originalausgabe mit dem Titel
*La collina del vento*
erschien 2012 bei Mondadori Editore, Mailand.

ISBN 978-3-351-03545-7

Aufbau ist eine Marke der Aufbau Verlag GmbH & Co. KG

1. Auflage 2013

This edition published in arrangement with Grandi & Associati
Einbandgestaltung hißmann, heilmann, Hamburg
Satz LVD GmbH, Berlin
Druck und Binden CPI – Clausen & Bosse, Leck
Printed in Germany

www.aufbau-verlag.de

Für meinen Vater
Wie versprochen

Die Wahrheit ist ein Meer von Grashalmen, das sich im
Winde wiegt;
sie will als Bewegung gefühlt, als Atem eingezogen sein.
Ein Fels ist sie nur für den, der sie nicht fühlt und atmet;
der soll sich den Kopf an ihr blutig stoßen.

*Elias Canetti*

# Versprechen

Die Schüsse klangen wie der Auftakt eines Feuerwerks am helllichten Tag, mit einem trockenen und irrealen Echo, das vom Meer verschluckt wurde.

Die drei Kinder planschten gemeinsam mit den Fröschen nackt im *vullo*, einer Art Tümpel, in dem die letzten Rinnsale des Frühlings zusammenflossen. Arturo sprang rasch auf die Füße, mit dem Finger auf den Lippen gebot er seinen Brüdern zu schweigen, sein Blick wies auf den Hügel des Rossarco: »Still!«, befahl er mit leiser Stimme. Er war acht Jahre alt, ein Jahr jünger als Michele und eines älter als Angelo. Die beiden verstummten.

Eine Weile blies der Wind unzusammenhängende Klagelaute heran, ungewiss ob von Mensch oder Tier. Gleich darauf hörten sie weitere Schüsse, die wie die vorigen vom Gipfel des Hügels herabhallten. In der Ferne bellte ein Hund. Dann nichts mehr.

Die Kinder blickten hinauf, unruhig und besorgt, fragten sich, was passiert sei. Dort oben, zwischen den Kirschbäumen, arbeitete die Mutter, allein.

»Wir gehen nachsehen«, entschied Arturo schließlich. Angelo begann zu wimmern, und Michele versuchte ihm Mut zu machen: »Hab keine Angst, das sind nur die Schüsse von Jagdgewehren. Komm schon, gehen wir.«

Mit einem Sprung erklommen sie den Kiesrand des Vullo, zogen sich eilig an und durchquerten das Flussbett der

Fiumara, das von großen, glitzernden Steinen und blühenden Oleanderflecken durchzogen war, dazwischen die von der ersten Junihitze benommenen Eidechsen. Dann rannten sie den Saumpfad hinauf, der zur Mutter führte.

Die drei Brüder kannten die Gegend wie ihre Westentasche. In den Schulferien jagten sie hinauf auf den Rossarco, bauten Hütten im Wald von Tripepi mit seinen dicht stehenden Steineichen, erforschten die Grotten der Timpalea, einer tiefen Schlucht mit ginster- und brombeergeblähten Stürzen voller Dornen, furchterregend wie das aufgerissene Maul eines Dämons. Während des Sommers streunten sie über den meerseitigen Hang des Hügels und lieferten sich immer wieder Schlachten mit den Kindern aus dem Küstenort Marina, quasi als Auftakt für den echten Krieg, in den sie als Volljährige ziehen würden. Ihr Heer bestand aus einem Dutzend Gleichaltriger, jeder bewaffnet mit Pfeil und Bogen aus Oleanderzweigen. Sobald die Marina-Piraten versuchten, den Rossarco einzunehmen und sich mit Obst vollzustopfen, wurden sie von den tödlichen Pfeilen mit Spitzen aus rostigen Nägeln zurückgedrängt, die manchmal ins Schwarze trafen und Blut und Schreie einforderten. Michele war der General, doch wenn es darum ging, die riskantesten Operationen anzuführen und sich ins Getümmel zu stürzen, schickte er Arturo vor, der vor nichts und niemandem Angst hatte.

Auch dieses Mal ging Arturo seinen Brüdern voraus.

Wenige Schritte vor dem Gipfel trafen sie auf die Mutter. Sie kam ihnen entgegen, den Esel ungeduldig am Halfter hinter sich herziehend. »Los, los, ich wollte euch gerade holen, wir gehen nach Hause«, sagte sie, ohne stehen zu bleiben.

»Was ist denn passiert, Mà?«, fragte Michele. Die Mutter rang sich ein Lächeln ab: »Nichts, nichts ist passiert. Ich habe die letzten zwei Körbe mit Kirschen gefüllt; ich hab zu Hause zu tun, gehen wir.«

Michele und Angelo stiegen auf den Esel, endlich beruhigt. Arturo, mit der Arglosigkeit des neugierigen Kindes, rannte zum Gipfel hinauf und erblickte eine Szenerie, die er niemals vergessen sollte: Zwischen dem Steineichenwald und den Kirschbäumen lagen auf dem roten Gras zwei junge Männer, beide reglos, eingehüllt in eine Wolke aus Fliegen, die sich wild summend in die frischen Blutlachen stürzten. Des einen Auge war dramatisch geöffnet, grau und zornig, und weiter unten, aus dem Mundwinkel, rann ihm ein Faden Blut über das Kinn und versickerte im Hemdkragen.

»Komm weg da!« Die Mutter war zurückgekehrt und zerrte das Kind mit aller Kraft fort. »Weg hier, hab ich gesagt!« Arturo gehorchte ihr zahm wie ein Lämmlein, verfolgt von dem grauen, zornigen Auge des Unbekannten, das nicht von ihm abließ.

Zu Hause stellte die Mutter die Körbe mit Kirschen ab, schickte die Jungen in den Stall, den Esel einsperren, und begann zu kochen.

Am Abend kam ihr Mann Alberto aus der Schwefelmine, wo er seit vielen Jahren arbeitete; und während seine Frau ihm den Rücken mit einem eingeseiften Lappen schrubbte, redete sie mit ihm, lange und eindringlich.

Nach dem Essen rief sie Arturo zu sich: »Arturì, auch ich war wie vom Donner gerührt, als ich die da im Gras liegen sah. Aber du musst mir schwören, dass du nie jemandem davon erzählst, auch nicht deinen Brüdern, und dass du alles vergisst, du hast nichts gesehen, rein gar nichts. Sonst kommt das Verderben über unsere Familie, und dann sind wir alle des Unglücks.«

Also hatte das Kind es geschworen, hatte Zeige- und Mittelfinger aneinandergelegt und zweimal darauf geküsst. Doch sosehr Arturo sich auch mühte, es zu vergessen, im Dunkel der großen Kammer leuchtete das graue und zornige Auge des Mannes immer wieder auf.

Wer waren diese beiden blutverschmierten Männer, wer hatte sie erschossen und warum? Er fand keine Antwort, und die Mutter konnte er nicht fragen: Versprochen ist versprochen. Er küsste sich erneut auf die geschlossenen Finger, als hätte er sich versündigt, und schlief endlich ein.

Eines Tages holte ihn der Vater noch vor Morgengrauen aus dem Bett und sagte mit feierlicher Stimme: »Aufwachen, Arturo, wir gehen zur Arbeit. Du bist nun groß und stark genug und musst mithelfen, für unser Vorankommen zu sorgen.«

Das Kind gähnte. Vorankommen? Er begriff nicht, er war schrecklich müde und das frühe Aufstehen nicht gewohnt, er schlief den ganzen Weg auf der Kruppe des Esels, an Micheles Rücken gelehnt. Der duftende Wind des Hügels und die Stimme des Vaters weckten ihn, er musste vom Esel steigen und bekam eine Hacke in die Hand gedrückt. Die Zeit der Kriegsspiele war endgültig vorbei.

Wie seine Brüder wurde auch Arturo schlagartig erwachsen, im Alter von neun Jahren. Die Landarbeit war anstrengend, aber zum Glück abwechslungsreich, sie langweilte und schreckte ihn nicht. Nur wenn er zwischen dem Wald von Tripepi und den Kirschbäumen hindurchlief, rann ihm ein kalter Schauer über den Rücken, und selbst mit geschlossenen Augen sah er den Mann im Gras liegen, der ihn zornig anblickte, fast als habe er ihn mit einem seiner unfehlbaren Pfeile getötet. Manchmal war er versucht, den Brüdern davon zu erzählen: Vielleicht, wenn er dieses Geheimnis loswürde, so dachte er, würde das graue Auge des Toten ihn nicht mehr verfolgen, doch dann hätte die Mutter ihm zur Strafe gnadenlos die Gurgel umgedreht, so wie sie es mit den Hähnchen für den Sonntagsbraten machte. Also schwieg Arturo lieber.

»Versprochen ist versprochen«, wiederholte die Mutter, während der Vater nie mehr in die Mine ging, all seine Kraft auf die Feldarbeit konzentrierte und jeden Morgen die Söhne und seine Frau anspornte: »Die anderen Dorfbewohner verlassen in Massen das Land und gehen nach La Merika, weil sie und ihre Familien hier hungern. Wenn wir so weitermachen, wenn wir nicht vor der harten Arbeit zurückschrecken, liegt unser La Merika weniger als eineinhalb Stunden von zu Hause entfernt; überhaupt, unser Land ist besser als La Merika, denn wir kennen keine Herren, die uns herumkommandieren und uns zwingen, härter zu buckeln als ein Muli.«

Jahr um Jahr dieselben Worte, dieselbe Beharrlichkeit. Bis die Söhne zum Militärdienst einberufen wurden, einer nach dem anderen, am Vorabend des Großen Krieges.

Mein Vater hat mir in die Augen gesehen, wie um sich zu vergewissern, dass ich die Geschichte weiter hören wollte: Es sei die Geschichte unserer Familie, hat er gesagt, bevor er verstummte, die im Guten wie im Bösen mit dem Hügel des Rossarco verbunden sei.

Eine Weile waren es nur die Zikaden, die mit ihrem lauten Gesang die Stille durchbrachen, sie über die Maßen dehnten. Und dann hörte ich plötzlich ein kummervolles, unerwartetes Flehen, fast eine Bitte um Komplizenschaft, das auf wer weiß welche Enthüllungen schließen ließ: »Hör zu, mein Sohn, ich weiß, dass es für dich nicht leicht wird, den Finger in unsere Wunden zu legen oder das Glück von damals ohne Bedauern nachzuempfinden, aber du musst die Wahrheit erfahren, bevor ich sterbe und mit mir unsere Geschichte. Eines Tages dann wirst du es sein, der sie seinen Kindern erzählt. Versprichst du mir das?«

Ich wusste nicht, was ich sagen sollte, ich war überrascht: Mein Vater hatte es stets umgangen, mit mir über die mehr oder weniger dunklen Familienangelegenheiten zu sprechen, immer wenn ich ihn um Aufklärung bat, hatte er sich kurz angebunden und abwehrend gezeigt.

»Erschrick nicht, es ist nur ... Solange ich lebe, werde ich dir genauere Informationen geben können, und vielleicht bekommt die eine oder andere Wunde Zeit, zu verheilen. Außerdem erinnere ich mich besser an das, was ich als Kind oder Jugendlicher erlebt habe. Bei den jüngeren Ereignissen komme ich oft durcheinander und vergesse sie zusehends. Wenn du nach meinem Tod alles erzählst, machst du mir eine doppelte Freude, und eines Tages wirst du verstehen, warum.«

Wir standen auf dem Hügel des Rossarco. Am nächsten Tag, dem 27. August, sollte ich ins Trentin zurückkehren, wo ich an einer Mittelschule unterrichtete. Meine Sommerferien neigten sich dem Ende zu, und ich hatte meine Frau Simona am Strand bei Punta Alice zurückgelassen, um den Tag vor der Abreise mit meinem Vater zu verbringen. Die ganze Zeit hatte ich fast ausschließlich geschwiegen und beklommen seiner Wahrheit der Begebenheiten gelauscht, unterbrochen von zornigen Ausrufen und sorgenvollen Seufzern, als fürchte er, mich nie mehr wiederzusehen.

»Versprochen?«

Ich sah ihn ohne Erwiderung an: In seinen Augen glomm ein trübes Licht aus Wut und Unrast. Er, der beliebteste Lehrer an der Schule von Spillace, unserem Dorf, wirkte nun wie ein einsamer Bandit, der am liebsten auf dem Rossarco Wurzeln geschlagen hätte wie einer seiner jahrhundertealten Olivenbäume, mit langem, struppigem Bart und quer über die Schulter gehängtem Jagdgewehr, von dem er sich nicht einmal zum Schlafen trennte aus Furcht vor wer weiß welchen Anschlägen.

»Versprochen?«, rief er ungeduldig.

Am liebsten hätte ich erwidert: »Nein, Pà, besteh bitte nicht darauf«, doch stattdessen nickte ich verlegen: Mein Lebtag hatte ich ihm nichts abschlagen können. Über sein Gesicht huschte ein befriedigtes Lächeln. Dann fuhr er fort, genüsslich von seinem Vater Arturo, dem größten Sturkopf und Rebellen der Familie Arcuri, zu erzählen, von den ersten Ausgrabungen auf dem Hügel, von den Geheimnissen, die darunter verborgen lagen, von der stürmischen Liebe zu meiner Mutter, die ihn immer noch umtrieb. Über die zwei toten Männer zwischen dem Wald von Tripepi und den Kirschbäumen lediglich ein paar eingestreute Andeutungen, mit denen er als geübter Fabulierer meine Aufmerksamkeit wachhielt. Und je länger er erzählte, desto gelassener wurde er, so als würfe er endlich einen unerträglichen Ballast ab oder fände in den Geschichten den Grund und die Kraft, sich von Spillace zu trennen. »In weniger als einem Monat, sobald ich die Hütte hergerichtet habe, werde ich hierherziehen«, schloss er.

Ich reagierte nicht darauf. Seit Jahren kündigte er diese bizarre Trennung an, doch den endgültigen Schritt vollzog er nie, und ich war überzeugt, dass er ihn auch dieses Mal nicht tun würde. Im Übrigen schwirrte mir der Kopf von tausend Bildern, die einander in wilden Strudeln überlagerten, ohne dass ich eines hätte fassen können, um bei ihm mit der Einlösung meines Versprechens zu beginnen.

Mein Vater hingegen konnte in meinen Gedanken lesen (wenn auch vielleicht nicht in meinem Herzen), und kurz bevor ich mich verabschiedete, um Simona abzuholen, schlug er mir vor: »Fang bei der Ankunft des Fremden auf unserem Hügel an. Der Rest ergibt sich von selbst. Folge einfach der Wahrheit des Lebens.«

# 1

Sie beschatteten ihn seit Tagen, ohne dass es ihm auffiel, er ging schnellen Schrittes, mit gesenktem Kopf und gerunzelter Stirn. Was suchte er auf dem Hügel? Hin und wieder hielt er inne, nahm einen Block aus der Jackentasche und notierte darin etwas, an den Stamm eines Olivenbaums gestützt. Dann schob er sich die Brille auf die Nasenspitze, hob den Blick des spionierenden Fremden vom Papier und hielt sich die offene Hand schützend über die Augen, um besser in die Ferne zu sehen.

Der Hügel hatte die längliche und geschwungene Form eines am Strand liegenden umgedrehten Bootes. Als Farbe dominierte das purpurne Rot der Süßkleeblüten. Rundherum Obstbäume, Mastixsträucher, Lorbeer-, Ginster-, Rosmarin- und Holunderbüsche, ein Weinberg, uralte Olivenbäume und Flecken von Feigenkakteen hier und da, außerdem ein Steineichenwald, der die abgewandte Seite wie eine halbe, schief sitzende Krone überzog.

Mehr als ein reales Bild musste die Landschaft ihm wie ein mediterranes Gemälde in einem Rahmen aus blendendem Licht vorkommen, wäre da nicht dieser Duft gewesen, der in die Luft aufstieg. Der Mann atmete ihn begierig ein, man sah, dass er ihn mochte, er kam direkt aus der Haut und dem Bauch des Hügels, kitzelte ihn angenehm in der Nase wie das Aroma von frisch gebackenem Brot. Er lächelte, das erste Mal während seiner tagelangen einsamen Wanderungen. Und mit diesem Lächeln auf den Lippen wandte er sich der Seite des Hügels zu, die zum Ionischen Meer hin abfiel.

Er durchquerte das Weizenfeld und strich mit den Händen über die grünen Ähren. Es war die Geste eines Kindes, fast eine Liebkosung, die so gar nicht zu seiner würdigen Haltung passen wollte, der tiefen Stirnfurche, dem graumelierten Spitzbart eines reifen Mannes. Er ahnte nicht, dass er beobachtet wurde, und bis zum großen Olivenbaum fiel ihm weiterhin nichts auf.

An diesem Punkt erlosch sein Lächeln jäh. Aus einem Mastixstrauch war ein Mann mit einem Gewehr im Anschlag getreten, der ihn zum Anhalten aufforderte: »Bleibt stehen, aber sofort. Ein Schritt, und ich erschieße Euch. Seit drei Tagen geistert Ihr hier herum. Warum? Es ist weder die Jahreszeit für Schnecken noch für Pilze.«

Mit festem Blick auf das Gewehr, als wolle er es unschädlich machen, erwiderte der Fremde: »Ich habe kein Geld bei mir.« Vielleicht dachte er, den letzten Briganten vor sich zu haben, der sich einbildete, Herr der Gegend zu sein.

Sein Gegenüber lachte verächtlich, die Augen von der Krempe eines Schlapphutes überschattet. Sein Gesicht war dunkel von der Sonne, grau vom Bart, die Zähne gelb und sein Körper robust wie der eines gut genährten Bauern. »Ich bin kein Räuber und auch kein Verbrecher. Mir gehört dieses Land, mein Name ist überall respektiert: Arcuri Alberto. Und wer seid Ihr?«, bellte er.

»Ich heiße Paolo Orsi. Ich bin Archäologe und komme aus dem Trentin.«

»Und was ist das, ein *Archologe*?«

»Ich mache Ausgrabungen und rekonstruiere mit dem

gefundenen Material die Geschichte antiker Völker«, erwiderte der Fremde ruhig.

»Was sucht Ihr hier oben?«

»Ich suche die antike Stadt Krimisa und ihr berühmtes Heiligtum des Apollon Alaios, die beide seit Jahrtausenden unter einem dieser Hügel bei Punta Alice begraben liegen.«

»Aha«, machte Alberto mit einem Rest Misstrauen in der Stimme. Er hatte Paolo Orsis Worte nicht ganz verstanden, doch immerhin senkte er das Gewehr und forderte ihn mit freundlicheren Gesten auf, ihm zu folgen.

Sie gingen bis zu einer großzügigen Steinhütte, der sogenannten *casella*, die als Stall, Vorratsraum, Regenunterstand und Schlafplatz diente, hauptsächlich zur Getreideernte und Weinlese.

»Kommt herein«, sagte Alberto zu dem Gast und hielt die Tür auf. Er hieß ihn auf einem Holzhocker Platz nehmen und bot ihm Wein aus einer kleinen Amphore an, die er *gancella* nannte. Dann klärte er ihn auf: »Ihr werdet seit einigen Tagen von den Wachen beobachtet. Es geht das Gerücht, Ihr wärt ein österreichischer Spion.«

Paolo Orsi brach in ungläubiges Gelächter aus.

»Das ist nicht zum Lachen«, fuhr Alberto fort. »Wenn Ihr Euch hier weiter grundlos herumtreibt, sperren sie Euch sicher ein.«

»Aber ich habe einen Grund, einen sehr guten Grund, ich habe nichts zu befürchten. Und gerade jetzt, da ich glaube, es gefunden zu haben: das Ausgrabungsgebiet, das auf den antiken Landkarten Piloru heißt, am Abhang dieses Hügels gegenüber der Landzunge Punta Alice.« Er schrie es fast heraus, so dass sich sein Gegenüber fragte, ob er wohl etwas taub sei, denn er wirkte nicht erbost, er lächelte sogar, beflügelt durch den kräftigen Wein, den er getrunken hatte.

Paolo Orsi sagte, dass die Archäologie seit vierzig Jahren sein Leben sei, die Mitarbeiter nannten ihn hinter seinem Rücken »den Trüffelhund«, er irrte sich fast nie. Und dann erzählte er von den außergewöhnlichen Entdeckungen, die er in Sizilien und Kalabrien gemacht hatte, ausgehend von einem Stein, einer Handvoll Erde, einer Intuition. Mit der Begeisterung eines Kindes rief er unbekannte Worte in den Raum wie Fibeln, Nekropolen, Votiv-Pinakes und die Namen geheimnisvoller Orte: Hipponion, Medma, Kaulonia, Taurianum, Rhegion, Temesa, Terina, Locri Epizephyrii, wo er in den letzten Jahren gegraben habe oder weitere Ausgrabungskampagnen organisieren wolle, schloss er, schließlich sei er auch Leiter des Denkmalamts für die klassische Antike Kalabriens. In seiner Stimme lag keine Spur von Aufschneiderei, nur obsessive Leidenschaft.

So ein Mann hatte bestimmt keine Familie, dachte Alberto Arcuri und fragte: »Habt Ihr Kinder?«

»Nein, ich bin nicht verheiratet und werde auch niemals heiraten. Eine Frau würde nur meinem Beruf im Wege stehen. Ich mag Kinder, aber ich hätte keine Zeit, mich um sie zu kümmern. Und Ihr?«

»Drei Söhne: Michele, Arturo und Angelo. Alle drei beim Militär, leider, der älteste sollte dieser Tage entlassen werden, aber sie haben ihn mir zurückbehalten. Den jüngsten haben sie vor einer Woche eingezogen. Hoffen wir, dass sie so gesund und munter wiederkommen, wie sie gegangen sind. Ihr lest doch die Zeitungen, was glaubt Ihr, wird Italien wirklich bald in den Krieg eintreten?«

Es war das Frühjahr 1915. Der Fremde wurde ernst und stellte eine beruhigende Prognose, die kaum mehr als eine Hoffnung war: »Ich glaube nicht. Und wenn es eintritt, wird der Krieg nicht mehr lange andauern, so heißt es zumindest. Eure Söhne werden bald zurückkehren.« Das waren genau die Worte, die der besorgte Vater hören wollte.

»Euer Wort in Gottes Ohr!«, sagte Alberto. Er erzählte von den Opfern, unter denen man die Kinder großgezogen hatte und die man für ihre Zukunft brachte. Schon als junger Mann hatte er sich als Akkordarbeiter in der Schwefelmine zwischen Strongoli und San Nicola dell'Alto verdingt. Auch er grub, aber unter der Erde, manchmal kam er mit zerschundenem Rücken aus dem Stollen, mit Gift im Leib, in den Lungen, in der Kehle, um danach noch auf den Feldern zu buckeln. Fünfzehn Jahre so, mit einem einzigen Gedanken im Kopf: aus dem Dunkel aufzusteigen, aus dem Gestank des Stollens an das Licht und in den Duft des Hügels, und ihn Scholle um Scholle zu erwerben. Die ersten zwei Anteile, jedes zu fünf Morgen, hatte er von seinem seligen Vater und dessen kinderlosem Bruder geerbt. Doch sie waren steinig und unfruchtbar wie die anderen Böden auch, welche die Bauern im Anschluss an die Flurparzellierung im Jahr 1892 erhalten hatten. Die Flächen des Rossarco, die zu weit von Spillace entfernt lagen und seit Jahrhunderten unbewirtschaftet waren, hatten die Arcuris jenen Dorfbewohnern abgekauft, die das Land verließen, um möglichst schnell nach La Merika auszuwandern.

Nicht einmal er wusste, wie es gelungen war, den Rossarco in ihren Besitz zu bekommen. Es war eine Mischung aus Opferbereitschaft, Glück und Verstand gewesen und vor allem eine Willensstärke, noch härter als der steinige Boden, den er mit Hilfe seiner Söhne am Ende bezähmt hatte. Auch deshalb konnte er es nicht erwarten, dass sie zurückkehrten.

»Habt Ihr hier beim Umspaten je etwas Antikes gefunden, zum Beispiel eine Münze oder Terrakottascherben?«, fragte Paolo Orsi und brachte das Gespräch damit wieder auf den Grund seiner Erkundungen zurück.

»Schön wär's! Vielleicht die Tonscherben eines Kruges, ja, aber nichts von Wert. Ich kenne jede Handbreit dieses Hügels, außer den Sockel nackter Erde um den Piloru herum, der uns nicht gehört, und die Schlucht der Timpalea, die eher für Ziegen als für Menschen gemacht ist.« Er machte eine Pause, um Atem zu holen, und zwang sich zu einem vorauseilenden Lächeln. »Wenn Ihr hingegen in meinem Dorf herumfragt, werdet Ihr hören, dass wir einen Beutel Goldmünzen gefunden und uns mit ihrem Verkauf den Rossarco genommen haben. Wenn eine Familie wie wir vorankommt, glauben die Neider mehr ihren Hirngespinsten als ihrem Verstand.«

»Von Neid und Missgunst hier in Kalabrien weiß ich auch so einiges zu berichten … Aber sagt mir, Signor Arcuri, habt Ihr die Scherben der Amphore aufbewahrt?«

»Nein, die haben wir zusammen mit dem Geröll in die Fiumara geworfen.«

»Schade«, meinte Paolo Orsi, und dann gab er einen Rat, der in seinem polternden Tonfall mehr wie eine unumstößliche Order klang: »Wenn Ihr auf weitere Scherben stoßt, vor allem auf schwarz bemalte oder sonst wie verzierte, hebt sie auf. Vielleicht findet sich unter hundert Stück ja eine, die für unsere Erkundungen interessant ist.«

»Ja, in Ordnung«, sagte Alberto mit einem pfiffigen Lächeln auf den Lippen. Und er nahm einen tiefen Schluck Wein, um das Versprechen zu bekräftigen.

Als sie die Hütte verließen, war die Sonne hinter dem Sila-Gebirge untergegangen, die prächtigen Farben des Hügels waren wie von einem Schleier milchigen Lichts überzogen, und der Wind roch nach Meer.

Bevor er sich verabschiedete, beschrieb Paolo Orsi mit dem Blick einen Halbkreis, der den ganzen Hügel und die ihn umgebende Landschaft einschloss, bis nach Spillace. Im selben Moment sah er einen weißen Vogel, der tschilpend und einsam über der Casella hin und her schoss.

»Das ist eine weiße Schwalbe«, klärte ihn Alberto auf. »Seit zwei Tagen fliegt sie hier kreuz und quer über den Himmel. Sie sucht ihre Gefährten, findet sie, bleibt kurz bei ihnen, flattert dann weiter und weiß nicht, wohin: Flattert und flattert mit offenem Schnäbelchen bis zum Abend, mir brummt der Kopf von ihrem Gezeter, und ich weiß nicht, ob sie vor Freude oder vor Schmerz schreit, bis sie unter dem Dach der Hütte verschwindet, wo sie ihr Nest hat.«

»Unglaublich! Seit meiner Kindheit im Trentin bewege ich mich unter Schwalben-Himmeln. Und doch habe ich noch nie eine Albino-Schwalbe gesehen, schon gar nicht eine so schöne wie diese.« Und dann, im Begeisterungstaumel, sprach er einen Satz aus, den Alberto Arcuri seiner Familie wiederholen würde, als sei er von ihm, und den auch mein Vater viele Jahre später übernehmen und sich mit bitterem Beigeschmack zu eigen machen sollte: »Diese Orte haben einen inneren und äußeren Reichtum. Nur wer sie lieben kann, wird sie verstehen und ihre Schönheiten und versteckten Reichtümer zu schätzen wissen. Die anderen sind blind und dumm. Oder unehrliche Halunken, die nur an sich und die eigene Tasche denken.«

Schließlich stieg Paolo Orsi mit langen, schnellen Schritten wieder hinab, fast als fürchte er, zu spät zu einer Verabredung zu kommen.

An der Wegkreuzung, jenseits der Fiumara, standen zwei Uniformierte. Sie warteten darauf, ihn festzunehmen.

# 2

Zu Hause erzählte Alberto Arcuri seiner Frau Sofia die Geschichte ihrer Begegnung bis in alle Einzelheiten, selbst vom Flug der Albino-Schwalbe, und auch an den folgenden Abenden sprach er immer wieder von Paolo Orsi, fast wie von einem alten Freund, dessen geheimste Wünsche er genau kenne. Mit künstlicher Fröhlichkeit hallte seine Stimme durch die Stille des Hauses.

Sofia lauschte ihm, den Blick fest auf die Kerzenflammen gerichtet, die aussahen wie leidende Seelen, durchbohrt vom unerschöpflichen Atem ihres Mannes. Er redete allein, redete, um nicht an die Not seiner Söhne zu denken. Sie, die Analphabetin, konnte in seinem Herzen lesen. Und mit all dem Reden ging der kluge, erfahrene Fremde in das Gedächtnis der gesamten Familie Arcuri ein, auch in das meines Vaters.

Von den Kriegsjahren hingegen blieb nur eine Handvoll schmerzlicher Erinnerungen, überliefert mit leiser Stimme von der alten Sofia, als habe sie Angst, die schlimmen Zeiten könnten wiederauferstehen.

Denn leider erwies sich Paolo Orsis Prognose als falsch. Am 24. Mai war der Krieg ausgebrochen, wenige Wochen nach der denkwürdigen Begegnung, und schien zudem kein Ende nehmen zu wollen. Tage und Monate vergingen, die Brüder Arcuri kehrten nicht zurück. Der Hügel verwilderte, Alberto konnte ihn nicht ausreichend bewirtschaften, er hatte auch nur zwei Arme, wie er immer sagte, stark zwar für sein Alter, doch sie hatten ihr Leben lang hart geackert und gaben nicht mehr so viel her wie die der Jungen.

Im August 1916 starb der älteste Sohn, Michele, ein gutaussehender, ernsthafter und unermüdlich arbeitender junger Mann, der in Spillace schon ein Mädchen gefunden hatte, das er gleich nach seiner Rückkehr hatte heiraten wollen.

Im Jahr darauf starb Angelo, der jüngste Sohn, scheu und schweigsam: Die große Fotografie in der Küche, auf der er mit seinen beiden Brüdern in Infanteristenuniform abgelichtet war, zeigte tief verborgen im verhangenen Blick die Angst vor der Zukunft.

»Sie waren so schön, meine Söhne«, weinte die untröstliche Mutter. »Schön, stark und gesund. Ich habe sie an meiner Brust genährt, bis sie vier waren. Nie eine Krankheit, nie ein Fieber. Sie knackten die Nüsse mit ihren weißen Zähnen, weiß wie frische Mandeln, ihre Münder mussten Tag und Nacht gestopft werden.« Sie schwieg ein paar Minuten, sah ihren Mann mit blutunterlaufenen Augen an, dann fuhr sie in immer lauterem Wehklagen fort: »Das ist nicht gerecht«, sie zerkratzte sich das Gesicht, »das ist nicht gerecht«, riss sich die langen schwarzen Haare aus, »einfach nicht gerecht, *ohi focu meu*!«

Der Krieg hatte achtzehn junge Männer aus Spillace dahingerafft und weitere sechzehn verstümmelt, in einem Dorf, das damals eintausendzweihundertsechsundzwanzig Einwohner zählte, nicht gerechnet die vielen hundert Auswanderer. Auch die anderen Mütter schrien: »Das ist nicht gerecht!« Das Feuer der Verzweiflung fraß sie von innen auf, nichts vermochte es zu löschen.

Bei jedem Trauerfall füllte sich das Haus der Arcuri mit Leuten, die sich eng um sie drängten, um den kollektiven Schmerz zu betäuben. Der Dorfpriester bemühte sich um Trost, indem er zu akrobatischen Beileidsbekundungen griff: »Seid stark und betet. Im Grunde habt Ihr Glück im Unglück. Euch bleibt ein Musterbild an Sohn, den Ihr als ein Wunder des Jesuskindleins empfangen müsst.«

Der dritte Sohn, Arturo, kehrte etwa eineinhalb Monate nach Kriegsende zurück, an den Weihnachtstagen des Jahres 1918.

Der keckste der drei Brüder hatte überlebt, der verrückte Draufgänger, die weiße Schwalbe, der Unterdrückung und Ehrlosigkeit hasste und dem der Vater bis zum Überdruss Vorsicht gepredigt hatte, pass nur auf, mein Sohn, dass du keine Scherereien bekommst, und spiel bloß nicht den Helden.

Arturo fühlte sich wie durch ein Wunder gerettet. Niemals erzählte er vom Krieg, nur dass er ekelerregend war wie alle Kriege, wenn nicht noch mehr, angesichts der ungeheuerlichen Zahl an Toten und Verletzten, und dass er nicht verstanden hatte, für wen oder was er kämpfte. Für das Vaterland? Wo war das Vaterland, als seine Brüder und seine Gefährten in den Schützengräben starben? Das Vaterland hatte all dieses junge Blut doch gar nicht verdient. Aber im Gegensatz zu seinen Eltern, die in endloser Schwermut versanken, vermochte Arturo seinen Schmerz im Zaum zu halten und ihn in antreibenden Zorn zu verwandeln.

Er nahm die Arbeit auf dem Rossarco mit dreifacher Energie wieder auf, die Kraft der Brüder schien auf seine Muskeln übergegangen zu sein, und bald schon zerrte er auch die Eltern aufs Feld unter dem Vorwand, Hilfe zu brauchen. In Wirklichkeit ertrug er die Einsamkeit nicht, die Stille des

Hügels an den seltenen windlosen Tagen, wenn das graue Auge des Toten, stets wachsam zwischen Kirschbäumen und Wald, ihn hämisch verfolgte und ihm mehr Angst einjagte als die vielen Gefährten, die in den Schützengräben im Lagorai-Massiv nur wenige Schritte von ihm entfernt niedergemetzelt worden waren.

Dann, eines Tages, ließ er wissen, dass er sich zum Ende der Trauerzeit verheiraten wolle. »Ich will eine Frau, ich will Kinder und vorankommen mit der Arbeit auf unserem Land; wenn mir das nicht gelingt, so schwöre ich, gehe ich ins gelobte La Merika«, verkündete er auf der Piazza, damit es alle hörten. Und wenn ihn jemand fragte, wie es zu dem Wunder gekommen sei, wie er der Hölle der Schützengräben widerstanden habe, antwortete Arturo ohne Zögern, aber mit einem Anflug von Ironie im Blick: »Außer an die Eltern habe ich Tag und Nacht an unseren Hügel gedacht. Ich konnte nicht sterben. Ich musste leben und zurückkehren, ich musste einfach, verwundet vielleicht, doch am Leben, um wieder seinen Duft zu atmen.«

Oberstes Ziel also: die Frau.

Durch den Krieg und die Emigration gab es im Dorf mindestens fünfmal so viele Mädchen im heiratsfähigen Alter wie Männer auf Brautschau. Arturo Arcuri ließ es also ruhig angehen und schloss eine arrangierte Hochzeit, wie sie damals üblich war, von Anfang an aus.

Jeden Sonntag ging er in die Kirche und sah sich die Mädchen an. Er begutachtete sie bis ins kleinste Detail, vor allem wenn sie an ihm vorüberzogen, um die heilige Hostie zu empfangen. Die Gerüchte über die mehr oder weniger stattliche Mitgift der einen oder der anderen ließen ihn kalt.

Schön und gesund mussten sie sein. Und wunderschön waren sie: gerade Schultern, wohlgeformte Brüste, blitzende Augen, strahlend weiße Zähne, Kussmünder. Das Dorf war nah und fern berühmt für seine schönen Frauen. Arturo blieb nur die Qual der Wahl.

»Hast du die Richtige schon gefunden?«, fragten ihn seine Freunde.

»Ich schon. Doch jetzt muss sie mich noch erwählen, sonst macht es keinen Spaß: Alles Gewicht läge in meiner Waagschale, und das würde mir nicht gefallen.«

»Was?«

»Wenn die Begierde fehlt, wenn du ihr Blut nicht in Wallung bringst wie sie das deine, dann ist die Ehe ein Räderwerk, das nicht greift, das stockt, und dann wird das Leben mühsam und fad.«

»Was redest du denn da? Und wer soll diese eine sein?«

»Tja, ihr habt eben keine Ahnung.«

Sie, das war eines der vier Mädchen, die noch auf seiner persönlichen Auswahlliste verblieben waren. Wie sollten die anderen das verstehen? Was für ein Typ, dieser Arturo. Die Freunde meinten, der Krieg habe ihm das Hirn verhakt. Manchmal verhielt er sich wie ein Fremder, der nichts von den Gepflogenheiten des Dorfes wusste.

»Du wirst schon merken, dass keine dir auch nur ein Lächeln schenkt«, sagten sie zu ihm, »die jungen Frauen aus unserem Dorf müssen sich nämlich weder verstecken noch zu Markte tragen.«

Sie irrten: Nicht weniger als drei Mädchen seiner Vorauswahl lächelten ihm zu und machten ihm schöne Augen.

Arturo war ein gutaussehender Kerl, groß und kräftig, mit lebhaften Augen und freundlicher Art. Er gefiel den Frauen sehr. Und außerdem, wo doch seine Brüder im Krieg gefallen waren, Gott schütze uns, würde er den kompletten Rossarco erben, also war er eine wirklich gute Partie, noch dazu ein zäher Arbeiter, kurz, einer, den man schnellstmöglich heiraten sollte. Mit einer Einschränkung allerdings oder einem Vorzug, der ihn unberechenbar machte: seine eigene Art zu denken, in die Gegenrichtung zu denken. Tatsächlich wählte er das Mädchen, mit dem niemand gerechnet hatte, dasjenige, das ihn links liegen ließ, keinen seiner Blicke erwiderte, auch nicht das kleinste Lächeln. »Lina …«, so nannte er sie und pfiff auf die anderen. Sie tat so, als hörte sie ihn nicht, drehte sich niemals um.

Wenn sie in der Kirche die Augen schloss, vielleicht um zu beten, ging ein entrücktes Leuchten über ihr Gesicht. Arturo betrachtete, wie sie ihren Schmollmund langsam öffnete und schloss, sich manchmal unruhig auf die Lippen biss. Er wertete das als kleine Zeichen, die es zu entschlüsseln galt, als ermutigendes Ja, wenn nicht sogar als Liebes-Ja. Wäre es nicht ein skandalöses Sakrileg gewesen, hätte er sie mit einem Kuss vor den Augen aller Heiligen und des ganzen Dorfes erlöst. Zuzutrauen war es ihm.

»Arturì, wetten, dass sie sich den Teufel um dich schert?«, zogen die Freunde ihn beim Verlassen der Kirche auf.

Er lächelte selbstgewiss: »Ihr braucht nicht zu wetten, sie hat längst ja gesagt.«

Von diesem Moment an begann er sein aufreibendes Werben. Jeden Tag, wenn er vom Rossarco zurück war, aß er, wusch sich, rasierte sich die harten Bartstoppeln und setzte sich auf das Mäuerchen vor Linas Haus. Es war unmöglich, ihn zu übersehen.

Die Freunde hielten ihm bösartig vor, er gebärde sich wie

ein frecher Gockel, denn das Mädchen war das einzige Kind im Haus, ihr Vater weit weg in La Merika. Arturo gab keck und verliebt zurück: »Ich würde auch dann nicht weichen, wenn ein Vater und drei Brüder vor mir ständen, um mir bei lebendigem Leibe das Fell abzuziehen.«

Ihrer Mutter missfiel solche Unverfrorenheit nicht, immerhin hatte der junge Mann ernste Absichten, das wusste das ganze Dorf. Und sie wartete, dass er die fünf Schritte vom Mäuerchen zu ihrem Haus zurücklegen würde, um im Beisein seines Vaters Alberto um die Hand ihrer Tochter anzuhalten.

Lina schien die honigsüße Aufmerksamkeit, die ihr zuteilwurde, nicht wahrzunehmen, sie widmete sich unermüdlich den häuslichen Pflichten. Vor seinen insistierenden Blicken errichtete sie eine Mauer aus Glas, ließ sich gleichmütig anhimmeln, und manchmal beobachtete sie ihn aus den Augenwinkeln. Doch sie war weder dünkelhaft noch unnachgiebig und dumm wie ein Flusskiesel. Sie war schon siebzehn und in aller Augen überreif für die Ehe, viele Mädchen ihres Alters hatten bereits Kinder.

»Worauf wartest du noch, diesem tüchtigen Jungen da auf der Mauer die Arme zu öffnen?«, fragten die von der Mutter aufgehetzten Nachbarinnen sie.

»Zur Zeit interessiere ich mich für niemanden«, erwiderte sie verstimmt. Sie fühlte sich schlicht noch nicht bereit für diesen Sprung in eine Welt, die sie gleichzeitig anzog und abstieß. Die verheirateten Frauen waren nicht glücklich, das ahnte sie, sie waren vielmehr Dienerinnen, die aus Pflichtgefühl lächelten und sich ihren Männern unterordneten. Im Blick ihrer Mutter las sie eine nachtragende Unzufriedenheit: Sie weinte ihrer sorglosen Jugend hinterher, und es verging kein Tag, an dem sie ihren Mann nicht verfluchte, indem sie ihn verächtlich einen schäbigen Nichtsnutz nannte, der den Ehering für eine Merika-Hure ins Meer geworfen habe und weder mit einem Brief noch dem geringsten Dollaro je wieder von sich hatte hören lassen.

Arturo gab nicht auf. Immer samstags und vor jedem Feiertag widmete er ihr eine *serenata*. Stundenlang stand er singend und sich auf der Gitarre begleitend unter Linas Balkon, zusammen mit einem Freund am Akkordeon und einem an der Leier. Er konnte gut spielen. Mit dem aufrichtigen Herzschmachten eines Verliebten drückte er den länglich gewölbten Klangkörper an seine Brust und entlockte ihm gleißende Arpeggios im Rhythmus seiner auf die Gitarre trommelnden Fingerkuppen. Seine Stimme bebte vor Liebesspannung, abgesehen von dem einen oder anderen falschen Ton, seine Botschaften segelten auf ihr Bett wie Rosenblüten aus dem Schnabel einer freundlichen Schwalbe: »Schwalbe, flieg mir zum Meer, zum Meer, zu meiner Liebe, die im Schatten schläft, o Schwalbe mein, zu ihr, die im Schatten schläft …«*

Eines Tages im Herbst begann es zu regnen, als Arturo schon auf dem Mäuerchen in der Gasse saß. Vergeblich steckte er seinen Kopf schützend unter die Jacke, der Regen prasselte weiter unversöhnlich auf ihn herab, nahm ihm die Sicht, zwang ihn, fröstelnd die Schultern einzuziehen, raubte seiner verliebten Anwesenheit vor der Tür und den verriegelten Fenstern jeglichen Sinn. Doch er bewegte sich keinen Zentimeter fort, wartete, dass der Regen aufhörte, wartete auf das Wunder.

Sie öffnete die Tür, endlich, beugte sich nur ein wenig hin-

* Sehr bekanntes volkstümliches Liebeslied: »*Rìndina cchi va lu maru maru, è sutta na friscura, cchi sta durmennu. Ohi riturnella, è sutta na friscura, cchi sta durmennu …*«

aus, um ihre langen schwarzen Haare nicht nass zu machen, und rief laut über den Lärm des tosenden Regens hinweg: »Komm schon, Sturkopf. Komm herein, sonst erkältest du dich noch.« Ihr Lächeln funkelte wie ein Sonnenstrahl durch den prasselnden Regen. Recht betrachtet, wog es fast mehr als die Einladung, dieses von Staunen durchzogene Lächeln, wog mindestens so viel wie der erste Kuss. Arturo sollte beides nie vergessen, weder das Lächeln noch den ersten Kuss.

Im Haus war kein Mensch. Draußen strömte der Regen.

# 3

Lina und Arturo, meine Großeltern, heirateten am 26. Juli 1920. Die kirchliche Trauung war wie von einem melancholischen Schleier überzogen, das darauf folgende Fest im Hause der Braut von maßvoller Fröhlichkeit, jedoch ohne den rechten Hochzeitsjubel. Zu frisch waren die Wunden des Krieges, so dass Arturos Eltern nach der Trauung nicht mit Brautpaar, Verwandten und Freunden feierten. Sie hatten ihre Pflicht getan und ihre Trauer für einen Vormittag abgelegt, mehr konnte man nicht erwarten von einer Mutter und einem Vater, deren Gesichter von dem unsagbaren Leid tief gezeichnet waren.

Niemand nahm es ihnen übel, jeder fand tröstliche und solidarische Worte für die Arcuris, die so vom Pech verfolgt waren, so glücklos im Glück. Keine Scheinheiligkeiten, die Worte waren aufrichtig, man fühlt immer mit denen, die durch die Hölle gehen, selbst wenn dieselben Leute vor dem Krieg Familie Arcuri beneidet und ihnen alle erdenklichen Übel an den Hals gewünscht hatten.

Es war ein drückend heißer Sonntag. Die Gäste tranken Wasser, Wein mit Wasser gemischt, schließlich Wein pur, den kräftigen vom Rossarco. »Es ist entsetzlich heiß, der Wein trocknet den Schweiß«, so rechtfertigten sie sich unisono. Erst später, als viele schon angeheitert waren, entfesselten die jungen Leute eine atemberaubende Tarantella.

In jener Nacht improvisierten der Trauzeuge und eine fröhliche Schar begabter Musiker einen endlosen Sangesabend, weil der Bräutigam nicht nach ein paar Stücken mit dem von Wein- und Schnapsflaschen überbordenden Korb aus dem Zimmer kam, wie es Tradition war, mit Brot und Taralli, Wurst, Schwartenmagen, Coppa, Schweinebauch, Schinken, Sardinen, scharfer Nduja-Wurst und Provola-Käse. Sie sangen und spielten ihr gesamtes Repertoire an neapolitanischen und kalabrischen Volksliedern, doch der Bräutigam wollte einfach nicht die Tür öffnen, vielleicht war er eingeschlafen, vielleicht trieb er seinen Spaß mit ihnen, vielleicht hörte er sie nicht, also grölten sie noch lauter auf die Gefahr hin, bei den hohen Tönen danebenzuhauen.

Und wirklich hörte Arturo die Lieder nicht, sondern nur die Wonneseufzer und kleinen Lustschreie seiner jungen Frau. Die ihn anflehte, weiter ihre Brüste zu küssen und sich mit diesen langsamen und festen Stößen zu bewegen, die ihr Schmerz und Genuss bereiteten, die ihren Körper mit nie gekannter Wärme erfüllten, einem unerwarteten Feuer, dem Paradies auf Erden.

Lina hatte sich ihm mit einem Vertrauen hingegeben, das er nicht enttäuschen durfte. Arturo war in der Liebe wenig erfahren, zweimal hatte er es gegen Geld getan, fünf oder sechs Minuten insgesamt, gerade genug, um zu sehen, wie eine Frau vom Bauchnabel abwärts beschaffen war. Doch angesichts einer Ehefrau, die so begierig darauf war, geliebt zu werden, die sich ohne Scham auszog und ihm Brüste und Mund mit lustvoller Begierde darbot, war seine Erfahrung von Kuss zu Kuss gewachsen und hatte alle Lektionen in kürzester Zeit durchlaufen.

Im tiefsten Innern staunte Arturo, wie einfach und schön

die Liebe war, während sie ihn bat, nie wieder aufzuhören. Und er gehorchte ihr gern, die Haare auf Brust und Kopf nassgeschwitzt, der heiße Körper schweißgetränkt.

Nach dem ersten Mal hatten sie sich mit Leinentüchern abgetrocknet, die Hände zitternd vor Begierde.

Und hatten von neuem begonnen.

Gegen vier Uhr morgens überreichte Arturo endlich unter den Pfiffen und manch spöttischem Applaus der erschöpften und hungrigen Freunde dem Trauzeugen den Korb.

Und bekam im Gegenzug ein herzliches, wohlverdientes »Recht schönen Dank auch, du Hundsfott!« zurück.

Am 18. April 1921, dem strahlendsten Tag dieses sehr warmen Frühlings, kam mein Vater auf die Welt. Lina war auf dem Rossarco und half ihrem Mann und ihrem Schwiegervater bei der Feldarbeit. Sie hatte einen schönen spitzen Bauch, nicht besonders groß, während ihr Busen – schon vor der Schwangerschaft üppig – unmäßig gewachsen war und bestens gerüstet schien, um Vierlinge zu säugen.

Nach dem Urteil der erfahrensten Nachbarinnen sollte die Geburt Anfang Mai erfolgen, weshalb Lina noch fast täglich auf die Felder ging, ihre Hilfe wurde gebraucht, und sie war gerne an der Seite ihres Mannes, um sich für das Vorankommen der Familie nützlich zu machen. Im Übrigen arbeiteten damals alle Frauen bis wenige Tage vor der Geburt und kamen für gewöhnlich zu Hause nieder, unterstützt von einer Nachbarin oder Verwandten mit Erfahrung, nur in schwierigen Fällen rief man die tüchtige *mammana*, die Hebamme aus San Nicola. Eine Frau mit Bauch war keine Kranke, die man schützend in Watte packen musste, sagte mein Vater, sie war eine Frau, die ein Kind erwartete. Die natürlichste Sache der Welt. Und Lina bildete keine Ausnahme. Sie arbeitete unermüdlich und spürte, wenn sie es übertrieb, die kräftigen Tritte ihres Kindes im Bauch. Es würde gewiss ein Junge werden, ein Rebell, das merkte man, wie er um sich trat und sich wand, er hielt niemals still: Er konnte es nicht erwarten, das Licht der Sonne zu erblicken.

Ihr Mann harkte die Erde unter dem riesigen Olivenbaum, denn bei der frühzeitigen Hitze würde ein plötzlich aufflammendes Feuer den Baum mit einer einzigen Stichflamme verschlingen. Der Schwiegervater jätete behutsam und mit chirurgischer Präzision das Unkraut zwischen den jungen Pflänzchen im Gemüsegarten. Er war schweigsam und düster, versunken in endlose Trauer um seine zwei Söhne, als trage er die Schuld an ihrem Tod oder habe nicht sein Möglichstes getan, sie zu retten.

Lina schnitt auf Anraten Arturos mit einer kleinen Sichel Süßklee für das Kaninchenfutter, breitbeinig gebeugt, um den Bauch nicht einzuengen. Es ging ihr nicht sehr gut an jenem Tag, schon am frühen Morgen hatte sie ein leichtes Ziehen im Unterleib verspürt, und die ungewöhnliche Hitze ermattete sie mehr als die Arbeit.

Sie stand fast in der Mitte des Kleefeldes, in diesem roten, vom Wind gekräuselten Meer, auf der lichteren Seite des Hügels. Mit einem Arm umfasste sie ein ordentliches Bündel Kleeblüten, mit der anderen Hand die Sichel, da spürte sie plötzlich schmerzhafte Krämpfe. Es waren die Wehen. Sie wusste es sofort, konnte gerade noch ihre Unterhose abstreifen, rief ihren Mann, »Artù, komm schnell!«, beugte sich so tief wie möglich, krümmte die Beine, bis sie fast die Wiese berührte, »Artù, lauf, es kommt!«, und ihr Mann war in wenigen Sekunden bei ihr.

»Geh Wasser holen und deine Jacke«, befahl ihm Lina, die auch bei dieser Gelegenheit einen klareren Kopf behielt als er. Arturo rannte zurück zur Casella und rief dabei dem Vater zu: »He, Pà, es geht los, unser Albertino kommt!«

Er riss die Hüttentür auf, packte die Jacke, den Eimer und, da nur noch wenig Wasser darin war, auch den Krug mit dem Wein. Im Nu war er wieder bei seiner Frau, der Vater gleich hinter ihm.

Das Kind lag auf den samtenen Kleeblüten, hellrot auf purpurrot, mit verklebten Augenlidern, über die Nabelschnur noch mit der Mutter verbunden. Sie lächelte, erschöpft von der starken, minutenlangen Anstrengung, und Arturo war verwirrt. »O Jesses Gott, was nun?« Er wusste nicht, was tun, sah haareraufend zu seinem Vater. »Und jetzt? Und jetzt?«

In dieser Minute der Ungewissheit hatte sie die Nabelschnur mit der Sichel durchtrennt, hatte sich auf den Süßklee gelegt und hielt das Kind zwischen ihren großen und weichen Brüsten, streichelte es sanft mit den Fingerkuppen. Arturo deckte die Jacke darüber und wusch dann mit dem wenigen Wasser, das zur Verfügung stand, sorgfältig seine Frau. Zu trinken reichte er ihr einen Schluck Wein. »Das gibt Milch«, sagte er entschuldigend.

Nonno Alberto ging vorsichtig zu dem Enkelchen und gab ihm einen zärtlichen Kuss auf die feuchten Haare. »Ich will nicht, dass ihr ihn nach mir benennt. Es ist richtiger, ihm die Namen meiner seligen Söhne Michele und Angelo zu geben. So leben auch sie weiter. Ich habe viel darüber nachgedacht, wenn es ein Junge werden sollte. Wir nennen ihn Michelangelo.« Dann brach er in Freudentränen aus, konnte nicht mehr aufhören, er weinte, ohne sich dessen zu schämen, und sein Sohn, bewegt und glücklich, umarmte ihn, wie er es noch nie getan hatte, wie er es nie wieder tun würde, während das Neugeborene weiter lauthals schrie zum Zeichen, dass es *sanizzo* war, gesund und hungrig.

Den Eltern gefiel der Name des Sohnes sofort, auch wenn sie ihn nicht selbst ausgesucht hatten. »Es ist ein berühmter Name, er wird ihm Glück bringen«, sagte Arturo. Lina lächelte zufrieden, knöpfte sich die Bluse auf, und das Kind fand mit geschlossenen Augen ihre Brust.

»Wie gescheit er ist, unser Michelangelo!«, rief der Nonno stolz aus. »Er weiß schon, was wichtig ist auf dieser Welt.«

Ein aromatischer Wind hatte sich erhoben, zauste die Baumkronen und drehte seine sanften Pirouetten um die Familie Arcuri. Das Kind blähte und schloss die kleinen Nasenlöcher, während es mit langsamen, gleichmäßigen Zügen trank. Der Großvater bemerkte es und wies die anderen beiden darauf hin: »Seht ihn euch an, er schnobert wie ein junger Welpe.«

»Ja, stimmt«, sagte Arturo zufrieden. »Die feine Nase hat er ja wohl von mir. Und er riecht schon jetzt den Duft des Hügels.«

# Duft

Es war eine Mischung aus Ginster und blühendem Holunder, aus Oregano und Süßholz, aus Zistrose, Minze und wilder Malve, die die Meeresbrise in Kreisen über den Hügel blies wie eine unsichtbare Aureole. »Je älter ich werde, umso mehr habe ich ihn in der Nase, diesen Duft. Tag und Nacht, zu jeder Jahreszeit. Was bedeutet, dass ich bald verrückt werde oder ebenfalls ermordet«, hat mein Vater mir anvertraut, als wir uns nach acht Monaten auf dem Rossarco wiedersahen.

Ich war über Ostern alleine heruntergekommen, Simona ließ sich wie schon des Öfteren entschuldigen, seitdem sie in Spillace einmal die kältesten und verregnetsten Ostertage ihres Lebens verbracht hatte. »Das war eine Ausnahme damals«, versuchte ich sie zu überzeugen. »Du weißt nicht, was du verpasst. Der Frühling in Kalabrien ist ein Paradies aus Düften und Farben, von denen du im Trentin nur träumen kannst.« Sie lächelte ironisch: »Fahr du zu deinem Papa, fahr nur. Und sag ihm, dass wir uns im Sommer sehen, so Gott will.«

Als Erstes zeigte mein Vater mir die neue Casella. Er hatte sie ein wenig umgebaut, hatte aus dem Raum ein Schlafzimmer mit Bad und einer Kochecke mit Holzofen geschaffen, und war Ende September dort eingezogen. Seitlich hatte er einen Schuppen angebaut, wo er die Vorräte und das Arbeitsgerät lagerte, und einen kleinen Steinofen für Brot. Was er aus seinem vorigen Leben brauchte, hatte er in seinem Panda mit Allradantrieb herauftransportiert: zwei Koffer mit Kleidern und Wäsche, einen Karton Bücher, ein Schwarzweißfoto von Nonno Arturo, eine Großaufnahme von Mama als junge Frau in Turin und dann noch eine Hülle mit dem alten Jagdgewehr, eine Packung Patronen und die Gitarre, die seinem Vater gehört hatte. Kurz, auf den ersten Blick kam es mir vor wie ein Leben in der Wildnis, das ich mir nicht erklären konnte, ohne Strom und Fernseher, ohne Waschmaschine und Kühlschrank. Ich hörte schon Simonas Sarkasmus: »Was für ein tolles Ende nimmt dein großes Vorbild! Offensichtlich ist er voller Ängste und versucht das hinter der Maske des starken Mannes und einem einsamen Leben inmitten einzigartiger Gerüche zu verbergen, die nur er wahrnimmt. Und du läufst ihm nach wie ein junger Hund!«

Als ich ihn nach dem Grund für diesen unbegreiflichen Rückzug in die Einsamkeit fragte, erwiderte mein Vater, dass der Rossarco ihm gefalle, mehr noch, ihn betöre, darum, andere Gründe gebe es nicht. Und dann fügte er auf meinen erstaunten Blick hinzu: »Ich habe vor nichts und niemandem Angst.« Eine Antwort, die an Simona gerichtet zu sein schien und die mich eher alarmierte als beruhigte. Er begriff das und sagte, um das Thema zu beenden: »In meinem Alter brauche ich nicht mehr viel, und das wenige finde ich hier oben.«

Doch seine ostentativ zur Schau gestellte Sicherheit überzeugte mich nicht. Ohne es zu wollen, fühlte ich mich von Mamas Foto angezogen: Sie war eine schöne Frau gewesen, groß und entschlossen für ihre Zeit; sie hatte hellbraune Haare, die mit den Jahren dunkler geworden waren, natürlich rote Lippen und Augen von einer undefinierbaren

Farbe, eine Mischung aus Grün und Dunkelblau mit lichten Einsprengseln. Auch sie liebte den Hügel mehr als das Dorf.

Nach ihrem Tod hatte mein Vater etwa drei Monate lang nach altem Brauch getrauert: Er verließ das Haus nicht, sprach mit niemandem, ließ sich einen struppigen und bedrohlichen Bart wachsen. Von morgens bis abends starrte er ins Kaminfeuer und rauchte eine Zigarette nach der anderen, vielleicht in dem Versuch, noch überlebende Zornes- und Reuegefühle zu versengen. Mama war eine unabhängige und vielreisende Turinerin gewesen, sprühend vor Charme, so sagten alle, die sie kennengelernt hatten; mein Vater ein ruheloser und verträumter Kalabrier, der seine Heimat nur für die seltenen Reisen ins Piemont verließ, unter dem Zwang der »Torinèsia«, wie seine Frau im Dorf genannt wurde. Doch eine Sache hatten sie gemein, im Guten wie im Schlechten: einen unbeugsamen Starrsinn. Ihre Beziehung war nicht leicht gewesen und hatte dennoch ein Leben lang gehalten.

»Deine Mutter hat nichts mit meinem Entschluss zu tun, hier oben zu leben. Das hatte ich schon vor ihrem Tod entschieden«, sagte mein Vater mit einem Seitenblick auf das Foto. Dann schob er mir einen rustikalen Hocker aus Steineichenholz hin, schenkte mir ein Glas Cirò ein und erzählte die Geschichte seiner Geburt weiter.

In diesem Moment glaubte ich plötzlich ein Fitzelchen Logik in seinem Umzug zu erkennen. Man kehrt immer an seinen Geburtsort zurück. »Das klingt banal, ist aber so«, sagte mir Simona, indem sie ihren Lieblingsdichter Novalis zitierte: »Wo gehen wir denn hin? Immer nach Hause.« Das Zuhause meines Vaters war der Hügel, daher, so dachte ich, hatte er wohl zurückkehren wollen auf der Schwelle der achtzig, um hier den Kreis des eigenen Lebens zu schließen.

Doch vielleicht irrte ich mich, und auch Simona irrte sich von der Höhe ihrer kategorischen Gewissheiten aus. Vielleicht war ich es, der die wahren Absichten meines Vaters nicht verstand, während er unbeirrbar seinen Weg ging. Und auch wenn ich es weder mir noch Simona eingestehen wollte, dieser Mann mit dem feinen Geruchssinn hatte mich immer noch fest im Griff, und es gelang mir nicht, mich von seinem magnetischen Blick zu lösen.

Es war derselbe Blick, der ihm von Geburt an eigen war, und die Ersten, die seinem Zauber erlagen, waren ausgerechnet die Großeltern väterlicherseits. Dank dieses kleinen Enkels mit den blitzenden Augen, der unermüdlich staunend jede ihrer Bewegungen verfolgte, waren sie wie neu geboren: Sie lächelten ihn an, ließen endlich wieder Freude erkennen, lachten aus vollem Herzen, kitzelten ihn, küssten ihn auf das Bäuchlein, sangen ihm Wiegenlieder, »schlaf, mein Schätzlein, schlaf ein«. Natürlich waren sie nicht in der Lage, ihr einstiges Glück wiederzufinden, doch immerhin sahen sie nun einen Funken davon, und der kleine Michelangelo war ihr Leitstern. Die Bestätigung einer Wahrheit, die so alt ist wie die Welt: Das einzige Heilmittel gegen den Tod ist ein neues Leben.

# 4

Nun, da die Familie neu geboren und gewachsen war, erzählte mein Vater, musste sie anständig versorgt werden, auch wenn die Zeiten hart waren und die Armut allerorten grassierte wie die Malaria, wie die Läuse.

Die Veteranen des Großen Krieges hatten, um zu überleben, die brachliegenden Flächen des Latifundiums besetzt, und Arturo, einer von ihnen, verpachtete nicht nur zu Schleuderpreisen einige Teilflächen des Rossarco, sondern gründete im Dorf sogar eine Agrar- und eine Konsumgenossenschaft. Sein Vater riet ihm, an die eigene Familie zu denken und sich keinen Ärger einzuhandeln. Der Sohn erwiderte gereizt: »Ich bin zufrieden, wenn es allen gleich gutgeht.« Der Vater gab zurück: »Du bist naiv und zudem ein bisschen dumm, Gleichheit gibt es nicht auf dieser Welt.«

Die Kooperativen wurden mit dem Visocchi-Dekret legalisiert, die Mitglieder hatten nun den Vorteil, kollektiv mit den Großgrundbesitzern verhandeln zu können und den Pachtzins herabzusetzen. So verhungerten sie wenigstens nicht, meinte Arturo, denn ein Gutes hat das Land: Einen Kanten Brot, einen Teller mit Kichererbsen und Bohnen, Gemüse, Obst für dich und Eicheln für die Schweine gibt es immer her, vor allem wenn es dir gehört, das Land, und du keine Halsabschneider-Pacht bezahlen musst.

Arturo fand, dass er Glück hatte. Er besaß den Rossarco, der ihm Brot, etwas für darauf und Wein lieferte. Es war ein

Stück Land zweiter Klasse, hart und steinig, bis auf einen etwas fruchtbareren Teil mit Rebstöcken und einen Streifen entlang der Fiumara, wo es einen bescheidenen, aber üppig tragenden Hain mit Zitronen-, Mandarinen- und Apfelsinenbäumen gab. Arturo klagte nicht. Im Übrigen hatte er seit der Geburt des Sohnes nicht mehr das vorwurfsvolle Auge des Toten auf dem Hügel erblickt. Als hätte die Kraft des Lebens den Todesschatten für immer gebannt.

Seine Familie besaß auch ein Maultier und einen Karren, vier Ziegen, zwei Schweine in einem Koben nicht weit vom Haus, knapp ein Dutzend Kaninchen und eine ungezählte Menge Federvieh, die von Mutter Sofia versorgt wurden. Arturo klagte nicht für sich. Von klein auf duldete er keine Ungerechtigkeit und ertrug es zum Beispiel nicht, dass die Großgrundbesitzer der Gegend viele Felder, die ihnen gehörten oder die sie sich bei der Parzellierung widerrechtlich angeeignet hatten, unbewirtschaftet ließen, dann aber von den Bauern die Naturalienpacht in Form von drei Scheffel Weizen für jeden Morgen Erde forderten.

»Wenn es nach mir ginge«, rief er auf dem Dorfplatz, »würde ich sie zur Zwangsarbeit schicken, die Herren Machthaber und auch ihre nicht minder ehrlosen Herren Söhne, dann würden sie schon lernen, was es heißt zu arbeiten.« Er wusste von Kindheit an, was es hieß, seit er als Neunjähriger mit dem Vater und den seligen Brüdern den Boden des Rossarco beackert hatte.

Don Licos gereizte Antwort erreichte ihn mittels seiner Speichellecker, die auf der Piazza und in den Osterien herumlungerten, um Aufrührer wie Arturo auszuspionieren. »Kümmer dich um deinen eigenen Dreck, Arturì, dann lebst du hundert Jahre«, sagten sie kaltschnäuzig.

Er gab sarkastisch zurück: »Danke für den Rat und viele Grüße an euren Padrone.«

Zu Zeiten der Getreidemahd, der Weinlese und der Olivenernte ließ sich Arturo nicht nur vom Vater, sondern auch von seiner Frau, seiner Mutter und der Schwiegermutter helfen. Bei schönem Wetter nahmen sie den kleinen Michelangelo mit und legten ihn, solange er noch nicht laufen konnte, in den am großen Olivenbaum befestigten Weidenkorb, eine Art Wiege, die mit jedem Windstoß schaukelte. Das Kind schlief selig darin, und wenn es erwachte und nicht hungrig war, beobachtete es ernst wie ein Erwachsener die Baumkrone über sich und die Vögelchen, die zwitschernd von Ast zu Ast sprangen und dann hinauf in die Wolken stoben. In regelmäßigen Abständen jedoch rief es mit verzweifeltem Weinen nach der Mutter.

»Er hat schon wieder Hunger«, sagte sie und lief zu ihm, um ihn zu stillen. Sie nahm ihn auf den Arm, und sobald der Kleine die Brustwarze vor sich sah und den Duft der Milch einsog, hörte er auf zu weinen und trank gierig mit geschlossenen Augen, noch seliger als zuvor, die Fäustchen geballt, als fürchtete er, jemand könne ihn vom üppigen Busen der Mutter verjagen.

Mittags machten die Erwachsenen eine halbe Stunde Pause, um einen Happen zu essen und auszuruhen. Sie legten das Kind auf eine Leinendecke in ihre Mitte. Der Kleine strampelte mit Armen und Beinen, manchmal rollte er zufällig in Richtung der Mutter oder des Nonno, und die anderen spielten die Eifersüchtigen: »Die Mama magst du wohl am liebsten, he, *ciòtarello*«, zog der Vater ihn auf, während Michelangelo sich fest an seinen Finger klammerte.

»Komm her, dann fress ich dich auf«, lockte die Nonna mütterlicherseits, »so süß bist du«, und sie biss sanft in seine kleinen Füße. Das Kind lachte und strampelte noch stärker, drehte sich und lachte, lachte und wuchs auf wie ein kleiner Prinz, im Mittelpunkt aller Aufmerksamkeit und grenzenloser Liebe.

Eines Tages, als sie fröhlich unter dem großen Olivenbaum aßen, hörten sie ein bedrohliches Wiehern, und kurz darauf tauchte auf dem Saumpfad, der durch den Wald von Tripepi führte, auf dem Rücken seines Pferdes der Gutsverwalter von Don Lico auf. Er trug das Gewehr quer über der Brust und eine alte Coppola auf dem kahlen Haupt. Alle kannten ihn, er ritt von morgens bis abends über Don Licos Ländereien und kontrollierte die Arbeit der Pächter und Feldarbeiter. Wenn nötig, gab er einen Schuss ab, um sie aufzuschrecken.

Er lächelte unter dem gepflegten, ausladenden Schnauzbart und sagte, ohne vom Pferd zu steigen: »Guten Appetit und entschuldigt die Störung …«

»Aber bitte doch«, unterbrachen ihn die Arcuris im Chor.

»Ich bin hier, um Euch zu bitten, heute Abend nach dem Essen im Palazzo zu erscheinen. Don Lico möchte Euch sprechen.«

»Wenn es so dringend ist, sagt ihm, er soll bei uns zu Hause vorbeikommen. Er weiß ja, wo wir wohnen«, erwiderte Arturo kauend.

»Was will Don Lico von uns?«, fragte seine Frau besorgt.

»Nichts Schlimmes, Donna Lina. Ihr braucht nicht zu erschrecken. Er möchte nur über den Rossarco reden. Alles andere wird Don Lico Euch selbst sagen. Einen Rat als

Freund und Nachbar: Stellt Euch nicht gegen ihn, sonst werdet Ihr es bereuen. Und kommt heute Abend, denkt daran, das ist besser für alle.«

Das Pferd wieherte erneut bedrohlich, und das Kind fing an zu weinen.

»Tut mir den Gefallen und verschwindet jetzt von hier, Ihr macht mir ja das Kind ganz närrisch«, sagte Arturo. Dann nahm er seinen Sohn auf den Arm, küsste ihn auf die Stirn und übergab ihn seiner Frau, die mit einer schnellen Handbewegung die schwere Brust entblößte, um ihn zu stillen.

Nach dem Abendessen wollte Nonno Alberto sich zu Don Lico begeben, nicht nur, um Scherereien zu vermeiden, wie er seiner Familie anvertraute, sondern vor allem, um zu erfahren, was genau er von ihnen wollte. Arturo überzeugte ihn, dass dies der falsche Schritt sei: »Don Lico hat nur eins im Sinn: uns unser Land zu stehlen, mit rechten oder unrechten Mitteln. Er erzählt im Dorf herum, dass wir die besten Flächen an ihn verkaufen wollten. Der will uns eine Falle stellen, Pà, kapierst du das nicht? Wir dürfen nicht hineintappen, wir sind nicht so dumm, wie er glaubt.«

Die Scherereien begannen vier, fünf Tage später: Der Großhändler aus Marina, der jedes Jahr zur selben Zeit vorbeikam, um den Arcuris ihr Öl abzukaufen, blieb aus, ohne einen Grund dafür zu nennen. Auch den Wein wurden sie dieses Jahr nicht los, und nicht einmal ein Zentner ihres Getreides wurde von den Käufern aus dem Dorf oder von außerhalb nachgefragt. Ein echter und wahrer Boykott, dessen Urheber alle kannten, ohne dass sein Name jemals fiel. Lediglich die Konsumkooperative kaufte Arturo bescheidene

Mengen Öl und Wein ab. Zu wenig, um erhobenen Hauptes weiterzumachen.

Als wären die privaten Scherereien nicht schon genug, wurden die Landwirtschaftskooperativen mit der Machtübernahme des Faschismus überall geschlossen und ihre wackersten Verteidiger bedroht oder gezwungen, nach La Merika auszuwandern, wenn man sie nicht gleich einsperrte.

Nachdem nun Arturo innerhalb kürzester Zeit das Wasser bis zum Halse stand und kein Geld mehr da war, nahm er eine Arbeit beim Autonomen Konsortium der Kooperativen von Ravenna an, das Kriegsveteranen einstellte, um die Sümpfe und Moore im Nordosten von Cirò Marina, zwischen der Bahnlinie und der Küstenebene, trockenzulegen. Mit ihm wurden Dutzende Arbeitslose aus der Gegend angeworben.

Um pünktlich zur Arbeit zu kommen, schlief Arturo in der Hütte auf dem Rossarco. Nach dem Aufstehen lief er schnell den Hang des Piloru hinab und bog dann in die Straße ein, die direkt zum Leuchtturm auf dem Kap Punta Alice führte. Anstrengender war der Rückweg am Abend, mit der Müdigkeit auf dem Buckel und dem harten Aufstieg vor sich, doch wenigstens hatte Arturo nachts ein Dach über dem Kopf und musste sich nicht von den Stechmücken auffressen lassen wie seine Arbeitsgenossen, denen nichts anderes übrigblieb, als im Heu neben den Sümpfen zu schlafen, da der Fußweg in ihre Dörfer zu lang und beschwerlich war. Samstagabend kehrten sie nach Hause zurück, alle zusammen, mit leichten Schritten und frohgemut.

Arturo umarmte Lina und seinen Sohn, spielte eine Weile mit ihnen und berichtete den Eltern bei Tisch von dem großen Entwässerungsprojekt, das sie verwirklichten. Um die

Sümpfe herum war eine provisorische Eisenbahnlinie angelegt worden, die sogenannte Decauville; mit dieser Schmalspurbahn schafften sie Wagenladungen trockenen Sandes heran und leerten sie in den Morast, der von Malariamücken verpestet war, diesen Teufelswesen, durch die er selbst als Kind erkrankt war und die jetzt, da das schmutzige, stinkende Wasser, von dem sie sich ernährten, verschwand, millionenfach verreckten. Gerade dieser Tage hatte er selbst Hunderte von Eukalyptusschösslingen gepflanzt, ideal für sumpfigen Boden. Mit ihrem Wurzelwerk würden sie das Projekt vollenden und die Feuchtigkeit aus der Tiefe aufsaugen.

In der Nacht liebte er seine junge Frau, unermüdlich. Sie begehrten und liebten sich wie in der Hochzeitsnacht, stundenlang, bis sie kraftlos zurücksanken. Um nicht die alten Schwiegereltern in dem Zimmer über sich und den Kleinen in der Wiege neben ihrem Bett zu wecken, schrie Lina nicht mehr, wenn Arturos Zunge gierig ihre Brustwarzen erforschte, obwohl es ihr jedes Mal auf den Lippen lag; und auch nicht, wenn sie sich gemeinsam bewegten, sich aneinander rieben mit verzweifelter Glut, Haut an Haut, und der Schauer des Orgasmus sie wie Vulkane erzittern ließ. Sie hatten junge und feurige Körper, eine Nacht pro Woche war ihnen zu wenig. In diesen Momenten konnte Lina es nicht erwarten, dass seine Anstellung nahe der Punta Alice endete, doch am nächsten Tag, bei klarem Verstand und nachdem sie ihren Mann mit einem Kuss verabschiedet hatte, betete sie zum heiligen Antonius, dass ihm diese Arbeit erhalten bliebe.

# 5

Eines Tages im März, als das Decauville-Bähnchen an der morastigen Fläche wartete, zogen die Verladearbeiter an den Güterwaggons eine große Anzahl Terrakottascherben aus der lockeren Erde, Bronzestatuen, rostige Münzen. Überrascht sahen sie sich an, und ohne ihrem Vorarbeiter Giuseppe Parrilla ein Wort zu sagen, teilten sie die Funde unter sich auf und füllten ihre Brotbeutel mit den schönsten Objekten.

An jenem Samstag brachte Arturo dem kleinen Michelangelo Geschenke mit, eine Bronzefigur, ein Terrakottapferdchen, ein Gefäß in Form eines Kreisels. Seiner Frau überreichte er einen Silberring, der glänzte wie neu und genau passte; seinen Eltern eine schiffchenförmige Öllampe. Für sich behielt er eine Silbermünze mit eingeprägtem Dreifuß: »Das wird mein Glücksbringer«, sagte er und zeigte sie seiner Familie.

Vielleicht hatte keiner der Arbeiter die Bedeutung der Funde erkannt, für sie war es Antikplunder von geringem oder keinem Wert, wie das Zeug, das sie manchmal beim Umgraben auf den Feldern fanden. Als aber ein großer marmorner Männerkopf und Marmorfüße im Erdreich auftauchten, dazu Ziegel und riesige hellgelbe, nach allen Regeln der Kunst zu Quadern gehauene Tuffsteinblöcke, Kapitelle und ganze Säulentrommeln, benachrichtigten Arturo, Giuseppe Parrilla und zwei weitere Arbeiter des Trupps Ingenieur Di Lorenzo. Von da an wurde fast das ganze aufgefundene

Material im Schloss der Familie Sabatini verwahrt, der das Land gehörte.

Offiziell wurden die Trockenlegungsarbeiten von der Baubehörde in Catanzaro Mitte April 1923 ausgesetzt, nach Absprache mit dem Denkmalpfleger Paolo Orsi. In Wirklichkeit machten die Arbeiter weiter, als sei jeder Tag der letzte, in Erwartung des endgültigen Aus.

Arturo war nervös und schlechter Laune. Zum Glück sorgte seine Frau gegen Ende des Sommers dafür, dass er selig lächelte. Eines Nachts verkündete sie ihrem Mann, nachdem sie mühsam den Schrei ihres wöchentlichen Orgasmus unterdrückt hatte und zärtlich an seinem Ohr knabberte: »Ich bin wieder schwanger.«

Nach Michelangelos Geburt hatte sie zwei Fehlgeburten erlitten, weil sie nach Ansicht der Nachbarinnen nicht auf sich aufpasste, sondern wie ein Mann an ihres Gatten statt auf den Feldern schuftete und im Haushalt zupackte, wohl vergessend, dass sie ein Mensch war und kein Maultier, die dumme Lina. »Nächstes Mal werde ich besser achtgeben«, hatte sie sich und den anderen nach der ersten Fehlgeburt geschworen. Doch dann war es wieder passiert, einhergehend mit dem kraftraubenden Verlust ihrer Mutter, die dünner und dünner geworden war wie ein zartes Schwälbchen, die Höllenqualen gelitten hatte und mit ihr die schwangere Tochter, jeden Tag den Schatten des Todes am Bett, arme Mama, bis der Himmel sie schließlich aufnahm mit dem ungeborenen Kind in den Armen.

In dieser Nacht jedoch, bevor sie befriedigt einschlief, betete Lina still zum heiligen Antonius, dass er ihr helfen möge, die neue Schwangerschaft zu einem glücklichen Ende zu bringen. Arturo hingegen lag den größten Teil der Nacht wach. Er hatte die Silbermünze vom Nachttisch genommen und hielt sie fest in der geschlossenen Faust.

Am nächsten Tag kehrte er mit einem Lächeln zur Punta Alice zurück. Und als die Kumpels ihn fragten: »Was bist du denn plötzlich so guter Dinge, *compare* Arturì?«, erwiderte er selbstsicher: »Der Wind hat sich gedreht, endlich. Ihr werdet es sehen.«

Seine Prognose erwies sich als richtig: Sie setzten die Entwässerungsarbeiten ungestört acht Monate lang gegen gute Bezahlung fort und hätten weiter unbeirrt die Ausgrabungsstätte geschädigt, wäre nicht eines Tages Paolo Orsi höchstpersönlich eingeschritten.

»Ja, ich bestätige: Dieses Fundament ist Teil des Sanktuariums des Apollon Alaios. Die anderen Ruinen dort hinten gehörten sicherlich zu den Priesterhäusern«, lauteten die ersten Worte, die Professor Orsi am Morgen des 3. Mai 1924 äußerte, als er an der Fundstelle eintraf. Um ihn herum eine Gruppe von Männern, die gierig an seinen Lippen hingen: der Zeichner Rosario Carta, ein junger römischer Archäologe und ein deutscher, dazu der Restaurator Giuseppe D'Amico, drei oder vier vornehme Herren aus Cirò und die Besitzer des Landes, Giuseppe und Francesco Sabatini, Vater und Sohn, die Einzigen, die Arturo vom Sehen oder Hören kannte. Wenige Schritte von ihnen entfernt wartete ein Pulk Arbeiter ungeduldig auf Anweisungen.

»Leider sind der Tempel und vor allem die Häuser in einem erbärmlichen Zustand …«, sagte Rosario Carta, der die Ausgrabungen an Orsis Stelle schon vom 24. April an geleitet hatte.

»Allerdings: sie sehen aus wie ein Stein- oder Ziegelbruch«, kommentierte der Professor mürrisch. »Ganz sicher ist es hier zu Plünderungen gekommen, in den vergangenen Jahrhunderten und auch in unseren Tagen.«

Fast sah es so aus, als wolle er gleich wieder gehen, enttäuscht, wie er war. Stattdessen begann er jeden Winkel der Ruinen zu durchforsten, neue Grabungen zu organisieren und wies jedem seiner Mitarbeiter eine präzise Aufgabe zu. Mit seiner beängstigend tiefen Stimme erteilte er Anweisungen, strahlte dabei aber eine fast greifbare Energie aus, die von Stunde zu Stunde anwuchs. Nur eine Sache konnte er nicht verwinden, und er kam immer wieder auf sie zurück: »Als ich am Vorabend des Krieges dieses Gebiet erforscht habe, war ich überzeugt, der Tempel müsse unter einem der Hügel hier verborgen liegen, vielleicht unter dem roten da direkt vor uns«, er wies mit ausgestrecktem Arm auf den Rossarco. »Niemals hätte ich gedacht, dass ein griechischer Tempel aus einer solchen Sumpflandschaft auftauchen würde, noch dazu quasi auf Meeresniveau. Tempel in Meeresnähe wurden stets auf einer Anhöhe errichtet, von der aus sie die Küste dominierten und von Seefahrern bereits aus der Ferne gesehen werden konnten.«

Die anderen lächelten, ehrerbietig und eingeschüchtert von seinem Wissen. Paolo Orsi seufzte: »Dieses Heiligtum stellt eine Ausnahme dar, deswegen habe ich mich in die Irre führen lassen. Ich muss gestehen, dass ich mich getäuscht habe und mein illustrer Freund, Luigi Siciliani, ein intimer Kenner volkstümlicher Überlieferungen, recht behalten hat. Er war es, der mir das erste Telegramm und dann einen alarmierten Brief schrieb und mich um Hilfe bat, und ich bereue es nicht, gekommen zu sein.«

»Daran habt Ihr recht getan«, bestätigte Giuseppe Sabatini.

»Ich bin mir sicher, dass Ihr noch herausfinden werdet, wo genau Krimisa lag …«

»Eins nach dem anderen«, schloss der Professor. »Krimisa ist eine eigene Grabung wert, auch wenn ich nicht ausschließen möchte, dass dieses Unternehmen hier den ein oder anderen exakteren Hinweis hervorbringen könnte.«

Arturo hatte Paolo Orsi besorgt gelauscht, überzeugt, dass die Entwässerungsarbeiten unterbrochen und er entlassen würde. Doch der Professor übernahm viele Arbeiter für die Ausgrabungen, und für sich selbst suchte er dazu noch eine kleine Gruppe aus, die er den »intelligenten Arbeitstrupp« nannte. Sie sollten ihm bei den Erkundungen und schwierigeren Aufgaben zur Hand gehen. Arturo wurde nicht dafür ausgewählt, was er übelnahm, und so hielt er den Professor, von dem doch der Vater so viel Gutes erzählt hatte, für arrogant, und verstieß ihn sofort aus seinem Herzen.

Im Übrigen kam er mit jedem Tag mehr zu der Überzeugung, dass die Ausgrabungen verlorene Liebesmüh waren. Paolo Orsi verlangte sogar, dass die Arbeiter Hunderte Kubikmeter Sand, mit denen sie schon die tieferen Sümpfe aufgefüllt hatten, wieder aushoben. »Und das Ganze nur, um ein bisschen Antikplunder freizulegen, Stücke und Scherben von Krügen, Töpfen und Dachziegeln, ein paar Bronzenägel, verrottete Münzen«, erzählte Arturo zu Hause enttäuscht. Seine schwangere Frau und seine Mutter gaben ihm recht, der Vater hielt sich bedeckt: Zu groß war seine Wertschätzung für den Professor, den er für einen gescheiten und anständigen Mann hielt. »Wenn er gräbt«, brummte er schließlich, »wird er wohl einen Grund haben, vielleicht sind wir Bauern einfach zu dumm, das zu kapieren.«

Der Sohn wurde zornig: »Was gibt's denn da zu kapieren?

Sind eine Handvoll Steine in einem stinkenden, mückenverseuchten Sumpf etwa wichtiger als eine schöne trockengelegte und fruchtbare Ebene, wo eines Tages Obstbäume und Weinreben wachsen, die vielen Menschen zu essen geben? Was kann man denn bei Ausgrabungen essen, Terrakotta-Ragout? Dieser Plunder interessiert doch nur Leute, die den Bauch voll haben und dazu eine dicke Erbschaft für ihre Kinder und Kindeskinder.«

Alberto wollte und konnte ihm darauf nicht antworten, während der kleine Michelangelo den Vater verwirrt und etwas erschrocken ansah, um ihn dann mit seinem Guckäuglein-Spiel zum Lachen zu bringen, indem er abwechselnd das eine und das andere Auge zukniff.

Auf dem gesamten Küstenstreifen ober- und unterhalb der Punta Alice gab es nicht die Spur eines Baumes, und der Mai war in diesem Jahr unerträglich heiß. Die Eukalyptuspflänzchen, die Arturo im Vorjahr gesetzt hatte, waren noch schmächtig. Um der ermattenden Hitze zu entgehen und die Abbauarbeiten eines niedrigen Hügels zu beschleunigen, den Paolo Orsi »die Riesenzitze« nannte, wurde manchmal auch nachts gearbeitet, im Licht des Vollmondes, der Sterne und im wechselnden Hell-Dunkel des Leuchtturms. Das Meer schwappte wenige hundert Meter entfernt unsichtbar und träge ans Ufer, Arturo hörte seine frische Stimme zwischen dem Knirschen der Spaten und dem Keuchen der Kameraden.

Paolo Orsi wandelte wie ein Geist zwischen den Ruinen umher, groß und still. Dann und wann zog er sich in seine unter freiem Himmel improvisierte Schreibstube zurück, die teilweise von einem Metallzaun umgrenzt war, setzte sich auf einen Säulenstumpf und notierte die Inventarliste der Funde in sein Notizbuch. Zwischendurch sprach er laut vor sich hin: »Einige Nägel und ein Pfeil mit Schaft. Auf einer Fläche von etwas mehr als einem Quadratmeter fanden sich einundzwanzig Bronzemünzen, sehr abgenutzt … hauchdünne Goldplättchen … ein komplett erhaltener Stirnziegel mit Medusen-Maskaron. Prunkstück des Tages war die goldene Apollonfigurine …«

Eine etwas größere Statue aus Silber wurde am 14. Mai von Arturo etwa zweihundert Meter vom Tempel entfernt gefunden. Kurz zuvor war ein Unwetter niedergegangen, das das ganze Ausgrabungsgelände in eine Riesenpfütze verwandelt hatte. Während die anderen Arbeiter nach Hause gingen, hatte Arturo im Schlamm die Statue glitzern sehen. Er hätte sie einfach mitnehmen können, wie es viele taten, wenn es um Gold- oder Silberfunde ging. Doch er zögerte keine Sekunde. Er rief den Professor und übergab ihm das schlammige Ding.

»Das ist ein wertvolles Götzenbild, welches Apollon darstellt, das schönste Stück, das wir bisher in den Sandmassen gefunden haben. Sie sind ein ehrlicher Mann«, sagte Paolo Orsi zu ihm. Er war sichtlich zufrieden, seine Augen blitzten hinter den Brillengläsern, während er die Statue in den Händen drehte und sie mit einem Taschentuch säuberte. Er wirkte wie ein Kind, das ein lange vermisstes Spielzeug wiedergefunden hatte. Dann bot er ihm eine großzügige Summe Geld als Anerkennung an, siebzig Lire, das entsprach dem Lohn einer ganzen Woche.

Arturo wurde verlegen, er wollte das Geld nicht annehmen und sagte immer wieder: »Aber ich habe doch nur meine Pflicht getan.«

Der Professor ließ sich nicht beirren: »Sie verdienen eine Belohnung. Das ist noch wenig, glauben Sie mir, für den Dienst, den Sie uns erwiesen haben.«

»Ich kann das nicht annehmen, ich …«

»Nun stellen Sie sich nicht so an, Ihre Familie kann es sicherlich brauchen«, beharrte der Professor und steckte ihm das Geld in die Hosentasche. »Nehmen Sie es für Ihre Kinder, wenn Sie welche haben.«

»Ich habe einen Dreijährigen, und meine Frau ist wieder schwanger, Mitte Juni soll es zur Welt kommen.«

»Sehen Sie? Heute ist Ihr Glückstag. Alles Gute im Voraus. Bis morgen!«

Es war das erste Mal, dass die beiden miteinander sprachen. An den Tagen danach grüßten sie sich und wechselten ein paar Worte über den Fortgang der Arbeiten. Arturo war so beeindruckt von Anstand und Großzügigkeit des Professors, dass er eines Morgens so tat, als fände er seine Silbermünze in einem Erdhügel, und sie ihm ohne Bedauern überreichte. Sie gehörte ja eh nicht mir, dachte er, und wenn sie wirklich Glück bringt, tut sie das auch von ferne.

Paolo Orsi dankte ihm mit der üblichen Begeisterung, bewahrte die Münze in seinem Depot auf und kehrte zur Arbeit zurück. Er war unermüdlich, hielt selten inne. Manchmal, wenn er sich den Schweiß zwischen den spärlichen grauen Haaren trocknete, die an seinem Kopf klebten, und sich mit dem Hut Luft zufächelte, betrachtete er gedankenverloren den roten Hügel, streichelte mit dem Blick sanft seine Konturen, schloss kurz die Augen, vielleicht um den Duft einzuatmen, den der Wind bis zu ihm heruntertrug.

Arturo hätte ihm gern gesagt, dass der Rossarco seiner Familie gehörte und dass der Mann, der ihn einst mit angelegtem Gewehr aufgehalten hatte, sein Vater Alberto gewesen war. Er machte schon den Mund auf, dann schloss er ihn wieder, sog den ihm wohlbekannten Duft ein und spatete weiter den Boden um.

Vom 19. Mai an sahen sie sich nicht mehr. Die Ausgrabungen sollten ohne Professor Orsi bis zum 6. Juni 1924 andauern.

Nach Hause zurückgekehrt, gab Arturo die Belohnung seiner Frau. »Leg das zur Seite für unsere Kinder«, sagte er und gab zu, dass sein Vater recht gehabt hatte. Der Professor war ein gescheiter und anständiger Mann. Über die Notwendigkeit der Ausgrabungen hingegen blieb er bei seiner Meinung: »Der sucht unter der Erde nach Plunder, der seit Jahrtausenden tot ist, mich interessiert, was über der Erde wächst, und die Menschen, die jetzt am Leben sind, hier und heute.« Und er streichelte Linas runden Bauch, prall gefüllt mit Leben.

# 6

Die ganze Schwangerschaft über war sie umsorgt worden wie eine Königin: Der Schwiegervater verbot ihr, den Rossarco zu betreten, bürdete trotz seines Alters alle Mühen der Feldarbeit sich selbst und seinem Sohn auf, sobald dieser von den Entwässerungsarbeiten zurückkam; die Schwiegermutter ließ sie nicht in die Nähe der schmutzigen Wäsche und des dreckigen Geschirrs und bereitete ihr all ihre Lieblingsspeisen mit Kichererbsen, grünen Bohnen, Erbsen und Saubohnen zu, die Lina gierig verschlang, nachdem sie sich Zwiebeln und Peperoni darübergeschnitten hatte; ihr Mann brachte aus Marina frisch gefangene Sardinen und Gelbstriemen mit und Frühobst, das schon hie und da reifte, Mispeln, Kirschen, Pfirsiche, Feigen, Maul- und Brombeeren. Selbst der kleine Michelangelo wartete nicht, bis die Mutter ihn schalt, ihm einen Klaps auf den Hinterkopf versetzte oder ihn in die Wange kniff, er gehorchte ihr sofort und hatte sogar spontan aufgehört, an ihrem Busen zu nuckeln, wie er es immer noch beim Einschlafen tat: »Die neue Milch ist für mein Brüderchen«, hatte er eines Abends mit gerunzelten Brauen gesagt, um seinem Entschluss Gewicht zu verleihen.

Lina genoss den langen, neunmonatigen Urlaub mit ein paar Gewissensbissen und in bislang ungekannter Trägheit. Sie aß mit doppeltem Appetit, legte sich nach jeder Mahlzeit hin, schloss die Augen und wartete auf die Liebkosungen ihres Sohnes und ihres Mannes, der samstags mit dem Brotbeutel voll Leckereien zurückkam, nur für sie und das Kleine in ihrem Schoß. Sie war fest und rund geworden wie ein Tonkrug.

In der letzten Woche stand sie in Erwartung der Wehen nur noch auf, um den Nachttopf zu benutzen. Am Morgen des 13. Juni weckte sie den Ehemann: »Fühl mal, meine Beine sind nass, die Fruchtblase ist geplatzt«, sagte sie alarmiert. Es war der große Festtag zu Ehren des heiligen Antonius von Padua. Arturo sprang aus dem Bett, zog sich blitzschnell an und rannte los, um die Mammana zu holen.

Am späten Vormittag, während die Prozession durch die Gasse vor dem Hause Arcuri zog und die Musikkapelle hinter der Heiligenstatue einen fröhlichen Marsch spielte, gebar Lina ein fast vier Kilo schweres Kind. Keinen Jungen, wie der kleine Michelangelo gehofft hatte, sondern ein Mädchen, fast gänzlich in einen klebrigen, durchsichtigen Schleier gehüllt, den die Schwiegermutter, als sie die frohe Nachricht weiterverbreitete, »das Glückshemdchen« nannte.

Arturo feuerte zwei Gewehrschüsse in den Feiertagshimmel, und dank der Prozession erfuhr das gesamte Dorf ohne Verzug von der zweiten Geburt im Hause Arcuri. Sofort wurden ein Tisch, Flaschen, Gläser und reichlich Mostaccioli-Kekse auf die Gasse getragen. Die Leute am Ende der Prozession blieben stehen, um mit einem süßen Myrtenlikör oder einem guten Glas Wein vom Rossarco auf die Gesundheit des Neugeborenen anzustoßen. Alle sagten, dass es am Namen der Kleinen keinen Zweifel geben könne: Antonia, so hatte sie selbst es bestimmt, sonst wäre sie doch nicht genau an diesem Festtag auf die Welt gekommen, während der

Prozession des heiligen Antonius. Und Familie Arcuri, die sich der Tradition halber bereits für einen anderen Namen entschieden hatte, nämlich für Sofia nach der Großmutter väterlicherseits, nickte verwirrt lächelnd.

Gegen Abend, nachdem er sich lange mit seiner Frau beraten hatte, verkündete Arturo den offiziellen Namen der Tochter: »Wir nennen sie Sofia Antonia Arcuri«, sagte er, »das klingt doch sehr hübsch, oder?« Doch als am darauffolgenden Tag scharenweise die Freunde und Verwandten eintrafen und Hühner, Hähnchen, Tauben, Eier, Liköre, Honig und selbstgewebte Babydeckchen mitbrachten, bedachten sie das Kind mit den niedlichsten Abwandlungen des Zweitnamens: Antonella, Antonuzza, Antonina, Nuccia, Nina, Ninarè, Nenella, Ninarella.

Die Großmutter nahm es nicht übel: »Was soll der Unsinn, ein Name ist so gut wie der andere, ich danke dem heiligen Antonius, dass die Kleine *sanizza* ist, alles andere ist mir gleich.«

Der Bruder versuchte, seine Eifersucht auf diesen groß- und kahlköpfigen Eindringling zu verbergen, der ihm innerhalb weniger Stunden seinen Thron streitig gemacht hatte und trotz allem so süß war: Er legte sich neben die Mutter aufs Bett und schirmte das Baby mit dem Arm vor den Küssen und Liebkosungen der Verwandtschaft ab. Ein Verhalten der Schwester gegenüber, das er sein ganzes Leben beibehalten sollte. Und von all den Namen, die er in den vergangenen zwei Tagen gehört hatte, war seine Wahl auf Nina gefallen. Was er tags darauf nach einigem Grübeln endgültig in Ninabella umwandelte, in friedlicher Koexistenz mit dem Doppelnamen, den von da an nur noch der Vater verwenden sollte.

»Sofia Antonia, Papas Augenstern, schenk deinem Papi ein Lächeln«, und Ninabella erfüllte ihm nach kurzer Verwirrung den Wunsch.

Arturo genügte ein zahnloses Lächeln seiner Tochter, um alle Widrigkeiten und Mühen zu vergessen, die elenden und hässlichen Seiten des damaligen Lebens. Nichts konnte ihn schrecken, auch nicht Don Licos hinterlistige Versuche, mit allen Mitteln den Rossarco an sich zu reißen: im Bösen, indem er ihn mit verklausulierten Schreiben diverser Anwälte aus Cirò bombardierte, welche die Gültigkeit der Urkunden über die erworbenen Ländereien in Zweifel zogen und zum Verkauf rieten, wollte man alle Sorgen los sein; oder im Guten, indem er ihm ein ganzes Kaninchen, zwei Flaschen besten Weißweins und ein Glückwunschkärtchen zur Geburt der Tochter schickte.

Arturo ließ die Briefe an den Absender zurückgehen, da er sie weder ernst nahm noch ihre Einzelheiten verstand, und bedankte sich für die Geschenke, die er bei nächster Gelegenheit erwidern würde. Er widerstand dem Druck, ohne nervös zu werden. Mit seinem Optimismus und seinem Tatendrang steckte er seine Frau, die Kinder und seine Eltern an. Aus Aberglaube sagte er niemals »Ich bin glücklich«, denn er wusste, dass das Unglück brachte, doch genau das war er, glücklich, und seine Frau spürte es Tag und Nacht, sie liebte ihn mehr denn je, auch wenn sie niemals den Mut aufbrachte, ihm das mit Worten zu sagen.

Mit dem Ende der Trockenlegungs- und Ausgrabungsarbeiten stürzte sich Arturo kopfüber in die Landarbeit. In diesem Jahr hatte er die doppelte Fläche ausgesät, und nun wogten die Ähren träge und schwer von dicken Getreidekörnern in der lauen Brise. Der Hügel sah aus wie ein goldenes Meer, und sein Schatten kräuselte sich in den echten Wellen, die glitzernd bis zum Horizont reichten.

»Und wer soll dir jetzt all das gute Getreide abkaufen?«, fragten die Verwandten, die ihm beim Mähen geholfen hatten, eingedenk der Boykotte der vergangenen Jahre.

»Ihr werdet schon sehen, ich behalte das, was ich für die Familie brauche, und den Rest verkaufe ich bis auf das letzte Körnchen mit doppeltem Gewinn.«

Die Verwandten schüttelten den Kopf: »Du bist genau wie dein Vater, erträumst dir das Leben, wie es dir passt, und am Ende beziehst du Prügel.«

»Wollen wir wetten, um ein Fässchen Wein?«

Sie nahmen Arturo seine naive Großspurigkeit nicht übel und lachten wie über einen guten Witz: »Wir wetten um nichts, weil du unser Fleisch und Blut bist und wir dich nicht übers Ohr hauen wollen.«

Sie hätten die Wette verloren. Arturo brachte fast das gesamte Getreide in eine der Mühlen von Giglietto, dann hievte er die Mehlsäcke auf seinen Eselskarren und zog damit nach Marina, wo er viele Freunde hatte, um es direkt von Tür zu Tür für einen etwas niedrigeren Preis als auf dem Markt zu verkaufen, doch für viermal mehr, als er von den Großhändlern bekommen hätte.

Mit den leeren Säcken und einem ordentlichen Sümmchen Geld in der Tasche kehrte er nach Hause zurück. Er selbst behielt nur das Nötigste für Tabak und die Erhaltungskosten des Rossarco, den Rest händigte er seiner Frau aus: »Leg das Geld beiseite für Michelangelo und Sofia Antonia.«

Schließlich nahm er seine Kinder in den Arm, küsste sie

abwechselnd, damit Michelangelo nicht eifersüchtig wurde, auf die Stirn und improvisierte für die beiden ein kleines Liedchen: »Blume im Wind, ich küss dich geschwind, alle Qual ist dahin, und mein Herz hebt sich hin, du Blume im Wind.«

# 7

Die Kinder wuchsen heran, gesund und gescheit, seine Frau erblühte weiter in Schönheit trotz der zwei Geburten, der Fehlgeburten und der zehrenden Arbeit, die sie nach fast einem Jahr fürstlichen Wohllebens wieder aufgenommen hatte. Arturo kehrte zerschlagen vom Rossarco zurück, wusch sich, aß mit Appetit und ging jeden Abend auf die Piazza, um dort seine Genossen zu treffen.

Anfangs hatte man im Dorf das autoritäre System des neuen faschistischen Regimes nicht zu spüren bekommen. Der erste Bürgermeister wusste, dass Spillace ein Nest eingefleischter Sozialisten und Kommunisten war, schließlich war er seinerzeit ebenfalls Sozialist gewesen wie im Übrigen auch Mussolini selbst, so der Bürgermeister, der es daher nicht über sich gebracht hatte, die Versammlungssäle der gegnerischen Parteien zu schließen: Er konnte ja schlecht die gesamte Dorfgemeinschaft bestrafen oder einsperren.

Auf der Piazza kritisierten Arturo und seine Genossen keck Mussolinis Tun, die Aufhebung des Visocchi-Dekretes, die sie persönlich betraf, den Unsinn der faschistischen Versammlungen, an denen sie nicht teilnahmen, aus Prinzip und weil sie natürlich auf den Feldern zu tun hatten.

Die Dinge änderten sich grundlegend, als Don Lico Bürgermeister wurde. Ihm gehörten bis auf den Rossarco sämtliche Ackerflächen und alle Wälder rings um Spillace und die anderen Dörfer der Umgebung. Seine wirtschaftliche

Macht hatte seit jeher außer Frage gestanden, nun festigte sich ganz legal auch seine politische Macht: Von heute auf morgen wurde aus Don Lico ein absoluter Monarch, ein Mussolini *en miniature*, dazu ebenso kahl und glutäugig wie jener, doch weniger robust und kleiner als das Original.

Als Gutsbesitzer erhöhte er seinen Untergebenen den ohnehin schon unverschämten Pachtzins von etwa einem Zentner Getreide, nur vom Besten, versteht sich, pro Morgen Land. Als Bürgermeister verdoppelte er innerhalb einer Woche sämtliche kommunalen Gemeindesteuern.

Die Bevölkerung rebellierte in Massen: Steine flogen gegen die Fenster des Amtssitzes, jemand feuerte Gewehrschüsse in die Luft, das Eingangstor wurde in Brand gesteckt, und zahlreiche Bauern auf ihren Maultieren umstellten wie Indianer seine kleine Festung.

Die Reaktion von Don Licos bewaffneten Männern erfolgte prompt und brutal: Prügel, gewaltsame Verabreichung von Rizinusöl, Einschüchterung der sogenannten revolutionären Aufrührer, deren Anführer angezeigt und von den Carabinieri eingesperrt wurden.

Arturo bekam zu seiner eigenen Überraschung keine Anzeige, obwohl er in der vordersten Reihe protestiert hatte. Dann begriff er.

Eines Sonntags unterhielt er sich mit ein paar Genossen auf dem Dorfplatz im Schatten einer Ulme, als er Don Lico mit zwei vierschrötigen Fremden aus dem gegenüberliegenden Haus kommen sah. Ein Genosse sagte: »Dass der es überhaupt noch wagt, sich auf der Straße zu zeigen, nach allem, was er sich geleistet hat.«

Die drei Männer im Sonntagsstaat spazierten gemächlich umher, genossen die Sonne, lächelten. Zunächst drehten sie eine ziellose Runde, dann kamen sie direkt auf die Ulme zu. Arturo und seine Freunde grüßten ehrerbietig, was nicht minder höflich erwidert wurde, »wie geht es, strahlender Tag heute, ist es nicht schön hier« und ähnliche Belanglosigkeiten, bis sich Don Lico direkt an Arturo wandte: »Wenn du erlaubst, würde ich dich gerne unter vier Augen sprechen.«

»Sprecht nur, ich bin ganz Ohr«, erwiderte Arturo in seiner gewohnten Keckheit, die er vor den anderen noch unterstrich.

»Nicht hier, wo jeder mithört, komm zu mir nach Hause, dann trinken wir etwas, es kostet dich höchstens fünf Minuten.«

Arturo wusste nicht, was er antworten sollte, insgeheim wollte er auf keinen Fall nachgeben. Er suchte Unterstützung in den Blicken der Genossen, und diese sagten: »Geh nur, geh, Compà, wir warten hier auf dich.«

»Kommt mit, Signor Arcuri. Euch wird nichts geschehen. Don Lico möchte nur mit Euch reden«, versicherten auch die beiden Unbekannten.

Also überschritt Arturo zum ersten Mal im Leben die Schwelle des herrschaftlichen Hauses, stieg eine weiße Marmortreppe empor, ging durch einen langen Flur, dessen Wände voller Bilder hingen, und betrat einen großen, luxuriösen Saal mit Balkon zur Piazza.

»Mach es dir auf dem Sofa bequem«, sagte Don Lico, und er gehorchte, obwohl er schon bereute, mitgekommen zu sein, und gereizt war wie ein Löwe im Käfig. Die zwei Fremden blieben neben Don Lico stehen, der hinter einem mit Papieren übersäten Schreibtisch Platz genommen hatte.

»Du weißt wahrscheinlich, warum ich dich hergebeten habe?«, fragte er und sah ihn scharf an. Arturo hielt seinem Blick stand, ohne zu antworten.

»Ich will den Rossarco kaufen. Ich biete dir eine letzte Chance. Eine angemessene Summe, ich möchte meine Macht nicht missbrauchen, wir lassen ihn schätzen von diesen zwei Ehrenmännern hier, die vom Fach sind, oder von wem du willst, wenn du ihnen nicht traust«, sagte Don Lico in versöhnlichem Ton und wandte sich Einverständnis suchend den beiden Männern zu.

»Ich habe tausendmal nein gesagt, aber Ihr wollt das nicht akzeptieren, und ich verstehe nicht, warum: Ihr habt doch wohl genug Land, was kümmern Euch da fünfzig Hektar mehr oder weniger? Ihr kennt doch überhaupt keine Sorgen«, erwiderte er.

In Wirklichkeit verstand Arturo sehr wohl das Motiv für dieses Angebot, alle verstanden es, selbst Michelangelo und die kleine Sofia Antonia hätten es verstanden: In der Vergangenheit hatte sich niemand für den Hügel interessiert, weil er eine unwirtliche Steinwüste war, überwuchert von Dornenbüschen, Kaktusfeigen und dichtem Gestrüpp, das ein paar vereinzelte jahrhundertealte Olivenbäume unter sich erstickte. Doch dann hatte Don Lico gesehen, was Familie Arcuri in dreißig Jahren harter Arbeit daraus gemacht hatte, und er war zum Angriff übergegangen, er wollte den gesamten Hügel kaufen, mehr noch, ihn um jeden Preis besitzen – das war das passende Wort, unterstrich mein Vater, ihn besitzen, wie man eine Frau besitzt, die sich wehrt –, nicht nur die Olivenbäume und den edlen Weinberg, die allein schon ein Heidengeld wert waren, sondern auch die Fläche des Wäldchens von Tripepi und die Schluchten.

Dann kam Arturo noch ein flüchtiger Zweifel: Ob vielleicht auch Paolo Orsis Annahme, unter dem Hügel könnte sich das Herz der antiken Stadt Krimisa verbergen, etwas damit zu tun hatte? Nein, Don Lico war zu geldgierig und ignorant, um sich von solchen Phantastereien hinreißen zu lassen, es sei denn, er glaubte wie die Kinder und Einfaltspinsel von Spillace an die unter dem Rossarco verborgenen Goldschätze.

»Nun denn, Arturo, mach du mir einen ernsthaften Vorschlag, und wir einigen uns zwischen Ehrenmännern. Dann fahren wir morgen zum Notar Giglio nach Cirò und unterschreiben den Kaufvertrag. Du bist ein gescheiter Mann, du weißt, dass ich weiter nicht gehen kann. Mehr ist einfach nicht drin.«

Arturo antwortete ihm resolut: »Tja, wie soll ich es Euch noch sagen, vielleicht singend mit der Gitarre? Ich werde mein Land zu keinem Zeitpunkt und an niemanden verkaufen, auch nicht an Euch, auch nicht gegen Gold. Das habe ich meinem Vater versprochen und habe es meine Frau versprechen lassen, falls ich vor ihr sterbe, und auch meine Kinder, die noch klein sind. Niemals verkaufen, sondern kaufen, das lehrt Ihr mich. Denn was sollen wir sonst essen, wenn das Geld alle ist, in der Pfanne gebratene Luft?«

Don Lico war außer sich, niemand im Dorf hatte es je gewagt, ihm ein so klares arrogantes Nein entgegenzusetzen: »Ich werde dir alles Land verpachten, das du willst, ich lasse dich doch nicht verhungern, und zudem liegt frisches Geld unter deinem Kopfkissen, du kannst deine Kinder auf die höhere Schule schicken, dir ein neues Haus bauen, ich verkaufe dir zu einem niedrigen Preis den nötigen Baugrund, wo immer du willst. Arturì, eine Hand wäscht die andere, in Ordnung?«

Arturo brach in schallendes Gelächter aus. Dann wurde er wieder ernst und erwiderte: »Sollten meine Kinder genug

Verstand haben, lasse ich sie von meinem Ersparten zur Schule gehen. Und mein Haus ist das, in dem ich geboren bin, wir brauchen keinen Luxus, wir sind so zufrieden, wie es ist.«

»Ja, aber denk doch nur einen Moment mal richtig nach, ich biete dir ein wirklich gutes Geschäft an …«

Arturo reichte es langsam: »Genug jetzt. Ich habe nein gesagt, und das heißt nein. Ihr seid ja hartnäckiger und gieriger als ein Rabe.«

»Und du bist ein Sturkopf, wie er sturer nicht sein könnte. Wir werden ja sehen, wer gewinnt …«

»Wenn Ihr auch nur einen Fuß auf den Rossarco setzt, schieße ich Euch eine Kugel in den Kopf, mein Ehrenwort«, schloss Arturo aufgebracht und bereute seinen Ausbruch sofort. Das war dumm gewesen: In diesen Zeiten landete man für weitaus weniger hinter Gittern.

Als er aufstand, um zu gehen, kamen die zwei Kerle bedrohlich näher. Don Lico winkte sie mit einer Geste zurück. Er war in seinem anmaßenden Stolz gekränkt, wollte sich jedoch lieber nachgiebig zeigen: »Also gut, dann will ich nichts gesagt haben.« Er lächelte, zum ersten Mal ironisch. Und aus diesem Lächeln sprach unmissverständlich, was er dachte: Alle haben sie deine schönen Abschlussworte gehört, auch die Wände und die Piazza. Schon bald wirst du deine Zurückweisung und deine Drohung bitter bereuen. Dann beachtete er ihn nicht länger und wandte sich den zwei Schergen zu. Und während Arturo mehr angewidert als eingeschüchtert den Salon verließ, folgten ihm Don Licos bedrohliche Absichten: sich rächen, ohne sich die Hände schmutzig zu machen, über seinem Haupt so viele Verleumdungen wie möglich ausschütten, Gemeinheiten, Falschaussagen, und ihn schließlich abservieren, diesen Lumpenkommunisten, dieses Hähnchen mit doppeltem Kamm.

Ein paar Abende später fing eine Gruppe von Faschistenschlägern Arturo in einer dunkle Gasse wenige Meter vor seinem Haus ab und machte sich einen Spaß daraus, ihm eine Lektion unter Einsatz von Rizinusöl zu erteilen, nach einer vorangegangenen feigen Tracht Prügel. Am nächsten Morgen erstattete Don Lico, der sich die faschistische Gesetzgebung geschickt zunutze machte, mit Hilfe seiner zwei auswärtigen Zeugen Anzeige beim Polizeipräsidenten, die beschworen, Arcuri Arturo, ein alter und unverbesserlicher Kommunist, habe nicht nur den Herrn Bürgermeister mit dem Tode bedroht, sondern auch Mussolini höchstpersönlich. Der Herr Bürgermeister sei nur deshalb nicht angegriffen worden, weil die zwei Augenzeugen Arcuri Arturo auf dem Sofa festgehalten hätten. Ein brandgefährlicher und brutaler Typ, der Angezeigte, der schon bei anderen Gelegenheiten die Bevölkerung von Spillace aufgewiegelt und einen Aufstand gegen den Sitz des Bürgermeisters angeführt habe, wie auch aus den Protokollen der königlichen Carabinieri von San Nicola hervorgehe.

Der Polizeipräsident leitete seinen Bericht an den Präfekten weiter und der wiederum an den zuständigen Provinzausschuss, der dem Arcuri Arturo die Anklage wegen »politischen Widerstands und Gefährdung der öffentlichen Sicherheit« bestätigte. Schließlich wurde er per Erlass zu fünf Jahren Verbannung verurteilt, zu verbüßen auf einer entlegenen Insel namens Ventotene.

# Ähnlichkeiten

Von Nonno Arturo, so rühmte sich mein Vater immer, habe er das Kinngrübchen geerbt, die dichten Locken, den festen Bart, die olivfarbene Haut, die mit der ersten Frühlingssonne braun wurde; ganz zu schweigen von der chronischen Allergie gegen die Mächtigen und der ausgeprägten Gabe, den Duft des roten Hügels unter Hunderten oder mehr zu erkennen. Zwei Eigenarten, die sich für mein Empfinden in den vergangenen Jahren, seitdem er dort oben lebte, noch verstärkt hatten. Im Übrigen wird man einer Person, die man mystifiziert, am Ende von selbst immer ähnlicher.

Wie sein Vater hatte auch der meine sich mit den Jahren zum erfahrenen Landwirt entwickelt – obwohl er von Beruf eigentlich Grundschullehrer war –, und die körperliche Anstrengung schreckte ihn nicht.

In diesen Ostertagen wollte mein Vater, dass ich die Früchte seiner Arbeit mit eigenen Augen sähe und mit eigener Zunge schmeckte, mehr um mich zu beruhigen, als um zu prahlen: den Wein und das Öl, die zu den besten der Gegend zählten, das Brot aus Hartweizen, das er in dem Steinofen hinter der Hütte buk, das geröstete und zu Kaffeepulver vermahlene Malz, das viele Obst, genauso das Gemüse aus dem Garten, den er mit dem Wasser der Fiumara goss, und all die unterschiedlichen Pilze, die er in Öl konservierte oder trocknete.

Außerdem wanderte er mit mir über den Rossarco – ich schlapp und verschwitzt schon nach einer Viertelstunde, er unermüdlich und ohne einen Tropfen Schweiß –, um Zichorien zu sammeln, Kamillenblüten, die Knollen der Perlhyazinthe, die bei uns *cipulluzza* heißt, Disteln, Spargel, der allerorten reichlich spross, außerdem Portulak, wilden Mangold, Borretsch sowie die zarten Spitzen der Brennnessel und der himmelblauen Ochsenzunge. Von den Pflanzen, die man trocknen konnte, pflückte er mir kleine Sträuße und sagte: »Die sind für deine Frau, da wird sie sich freuen.«

Mein Vater vergötterte Simona, die einzige Person, mit der er noch nie gestritten hatte, und er bewies es ihr mit diesen kleinen Gaben oder indem er sich auf ihre Seite schlug, wenn zwischen uns hitzige Diskussionen entbrannten. Und vor kurzem hatte er sie mir gegenüber mit einem Kompliment bedacht, das in seiner Denkart das absolut größte war: »Deine Frau hat Eier wie ein Mann, genau wie deine Mutter.« Den Umstand, dass ich aus Liebe zu Simona nun im Trentin lebte, legte er als Schwäche meinerseits aus, sie hatte nichts damit zu tun, es war meine Schuld, dass ich sie nicht zu einem Umzug nach Kalabrien hatte bewegen können. Vielleicht hielt er mich für zu nachgiebig und fügsam, um mich wirklich zu schätzen, in manchen Situationen ihm selbst zu ähnlich. Oder er konnte sie mir einfach nicht zeigen, seine Wertschätzung, ewig gefangen in den ungelösten Problemen seines Lebens und den vielen Obliegenheiten, denen er nachkommen musste, wenn er auf dem Rossarco überleben wollte.

»Leicht ist es hier nicht«, gab er zu, »doch ich habe noch die Energie und vor allem den Kopf, um weiterzumachen.« Und an Willenskraft fehlte es ihm tatsächlich nicht, er hätte sogar allein auf dem Mond leben können, wenn er es gewollt hätte. Für die schwereren Arbeiten benutzte er eine Motorhacke und ließ sich, da er im Dorf keine Hilfsarbeiter fand, von einem Trupp Immigranten helfen, vor allem Marokkanern, denselben, die im Sommer über die Strände der Marina zogen und den Badegästen ihren Tand anboten. Selbst Fleisch besorgte er sich auf dem Rossarco, jagte im Wald von Tripepi nach Wild, die unfehlbare Doppelflinte immer schussbereit in der Hand, als fürchte er, aus irgendeinem Loch könnte plötzlich ein Wolf oder ein Verbrecher oder ein Gespenst auftauchen.

Einmal im Monat fuhr er nach Spillace, um ein paar Kilo Nudeln und Zigaretten zu kaufen, neunzig Packungen, er rauchte mehr als ein Türke, mehr als früher. Bei diesen Anlässen öffnete er das verlassene Wohnhaus zum Durchlüften, und vor meiner Ankunft hatte er es von einer Frau aus dem Dorf von oben bis unten reinigen lassen, um mich gebührend zu empfangen.

Seine Mitbürger verstanden nicht, warum er dieses unbequeme Leben führte, hatten aber auch nicht den Mut, ihn zu fragen, wohl wissend, dass er ihnen sowieso nicht geantwortet hätte: Sie waren zusammen aufgewachsen, sie kannten seine Art nur zu gut. »Stell dir vor, Michelangelo Arcuri ist ein noch schlimmerer Sturkopf als wir, und außerdem kann er richtig wütend werden«, sagten sie und hoben die Hände zum Himmel, wie um eine Bedrohung abzuwenden. Und sie fragten sich: »Warum wird denn so ein Mann, ein erfahrener Lehrer, beliebt bei seinen Schülern, egal ob jung oder alt, respektiert von den Männern und hofiert von den Mädchen, bis er sich dann mit dieser Torinèsia verheiratet hat und auch danach, warum wird aus so einem Mann ein Wilder?« Die Neugier nagte an ihnen. Und kaum sahen sie mich während meines Osterurlaubs im Dorf, empfingen sie mich mit breitem Lächeln und aufdringlichen Umarmungen, bestürmten mich mit Fragen, ließen mir keine Ruhe, wollten um jeden Preis die ganze Wahrheit erfahren, von mir, dem ehrlichen und studierten Jungen, sie umschmeichelten mich, dass ich ihnen doch wie ein Sohn, wie ein Bruder sei: »Komm schon, du kannst uns doch nicht auch so täuschen wollen wie dein Vater.«

Ich erwiderte vage: »Auf dem Hügel fühlt er sich freier«, oder: »Ihr kennt ihn doch, er ist ein Einzelgänger«, und schließlich, um sie ein bisschen zu ärgern: »Er liebt den Rossarco eben mehr als euch und das Dorf.«

»Du bist genauso durchtrieben wie Michelangelo, ihr seid aus einem Holz geschnitzt. Red schon, stell dich nicht dumm. Uns kannst du vertrauen«, bedrängten sie mich schamlos.

Da musste ich unwillkürlich lächeln und überließ sie ihren Spekulationen, entfernte mich von dem kreischenden Chor: »Spuck sie aus, die Wahrheit, komm schon, die ganze Wahrheit ...«

Die Wahrheit lag an jenem Ort mit dem geheimnisvollen Duft begraben. Vielleicht hatte mein Vater beschlossen, sich auf dem Hügel niederzulassen, um seine Geheimnisse und unsere Geschichten besser hüten zu können. Darum verstand ich nicht, warum er sich nun von ihnen befreien wollte. Und einen Urlaubstag nach dem anderen lauschte ich ihm, gebannt von einer begreiflichen Unruhe. Dann, 1195 Kilometer weit von ihm entfernt, ganz in Simonas Nähe, die ich im Wohnzimmer rumoren hörte, schloss ich die Augen, folgte in der abgestandenen Luft meines Arbeitszimmers der Spur eines unmöglichen Duftes und betrachtete alles noch einmal durch seine Kinderaugen.

# 8

Das Kind war auf der Hut, wie die Mutter es ihm aufgetragen hatte. Auf dem Rossarco lauerten Gefahren aller Art: giftige Schlangen im Gras oder zwischen den Steinen, Hornissen und Wespennester, Wildschweine und hungrige Wölfe, zwischen Dornen verborgene Gruben und an manchen Stellen des Waldes von Tripepi sogar Fallen, die Wilderer ausgelegt hatten.

»Pass auf, denn die Hölle verbirgt sich im Paradies«, wiederholte die Mutter und betonte dabei jedes Wort, während sie den Schollen rhythmische Schläge mit der Hacke versetzte, die mal rauen Zärtlichkeiten, mal Messerstichen ähnelten.

»Keine Sorge, Mà, ich tu mir schon nichts«, versuchte der Junge sie zu beruhigen, der ihre Ängste nicht begriff. Es war ein lauer Aprilnachmittag, vor seinen Augen erstreckte sich der duftende Hügel in unbeschreiblicher Farbenpracht, unter denen das Purpur des Süßklees und in der Ferne, hinter den Eisenbahngleisen und dem Küstenstreifen, das Blau des Meeres hervorstachen. Dann sprang es mit der Leichtigkeit eines Eichhörnchens auf den großen Olivenbaum, um in Ruhe seine Mutter zu bewundern.

So war sie: ängstlich und doch ungestüm, mehr Vater als Mutter, seitdem ihr Mann sie mit den beiden Kleinen allein gelassen hatte. Ihre Hände waren schwielig wie die der Bauern, und wenn sie nach einem harten Arbeitstag die Kinder streicheln wollte, tat sie das mit den Fingerrücken, den Wangen und den vollen Lippen. Sie war schön, seine Mama, wenngleich sie aus der Ferne wie ein mürrischer Bauer aussah, voller Zorn auf den harten Boden und auf Michelangelo, der nach Nestern suchte oder Eidechsen jagte, anstatt ihr zu helfen, oder stundenlang auf dem großen Olivenbaum hockte, um im Himmel die weiße Schwalbe zu entdecken, von der der Großvater immer erzählte.

»Komm da runter, Michè, bitte, wenn du fällst, bist du platt wie eine reife Feige, und dann besorg ich dir den Rest«, rief sie ihm mehrmals zu, ohne zu merken, dass der Wind ihrer Stimme die Kraft nahm und sie zu einem zahnlosen Echo zerfranste.

Das Kind hörte auf zu lächeln: Es hatte ein schleifendes Geräusch auf dem Kies der Fiumara gehört. Voll Neugier stieg es flink vom Baum, rannte zum Rand des Feldes, wo es abschüssig wurde, und beugte sich, so weit es konnte, über die Holunderbüsche, halb betäubt von ihrem Duft.

Als die kleine Staubwolke sich legte, erschien am Fuß des Hügels ein offener Wagen mit zwei vorgespannten Pferden. Ihm entstiegen drei Männer und begannen, dem mit Mückenschwärmen aus der nahen Fiumara aufgeblähten Wind Ohrfeigen zu versetzen. Sie sprachen und gestikulierten aufgeregt, doch ihre Stimmen waren kaum zu hören, nicht mehr als im Gurgeln des Wassers erstickte Wortechos. Einer der drei wies mit dem Finger auf den Gipfel des Rossarco. Das Kind zog schnell den Kopf ein wie eine verängstigte Schildkröte und erkannte unter seinem Panzer aus Holunderzweigen gerade noch, wie die Männer den Saumpfad einschlugen und mit schnellen Schritten zu ihm hinaufstiegen. In der ersten Serpentine verlor er sie aus den Augen. Also sprang er eilig aus dem Busch und rannte zur Mutter.

»Mà, da kommen drei Männer zu uns herauf.«

»Drei Männer?«, wiederholte die Mutter und ließ die Hacke sinken.

»Ja, sie sind aus einem Pferdewagen gestiegen und kommen jetzt hoch. Was sollen wir tun, Mà?«

Die Mutter überlegte besorgt, sie wusste keine Antwort, und das Kind wollte ihr vorschlagen, sich lieber zu verstecken, es gab so viele Verstecke in der Nähe, sie konnten sich zum Beispiel in eine Grotte flüchten oder zwischen die Steineichen im Wald von Tripepi oder, noch besser, in den geheimen Unterschlupf, den er mit seinen Freunden gebaut hatte, indem sie mit der Hippe einen riesigen Brombeerbusch ausgehöhlt hatten.

»Wir warten. Vielleicht wollen sie Öl kaufen«, sagte die Mutter, um ihn zu beruhigen, wischte sich mit einem Arm den Schweiß von der Stirn und steckte mit einem Klämmerchen ein paar schwarze Haarsträhnen fest. Sie waren unter ihrem Männerhut herausgerutscht, der sie kaum im Zaum zu halten vermochte. Es war ein breitkrempiger Hut, der ihrem Mann gehört hatte und den sie als Schutz vor Sonne und Staub trug. Sie drückte den Sohn an sich und lächelte ihm zu.

Zwei der Unbekannten kamen grüßend näher, außer Atem von dem langen und steilen Aufstieg: »Guten Tag, Signora. Wir müssen mit Euch reden.« Einer von ihnen war Carabiniere, das sah man gleich an der staubigen Uniform.

Der dritte, obgleich der älteste von ihnen, lief ruckartig hierhin und dorthin. Ab und zu blieb er stehen, um den

Rossarco zu bewundern und seinen Duft einzuatmen. Er war groß und mager, setzte die Stiefel mit einer Natürlichkeit und ohne je zu straucheln auf die Schollen, als folge er einem vertrauten Pfad. Als Einziger schüttelte er der Signora die Hand. Ihr Lächeln jedoch erwiderte er nicht, sah ihr nur eine Sekunde lang in die Augen und sagte, indem er sich gedankenverloren über den weißen Spitzbart strich: »Sehr erfreut, Paolo Orsi«, ehe er mit der Begutachtung des Hügels fortfuhr, von dem er sichtlich fasziniert war, wie ein Verliebter. Er sprach mit lauter Polterstimme und auswärtigem Akzent. Sie erwiderte: »Ich bin Lina Dattilo, verheiratete Arcuri. Dieses Land gehört uns.«

»Das wissen wir, Signora«, mischte sich der eleganteste und verschwitzteste der drei ein, der sich als Bürgermeister Gaetani vorgestellt hatte, ohne sein Dorf zu nennen. »Wir sind hier, weil Professor Paolo Orsi, ein berühmter Archäologe, auf Eurem Land Ausgrabungen vornehmen möchte. Er ist überzeugt, dass sich unter Euren Füßen viele antike Schätze verbergen, vielleicht die mythische Stadt Krimisa.«

»Was redet Ihr denn da! Hier gibt es kein Krimisa, das ist der Rossarco, der wegen all der schönen roten Süßkleeblüten so heißt, die Ihr hier seht!«, sagte die Mutter mit erhobener Stimme.

»Oben wachsen rote Blumen, doch darunter, wenn man gräbt …«

Die Miene der Frau verdüsterte sich. »Nein, das könnt Ihr nicht. Das ist unser Land. Ich gebe Euch keine Erlaubnis. Hier ist alles bepflanzt, Ihr ruiniert mir den Gemüsegarten, die Weinstöcke, das Getreide und den Rest, die Arbeit und den Schweiß vieler Jahre. Der Hügel gehört uns, Ihr könnt hier nicht graben und ihn zerstören. Außerdem ist hier drunter gar nichts, nur harter Fels. Ich weiß das, denn ich hacke hier fast jeden Tag, seitdem mein Mann in die Verbannung geschickt wurde.«

Der Junge hatte sich kein Wort des Gesprächs entgehen lassen, und obwohl er auf Seiten der Mutter war, bedauerte er doch, dass sie die Erlaubnis für Grabungen nicht geben wollte. Wer weiß, wie viele Schätze sich hier finden ließen! Unter ihnen war nicht nur harte Erde, da hatte die Mutter gelogen. Manchmal, wenn man an dem Abhang zum Meer hin grub, tauchten Scherben von antiken Vasen auf, Quadersteine, eine verrostete Messerklinge, und einmal hatten sie eine Terrakottastatue gefunden, einen schönen Frauenkopf mit welligen Haaren wie die der Mutter.

Der Bürgermeister erhob ungeduldig die Stimme: »He, werte Frau! Wir sind nicht gekommen, um Eure Erlaubnis einzuholen, sondern um Euch freundlich darüber zu informieren. Wenn der Hügel von archäologischem Interesse ist, enteignen wir Euch nach dem Gesetz, und damit hat sich die Sache.«

Warum wurde der elegante Mann plötzlich so ärgerlich? Hatte er gemerkt, dass sie log? Und was hatte der Carabiniere auf dem Rossarco zu suchen? Das Kind begriff es nicht. Es schmiegte sich noch enger an die Mutter, als wolle es sie verteidigen.

Nun sprach der Ältere etwas abseits mit den zwei Männern, die sich daraufhin grußlos entfernten. Dann sagte er mit seiner überzeugenden tiefen Stimme: »Signora, machen Sie sich keine Sorgen, ich werde auf dem brachliegenden Abhang des Piloru graben, der zum Meer hinabführt. Zwei oder drei horizontale und vertikale Proben, dann sehen wir, so hoffe ich, ob meine Ahnung sich bestätigt. Wir werden weder

Bäume noch Reben ausreißen, keine einzige Getreideähre. Das verspreche ich Ihnen. Als Belohnung für Ihre Mitarbeit werde ich Ihnen eine angemessene Summe zahlen. Sie werden es nicht bereuen, das versichere ich Ihnen.«

Ihr Mann hatte ihr vor seiner Abreise in die Verbannung eingeschärft, niemandem zu trauen: »In Scharen werden sie meine Abwesenheit ausnutzen und über den Hügel herfallen, um ihn sich unter den Nagel zu reißen, mit allen Mitteln«, hatte er ihr erklärt, in weiser Voraussicht dessen, was geschehen würde. »Wehe dir, wenn du nur einen Quadratmeter des Rossarco verkaufst. Du musst ihn hüten wie einen Schatz.« Und sie, obwohl sie sich häufig in wirtschaftlicher Not befand, hatte sich selbst gegen die verlockendsten Angebote entrüstet gewehrt, die von Don Lico oder anderen Käufern aus Cirò eingingen.

Dieser Herr jedoch erschien ihr aufrichtig und ehrbar, er wollte nicht ihre Ländereien an sich reißen, er wollte ein paar Streifen umgraben und für die Unannehmlichkeiten zahlen. Es hatte keinen Sinn, sich zu widersetzen.

»Wann fangt Ihr an?«, fragte sie ihn.

»Morgen bei Sonnenaufgang mit den Ortsbegehungen. Mit den Grabungen in den nächsten Tagen«, erwiderte der Mann ernst. Dann tippte er sich zum Gruß an den Hut und bemerkte nun erst den Jungen, lächelte ihm zu, kniff ihn freundlich in die Wange und entfernte sich in Richtung Saumpfad, behände zwischen den Schollen hindurchspringend wie ein Hase.

»Wir gehen auch, es wird bald dunkel. Ninabella und die Großeltern warten mit dem Abendessen«, sagte die Mutter und versteckte die Hacke in einem Mastixstrauch.

# 9

Bevor sie auf dem Rücken des Maultiers zu Hause ankamen, hatte die Mutter ihm gesagt: »Michè, stumm wie ein Fisch musst du sein. Kein Wort zu niemandem. Hast du das verstanden?«

»Auch nicht zu meinem Freund Alduzzo? Auch nicht zu Ninabella?«

»Zu absolut niemandem. Sonst erfährt es das ganze Dorf, das mit der Graberei. Die Leute sind böse und scheelsüchtig. Vor allem wenn sie glauben, dass wir daran verdienen. Da schütze und rette uns Gott vor! Verstanden? Zu niemandem.«

»Auch nicht zu den Großeltern?«

»Mit den Großeltern rede ich.«

Der Junge ließ nicht locker: »Aber sie werden doch alle sehen, dass da gegraben wird.«

»Schon, aber wenn sie es sofort erfahren, wimmelt es schon morgen auf dem Rossarco nur so von Hinkefüßen. Du kennst doch das Sprichwort? Wenn Neid ein Beinbruch wäre, sähe man nichts als Hinkefüße! Sie würden uns nicht in Ruhe lassen, würden behaupten, wir hätten wer weiß welche Schätze gefunden und wollten uns bereichern. Das sagen sie ja jetzt schon, was soll dann erst werden.«

Die Vorstellung eines Hügels voll humpelnder Dorfbewohner brachte Michelangelo zum Lachen. Und sie überzeugte ihn, dass die Mutter recht hatte.

»Ich werde kein Sterbenswörtchen sagen. Versprochen!«,

sagte er mit einem Kuss auf Zeige- und Mittelfinger. Dann atmete er tief ein, gegen den Wind. Der Duft des Rossarco verfolgte ihn. Er konnte es kaum erwarten, zurückzukommen und zusammen mit Professor Orsi zu graben.

Großmutter Sofia hatte zum Abendessen Pasta mit Kichererbsen bereitet. Michelangelo verschlang zwei Teller davon, während sie ihn immer weiter anspornte: »Iss nur, Michè, du hast härter geschuftet als ein Großer.«

Die Mutter lächelte: »Er ist von einem Baum zum anderen gesprungen wie ein Äffchen, von wegen geschuftet wie ein Großer.«

»Er ist ja noch so klein, erst neun Jahre alt.« Nonna Sofia vergötterte ihn und stellte sich stets hinter ihn, egal, worum es ging.

»Fast zehn, bitte. In dem Alter hackte sein Vater von morgens bis abends auf dem Rossarco und brachte seinen Tagelohn nach Hause.«

»Das heißt doch nichts! Das waren Hungerzeiten, heute gehen die Bengel zur Schule. Wenn unser Arturo hier wäre, würde er den Sohn nicht mehr aufs Feld schicken.«

Ninabella klammerte sich während des ganzen Abendessens an die Mutter. Sie war todmüde, tagsüber war sie in den Gassen unterwegs, immer am Spielen und Rennen wie ein Teufelchen. Kaum hörte sie den Namen des Vaters nennen, fragte sie mit ihrem Vogelstimmchen, den Tränen nahe: »Wann kommt Papa zurück?«

»Bald, mein Engel, bald kommt Papa zurück. Schlaf jetzt, die Mama bringt dich ins Bett.« Das Mädchen begann sich die Augen zu reiben und gehorchte ohne Widerworte.

Michelangelo wusste, dass auch dies eine notwendige Lüge

der Mutter war, denn Ninabella wollte genau dieses eine Wort hören, »bald«, sonst fing sie an zu weinen. Auch ihm fehlte der Vater, aber er machte sich nichts vor: Der Ort der Verbannung war weit weg, weiter noch als Neapel, eine Art Festung ohne Gitter, hatte ihm die Mutter erklärt, eine kleine Insel namens Ventotene, wo Arturo frei herumlaufen und auch arbeiten konnte, wenn er wollte, solange er sich nur nicht in den Kopf setzte, vorzeitig ins Dorf zurückzukehren. Fünf Jahre musste er dort bleiben, es waren gerade mal dreiundzwanzig Monate vergangen, zwei Sommer, zwei Weihnachten und zwei Ostern ohne ihn. Nach seiner Abreise hatten sie zu Hause kein Fest mehr gefeiert, genau wie trauernde Familien es taten. »Alles Don Licos Schuld, der seine Viperngaugen auf unser Land geworfen hat«, wiederholte die Mutter dem Sohn. So war ihr nichts anderes übriggeblieben, als die Mühen der Landarbeit selbst zu schultern. Die Einzigen, die ihr während der Aussaat und der Ernte zur Hand gingen, waren drei alte Onkel mütterlicherseits, ein paar Vettern und manchmal Nonna Sofia.

Auf den Großvater konnte man nicht zählen, ihm fehlte es an Kraft und Willen, das Haus zu verlassen. An manchen Tagen stand er nicht einmal mehr aus dem Bett auf. Seit der dritte Sohn verschwunden war, hatte er unabwendbar abgebaut. Er saß den ganzen Tag mit aufgerissenen Augen da und führte Selbstgespräche, stellte den abwesenden Söhnen Fragen und gab sich selbst die Antworten. Seine Frau fütterte ihn wie ein Baby, und der Alte aß ohne jeden Kommentar, schmeckt's, schmeckt's nicht, er aß und sprach mit den Söhnen. Normalerweise war er wütend, vor allem auf Arturo: »Ich hatte dir ja gesagt, wenn du weiterhin den Schlaukopf spielst, murksen sie dich gnadenlos ab. Du bist ein sturer

Bock, nie willst du auf mich hören«, schimpfte er und antwortete dann: »Wie oft muss ich dir noch sagen, Pà, dass ich nicht tot bin? Ja, aber leider wirst du es bald sein, mein Sohn, weil du einfach nicht klein beigeben willst.«

Ninabella brach in Tränen aus, wenn sie die Worte des Großvaters hörte: »Du bist gemein, so gemein! Das stimmt nicht. Papa ist nicht tot und wird nicht sterben. Mama sagt, dass er bald zurückkommt.«

Lina trug die Tochter weg und tröstete sie: »Der Nonno redet dummes Zeug, er ist alt, und sein Hirn vertrocknet langsam. Du wirst sehen, der Papa kommt bald wieder.«

Doch der Papa kam nicht wieder. Die Großmutter hatte versucht, ihn zurückzuholen: Mit Hilfe von Michelangelos Lehrer Maestro Tavella, einem gutmütigen Mann von auswärts, hatte sie zweimal um Begnadigung gebeten. Doch leider, ohne Antwort zu bekommen. Maestro Tavella war genauso untröstlich wie die Familie und hoffte, dass die Zeit der Verbannung aufgrund guter Führung verkürzt würde oder wenigstens nicht verdoppelt, auf zehn Jahre anstatt fünf. »Nein, nein, um Himmels willen, mein Sohn muss früher freikommen, sonst richte ich ein Blutbad an!«, schrie Sofia. Und zusammen mit Lina verfluchte sie den Schuldigen, dieses herzlose und machtbesessene Faschistenschwein, das jedermann im Dorf fürchtete, alle, die sie lächelnd vor ihm kuschten, mit gesenktem Kopf, selbst die Kinder bei den Samstagsversammlungen auf der Piazza, und ihm hinter seinem Rücken den schlimmsten Henkerstod an den Hals wünschten, dass ihm das Blut in den Adern gefrieren oder ein Blitz aus heiterem Himmel ihn erschlagen möge.

Michelangelo wischte sich mit dem Handrücken über die Lippen, eine schnelle, ärgerliche Geste. Er sagte: »Ich gehe raus, spielen.« Im Aufstehen begegnete er dem stolzen Blick des Vaters, dessen Foto mit den Brüdern immer noch an der Küchenwand hing. Wenn du nicht bald zurückkommst, sagte er in Gedanken zu ihm, komme ich dich persönlich holen. Don Lico verbietet es mir? Ich gehe in sein Haus und schieße ihm mit deinem Gewehr eine Kugel in den Kopf. Ich weiß, wo du es versteckt hast. Ich habe vor niemandem Angst, so wie du. Ciao, Pà.

Die Mutter warf ihm einen verschwörerischen Blick zu, und das Kind fuhr sich leicht mit den Fingern über die geschürzten Lippen, um den Schwur zu bekräftigen.

Später genügten zehn Minuten Versteckspiel mit seinen Freunden, und Kummer und Ärger waren verflogen. An diesem Abend fühlte er sich unbesiegbar. Bei der gewohnten Kickerei auf dem Platz mit einem Lumpenball hielt er keine Sekunde inne: Er rannte zum Angriff und zur Verteidigung, wenn er überholt wurde, stellte er dem Widersacher ein Bein, lachte wie ein Verrückter und brüllte bei jedem Tor so laut, dass er den Protest der alten Bauern auf sich zog, die sich in ihrem Schläfchen nach dem Abendessen gestört fühlten, und die beleidigten Schmähungen der anderen Mannschaft. Zum Glück machte die Dunkelheit dem Gefecht ein Ende.

»Was war denn heute mit dir los?«, fragte ihn sein Freund Alduzzo auf dem Heimweg. »Du bist gerannt wie von einer Tarantel gestochen.«

*Stumm wie ein Fisch sollst du sein.*

»Nichts. Ich bin nur so froh, weil ich von Mama gehört habe, dass Papa bald zurückkommt.«

# 10

Krimisa, eine kleine Stadt der Magna Graecia, erhob sich auf einem Hügel zwischen dem heutigen Cirò und dem Ionischen Meer. Dem Geschichtsschreiber Strabon zufolge war ihr Gründer der berühmte Bogenschütze Philoktetes, der aus Thessalien stammte und im Trojanischen Krieg gekämpft hatte. Zurück in seiner Heimat, war er infolge eines blutigen Aufstands mit einer Gruppe griechischer Epiroten geflohen und bei der Punta Alice an Land gegangen. Von dort hatte er die Umgebung erkundet. Die Entscheidung, wo er seine neue Stadt bauen wollte, fiel ihm nicht schwer, denn Orte haben eine Anziehungskraft wie Menschen, sie verführen dich mit ihrem leuchtenden Blick, der Sprache des Windes, ihrem ungeahnten Duft. Und tatsächlich, als Philoktetes auf den Hügel stieg und sah, wie die Landspitze ihren Keil in das gewaltige Meer trieb, hatte er nicht den geringsten Zweifel: Dort unten, auf dieser von der Sonne geküssten Ebene, würde er einen Tempel zu Ehren des Apollon Alaios errichten, während die Stadt weiter oben entstehen sollte, auf dem Berghang zum Ionischen Meer.

Dies erzählte Paolo Orsi, der kreuz und quer das Gelände durchkämmte, zusammen mit zwei leicht verloren wirkenden Männern, die er als seine Mitarbeiter vorgestellt hatte: dem Zeichner Rosario Carta und dem Restaurator Giuseppe D'Amico.

Der Junge folgte im Galopp Professor Orsis langen Schritten und vor allem seinen komplizierten Worten, die er sich einzuprägen versuchte wie ein Gedicht, dessen Sinn man nicht versteht, das aber durch seinen zauberhaften Klang und das dahinter verborgene Rätsel betört. Er redete und schritt unermüdlich aus, der Professor, sog die Luft ein und betastete den Erdboden, ging weiter und wandte sich plötzlich dem großen Olivenbaum zu, bei dem er begonnen hatte. Hinter ihm Michelangelo mit der Mutter und den zwei Mitarbeitern, die hin und wieder anhielten, um etwas in ihre Hefte zu schreiben oder zu zeichnen.

Michelangelo hatte das Gefühl, dass noch andere Augen Paolo Orsis Bewegungen und seinen kleinen Begleitzug beobachteten. Schnell drehte er sich zum Wald von Tripepi um. Dort war niemand, nur die Wipfel der Steineichen wogten und brausten im Wind.

Der Professor presste sich eine Hand auf den Hut, aus Angst, dass er wegflöge. Und dabei lief und redete er immer weiter.

»Dieser Wind! Weht der immer so höllisch?«, fragte er.

»Wenn er böse ist, sogar noch schlimmer«, erwiderte der Junge aufgeweckt.

»Dort unten liegt der Tempel des Apollon Alaios, den wir im Frühjahr 1924 ans Tageslicht gebracht haben. Ich hatte ihn zehn Jahre zuvor gesucht, im Jahr 1915, indem ich all diese Orte ablief. Dabei stieg ich auch auf Euren Hügel und wurde von einem Mann aufgehalten, der mich mit dem Gewehr bedrohte …«

»Das war mein Schwiegervater, ein guter Christenmensch, er wollte Euch wirklich nicht erschießen«, fiel ihm die Frau ins Wort.

»Stimmt, als er erfuhr, was ich suchte, wurde er sehr

höflich, beantwortete meine Fragen und bot mir einen vorzüglichen Wein an. Mein Plan lautete, hier zu beginnen und dann mit den Ausgrabungen in Richtung Punta Alice weiterzumachen, denn ich glaubte, dass die Siedlung sich fächerförmig über die Landzunge ausgebreitet haben musste. Dann aber wurde ich am selben Tag verhaftet. Die Wachen, die mich über die Hügel und die Ebene zwischen Cirò und Cariati streifen sahen, hielten mich für einen österreichischen Spion.« Die zwei Männer lachten. »Ich wurde sofort wieder freigelassen, aber in der Zwischenzeit war der Krieg ausgebrochen, und das Ausgrabungsprojekt wurde ausgesetzt«, fuhr der Archäologe fort. »Jetzt hoffe ich, die Lage des Städtchens Krimisa zu finden, von dem wir bis heute weniger eine Geschichte als eine hübsche Legende kennen und sonst nichts.«

An diesem Punkt mischte sich zu aller Überraschung wieder die Frau ein: »*Professò*, verzeiht mir, wenn ich etwas Dummes sage, aber von all den Wörtern, die Ihr benutzt, Magmakrake, Strabag und andere komische Namen, kenne ich nur einen, der so ähnlich klingt: Krisma. Das ist die längliche Erhebung da vor unserem Dorf, die von den Felsspalten durchschnitten ist. Seht Ihr den Ilexwald dort oben? Das ist der Hügel Krisma, der hinter der Fiumara abfällt. Könnte es nicht sein, das Krimisa zu Krisma wurde, was letztlich ja das Gleiche ist, dasselbe Antikwort?«

»Daran hab ich auch schon gedacht, wirklich«, sagte Michelangelo, und das stimmte.

Zuerst brach der Professor in Lachen aus, ein leises Lachen von wenigen Sekunden, das die beiden Mitarbeiter imitierten; dann nahm er sein Büchlein aus der Jackentasche und machte eine schnelle Notiz. »Ich weiß es nicht«, erwiderte er nun wieder ernst. »Für mich ist Krimisa oder Krisma dort, wo wir handfeste, unanfechtbare Beweise finden. In den nächsten Tagen wird man sehen, was hier drunter liegt.« Und er wies seine Mitarbeiter an, mit Pflöcken das genaue Gebiet abzustecken, wo gegraben werden sollte.

Am nächsten Tag hatte die Mutter verlangt, dass der Sohn zur Schule ging. »Wenn du willst, kannst du nach dem Mittagessen zu mir auf den Rossarco kommen.«

Die Schulstunden wollten nicht vergehen. Michelangelo stöhnte. Im Unterschied zu den anderen Lehrern strafte seiner nicht mit Rohrstockschlägen auf die Hände, er war ein gutmütiger, aber etwas langweiliger Mann, der sich unermüdlich in Erklärungen erging und unverständliche Wörter und Zeichen an die Tafel schrieb, die die Kinder zerstreut in ihre Hefte abmalten. Michelangelo hob die Hand und durfte nach fünf Minuten endlich seine Frage stellen: »Herr Lehrer, könnt Ihr mir erklären, was eine Magmakrake ist?«

Seine Klassenkameraden sahen ihn feindselig an, weil er ihren vormittäglichen Halbschlaf gestört hatte. Der Herr Lehrer lächelte leicht verwirrt: »Es heißt Magna Graecia, Dummerchen. Das bezeichnet die Gesamtheit der Kolonien, die die alten Griechen hier bei uns gründeten, an den schönsten und fruchtbarsten Orten. Wir haben letztes Jahr darüber gesprochen, man sieht, dass du an diesem Tag in den Wolken geschwebt und deine Albino-Schwalbe gesucht hast.«

Seine Mitschüler brachen in heiteres Gelächter aus.

Vor Scham zog Michelangelo den Kopf zwischen die Schultern wie eine Schildkröte. Er bereute es, in einem Aufsatz über die weiße Schwalbe geschrieben zu haben, und sprach den ganzen Vormittag mit niemandem mehr ein Wort.

Zu Hause setzte er sich nicht zur Großmutter und Ninabella an den Mittagstisch, sondern nahm ein Stück Brot und ein paar getrocknete Feigen. »Mama wartet auf mich«, sagte er und rannte genüsslich kauend hinaus.

Auf dem Rossarco hörte man das monotone Klopfen der Spitzhacken und Spaten, das Schaben von Harken und Kellen, das sich im Echo der Schluchten verzehnfachte und vom Wind über das Meer fortgetragen wurde.

Michelangelo begrüßte die Mutter, die im Gemüsegarten hinter der Casella jätete, dann ging er aufgeregt zu Professor Orsi, der im Kreise seiner Helfer grub. Sie arbeiteten schweigend, wie mit angehaltenem Atem. Sie waren zu zwölft, alles Männer, bis auf zwei Jungen, nur wenig älter als Michelangelo. Niemand achtete auf ihn. Also stieg er auf den großen Olivenbaum, machte es sich in einer robusten Astgabel bequem, fast in der Spitze, und verfolgte aufmerksam die Arbeit der Männer und der Mutter. Als er keine Lust mehr hatte, hing er ungestört seinen Gedanken nach oder bewunderte den Himmel über sich auf der Suche nach der weißen Schwalbe und nahm sich fest vor, wenn er sie jemals sehen würde, ganz allein dem Großvater davon zu erzählen.

Ab und zu rief jemand: »*Professore*!«, dann unterbrach Paolo Orsi seine Arbeit und ging zu ihm. Die tiefe Falte, die sich senkrecht in seine Stirn grub, schloss und öffnete sich bei jedem Schritt, bei jedem Gedanken. Am Ende der Prüfung hörte man seine verärgerte Brummstimme: »Das ist nichts Besonderes. Grab hier weiter, und pass gut auf!« Bis er dann die Brillengläser auf die Nasenspitze schob und seine Augen aufblitzten. Einer der zwei Jungen hatte eine Terrakottascherbe gefunden, die ihm interessant erschien. Der

Professor begann selbst an der Stelle zu graben und brachte in kürzester Zeit fünf oder sechs weitere Scherben zum Vorschein. Er sagte zu dem Jungen: »Mach hier weiter, wie ich es getan habe, ganz vorsichtig.« Dann trat er zwischen Olivenbaum und Casella, wo er eine kleine Stelle hergerichtet hatte, um die Fundstücke abzulegen. Er setzte sich auf einen großen Stein, bürstete die einzelnen Fragmente sauber, nahm sein Notizbuch und schrieb eilig ein paar Sachen hinein.

Als der Junge vom Baum herabkletterte, ging die Sonne gerade hinter dem Sila-Gebirge unter, und der Himmel war so rot wie die Kuppe des mit Süßklee überzogenen Hügels. Die Mama hatte ihn gerufen, weil es spät war und sie nach Hause mussten, bevor die Dunkelheit sie überraschte.

Michelangelo blieb einen Moment neben Professor Orsi stehen. Er warf einen neugierigen Blick auf die Terrakottascherben und den Forscher, der eine davon in seinen Händen drehte. »Wir gehen jetzt«, sagte er wohlerzogen. »Auf Wiedersehen.«

Paolo Orsi schien aus einem wunderschönen Traum zu erwachen. Er lächelte ihm zu und fuhr ihm mit der freien Hand durchs Haar. »Das ist das zweite Mal, dass ich dich da oben auf dem Olivenbaum sehe, wie du alles aufmerksam beobachtest. Dir entgeht wohl nichts, hm?, kleiner Wächter des Hügels.« Und er verabschiedete ihn mit einem »Auf Wiedersehen« und einem kräftigen Händedruck.

# 11

Für die Nacht begnügten Paolo Orsi und seine Mitarbeiter sich mit ein paar Decken in der Steinhütte auf dem Hügel. Die Arbeiter, die in Cirò und Marina wohnten, zogen es vor, zu Hause zu schlafen und bei Morgengrauen zurückzukehren, manche zu Fuß, manche auf dem Rücken eines Maultiers. Daher waren keine Zelte errichtet worden wie sonst bei abgelegenen Ausgrabungsstätten. Im Grunde war die Casella bequemer und sicherer als ein Zelt. Arturos Großvater hatte sie Ende des neunzehnten Jahrhunderts mit Steinen der Fiumara errichtet, während die Dachpfannen und Bodenziegel aus der Brennerei in Pigàdo stammten. Um sie hygienischer zu halten, hatte Paolo Orsi das Kleinholz und Stroh hinausschaffen lassen und damit Dutzende Mäuse und ein Heer verschiedenster Insekten in die Flucht geschlagen. Dem Professor, dem es nicht fremd war, nachts in leeren Gräbern vor Wind und Kälte Unterschlupf zu suchen, musste die geräumige Hütte mit ihrem gebrannten Boden geradezu luxuriös vorkommen. Und anständig, wie er war, hatte er versprochen, auf das Geld, das der Signora für die Ausgrabungen zustand, noch ein kleines Sümmchen draufzuschlagen.

»Ein wahrer Ehrenmann!«, hatte Sofia geurteilt, als sie auf den Rossarco stieg, um die Schwiegertochter nicht mit all den Männern alleine zu lassen. Und kaum hatte sie entdeckt, dass Paolo Orsi außer Professor, Direktor, *Archologe* und wer weiß was noch alles auch Senator des Königreiches war, hatte sie die Gelegenheit genutzt, um ihm von ihrem Sohn Arcuri Arturo zu erzählen, der zu Unrecht in die Verbannung geschickt worden war, von ihren zwei fruchtlosen Gnadengesuchen, und hatte gefragt, ob er, der Senator, nicht helfen könne, ihren Arturino nach Hause zu holen.

Aufrichtig hatte der Professor erwidert: »Tut mir leid, Signora, aber auf diese Dinge habe ich keinen Einfluss. Ich will Euch da nichts vormachen. Im Übrigen bin ich wegen meiner kulturellen Verdienste Senator geworden, politisch zähle ich nichts.« Die Verlegenheit stand ihm ins Gesicht geschrieben, und er hatte seine Arbeit möglichst entfernt von Signora Sofia wieder aufgenommen.

Das erzählte Nonna Sofia beim Abendessen und wirkte alles andere als enttäuscht: »Nie habe ich in unserem Dorf Ehrenmänner wie ihn gesehen. Einer, der nicht groß herumredet, sondern seine Arbeit macht.«

Als Michelangelo vier Tage später auf den Hügel zurückkehrte, hatte es die ganze Nacht und den halben Vormittag geschüttet. Dann blies der Wind plötzlich die schwarzen Wolken hinweg, und eine laue Frühlingssonne brach durch, die in kürzester Zeit den Himmel, das Meer und die Baumwipfel mit ihrem Licht überflutete. Hier und da sah man große Felsquader, die der Regen von Erdreich gereinigt hatte.

Paolo Orsi gab jedem Arbeiter präzise Anweisungen, wo er graben solle, nachdem er festgestellt hatte, dass das Gelände an einigen Stellen weich und aufgeschwemmt war.

Michelangelo wusste nicht, wie er es sagen sollte, dann rang er sich endlich durch: »Professò, darf ich auch mithelfen? Ich kann gut mit Hacke und Schaufel umgehen, das hat mein Vater mir beigebracht, als ich klein war.«

Der Professor fuhr ihm wieder durch den Schopf. »Das hier ist kein Spiel, lieber Michelangelo. Und wenn ich mich nicht irre, hast du schon eine anspruchsvolle Aufgabe. Du bist der Wächter des Hügels, und der Wächter ist wichtiger als der Ausgräber, wichtiger als ein Archäologe wie ich: Er bewahrt die Erinnerung eines Ortes, schützt das, was unter und über der Erde liegt, vor den gierigen Klauen der anderen. Er verteidigt seine Würde.«

Der Junge war enttäuscht. Die freundlichen Worte des Professors vermochten ihn nicht zu trösten, vielleicht hatte er sie nicht recht verstanden. Michelangelo wollte auf den großen Olivenbaum steigen, um seine Enttäuschung vor den anderen zu verbergen, doch die Baumkrone triefte vor Nässe. Also half er der Mutter im Gemüsegarten. Zusammen harkten sie ein rechteckiges Stück nasser, gut durchmisteter Erde, dann stachen sie mit einer Holzahle in handbreiten Abständen Löcher in den Boden und begannen, zarte Pflänzchen von Paprika, Peperoni, Tomaten und Auberginen zu setzen.

Sie waren noch nicht fertig, als plötzlich eindringlicher als sonst die bekannten Rufe durch die Luft schallten: »Professore! Professore! Professò ...«

Michelangelo rannte zu der Fundstelle. Paolo Orsi wusste gar nicht, wo er anfangen sollte, sprang von einer Grube zur nächsten, seine Stiefel versanken im Matsch. Doch er hatte sofort begriffen: »Endlich!«, rief er aus. »Ich glaube, wir haben hochinteressante Gräber entdeckt, vielleicht die Nekropolis von Krimisa.« Er war äußerst zufrieden, wenngleich er seine Euphorie im Schutz von Hut und Brille zu verbergen suchte.

Nach einigem hektischen Hin und Her waren es seine Mitarbeiter, die jede Hoffnung mit lauter Stimme zunichtemachten: »Aber die Grabstelle ist leer!« »Auch diese wurde komplett ausgeräumt!«

Paolo Orsi krallte die erdverschmierten Hände in seinen Spitzbart, als wolle er ihn sich vor Zorn ausreißen, und begann wutentbrannt herumzuschreien: »Jemand hat uns ausgestochen! Hier wurde schon gegraben, die Gräber und dieser heilige Ort sind geschändet. Ignoranten, Gierhälse, Bauerntrampel! Das ist nicht das erste Mal, dass mir das in Kalabrien und auf Sizilien passiert. Es ist ein Wettlauf gegen die Zeit, und diese Schurken sind im Vorteil, weil sie keinerlei Skrupel kennen, sich an keinerlei Gesetz halten, sie sind nichts als Verbrecher!« Dann fiel er über Lina her, die ängstlich herbeigelaufen war, um den Sohn zurückzuholen. »Signora, sagen Sie mir die Wahrheit: Sie wussten, dass hier schon jemand war und alles blindwütig geplündert hat, ohne jeden Respekt vor den Lebenden und den Toten!«

Die Frau ließ sich nicht einschüchtern. Auch sie war es gewohnt zu schreien, um sich Gehör zu verschaffen. »Professò, ich schwöre auf den Kopf meines Sohnes, dass ich von nichts wusste. Vielleicht ist es nachts oder vor langer Zeit passiert, als der Rossarco noch jedem und keinem gehörte. Mein Mann und mein Schwiegervater, die immer hier waren, haben nie etwas von diesen Ausgrabungen erzählt. Wir haben beim Umspaten manchmal ein paar Terrakottascherben gefunden und einmal, vor vielen Jahren, einen kleinen Frauenkopf. Sonst nichts.«

»Und wo habt ihr jetzt diesen ›Frauenkopf‹? Können wir den vielleicht mal sehen?«, fragte der Professor mit zorniger Polterstimme.

»Sie war ganz hübsch, aber was sollten wir sie auf den Kaminsims stellen? Mein Schwiegervater hat sie an die zwei

Ausländer verkauft, die von Haus zu Haus gehen und nach Antikplunder fragen.«

»Das sind diese zwei deutschen Spitzbuben Marz und Jacobs. Sie nehmen den Dörflern für ein paar Groschen alles ab, was die auf den Äckern finden, dann verkaufen sie es für teures Geld an betuchte Touristen in ihrem Geschäft in Taormina.«

Sein Zeichner war es, der ihn schließlich beruhigen konnte: »Professore, an diesem Berghang gibt es rund ein Dutzend Gräber. Ich kann mir nicht vorstellen, dass sie alle geplündert sein sollen.«

»Ja, das stimmt. Die Kampagne läuft noch vier Tage, wie geplant. Du hast recht, Rosario, das eine oder andere Grab werden sie sicherlich übriggelassen haben.«

Zwei Tage später, am Nachmittag, fanden sie die Skelette, vom dichten Wurzelgestrüpp fest mit Erdreich und Steinen verwoben. Sie lagen übereinander, ein dichtes Knochengewirr, das nicht leicht zu entheddern war, ohne es zu zerbrechen. Rosario Carta frohlockte: »Seht Ihr nun, Professore, dass ich recht hatte?«

Paolo Orsi erkannte mit einem Blick die Hüte, die in Fetzen über den Schädeln mit ihren aufgerissenen Mündern hingen, sah die Zähne und die auf Höhe des Bauchnabels zerschmetterten Knochen. »Diese zwei Männer, junge Männer wahrscheinlich«, sagte er, »entstammen nicht der Zeit des antiken Krimisa, sondern unserer heutigen Zeit. Sie wurden sicher mit Schusswaffen umgebracht und in ein leeres Grab geworfen, das sich im Laufe der Zeit mit Steinen und Erde füllte. Jemand soll losgehen und die Carabinieri benachrichtigen.«

Lina war kreidebleich geworden, und ihr Sohn klammerte sich zitternd an ihren Rock. Der Professor fuhr fort: »In diesem Areal können wir nicht weitergraben, zumindest solange die Ermittlungen andauern. Wir kehren nächstes Jahr zurück, wenn ich, wie ich hoffe, Finanzmittel für eine weitere Ausgrabungskampagne bekomme.« Mit einem letzten mitleidigen Blick auf die beiden Skelette sagte er zu seinen Männern: »Breitet eine Decke über sie! Sobald die Carabinieri hier sind, gehen wir. Wir packen sämtliche antiken Funde in eine Kiste und bringen sie ins Museum von Reggio.«

Während er sich zu der Casella begab, um seine Sachen zusammenzusuchen, blickte er Michelangelo fest in die Augen, ein eindringlicher, rätselhafter Blick. Dann wandte er sich dem Meer zu. Seine letzten Worte klangen sarkastisch: »Von wegen Nekropolis des mythischen, friedlichen Krimisa, dieser Hügel ist die Grabstätte blutiger Geheimnisse!«

# 12

»Meine liebe Frau Lina und meine lieben Kinder Michelangelo und Sofia Antonia, mir geht es gut, und ich hoffe, Euch auch. Die Insel ist sehr, sehr schön. Ich denke Tag und Nacht an Euch. Küsse auch an Mama und Papa. Euer Arturo.«

Das war aus dem Vater geworden: eine Ansichtskarte, die seine Existenz bestätigte und die in leichten Variationen sanft über den Trennungsschmerz hinwegglitt.

Michelangelo vermisste den Vater, seinen Mut, seine Erfahrung, auch wenn er dies vor den anderen niemals zugab. Wenn mein Vater hier wäre, dachte er, würde er alles tun, um herauszufinden, was auf unserem Hügel passiert ist. So aber schien sich inner- und außerhalb der Familie niemand auch nur entfernt für die Sache zu interessieren, niemand wollte etwas darüber hören, als sei sie es nicht wert, als habe man zwei Tiergerippe ausgegraben und nicht die Skelette von Christenmenschen.

Anfangs äußerte Michelangelo seine Enttäuschung, mit gerunzelten Brauen und zornigen Blicken.

»Wenn du so düster guckst, mit dem Schatten zwischen den Augen, bist du genau wie dein Vater: Ihr wollt immer gleich die ganze Welt haben, und am liebsten auf einen Streich«, sagte Nonna Sofia. »Geduld braucht man, das gilt für alles im Leben.« Dann umarmte sie ihn plötzlich. »Wie groß du geworden bist, fast schon ein junger Mann. Es wird

Zeit, dass du dir eine hübsche Braut suchst«, flüsterte sie ihm ins Ohr, um ihn aufzuheitern.

Wenn Ninabella und die Mutter im Raum waren, befreite er sich schnell aus ihrem Griff und ging zum Großvater ins Schlafzimmer. Der hörte ihm wenigstens still zu, den Blick im Meer seiner wabernden Erinnerung verloren. Und dieses Meer nutzte Michelangelo, um seine wilden Blicke hineinzuwerfen und seine Klagen. Er war elf Jahre alt, fühlte sich schon erwachsen, war jedoch nicht groß genug, um zu wissen, dass die Leute in seiner Gegend schnell vergaßen, da der viel schwerer wiegende Kampf ums tägliche Überleben ihre Gedanken bestimmte. Und um die ganze Wahrheit zu sagen, es waren nicht die ersten Skelette, die in der Umgebung ausgegraben wurden, und es würden nicht die letzten sein.

Als wäre das nicht genug, waren in jenen Monaten drei Grubenarbeiter umgekommen, Söhne eines früheren Kumpels von Nonno Alberto, zerschmettert unter Schwefelbrocken im Stollen zwischen Strongoli und San Nicola. Zwei von ihnen kamen aus Spillace. Das Wehgeschrei der Mütter und Frauen, als die Särge mit den unkenntlichen Leichnamen ins Dorf gebracht wurden, beförderte noch die allgemeine Gleichgültigkeit gegenüber den namenlosen Skeletten vom Rossarco. Und abgesehen davon, dass die Carabinieri ohne viel Aufsehen weiter ermittelten, gerieten die »blutigen Geheimnisse« sehr bald in Vergessenheit.

Es war nicht einfach, die Identität der beiden Toten herauszufinden, denn in jenen Jahren hatte man diverse junge Männer aus den Augen verloren, von denen viele illegal nach La Merika ausgewandert waren. Zum Glück kam bei einem Abgleich zwischen zwei Carabinieri-Kasernen heraus, dass in denselben Junitagen des Jahres 1902 das Verschwinden eines jungen Mannes aus Cirò und eines aus Spillace gemeldet worden war. Beide waren wegen Viehdiebstahls und verschiedener Prügeleien angezeigt, einer von ihnen hatte im Gefängnis gesessen, weil er einen Mann niedergestochen hatte. Kurz gesagt, sie waren keine Heiligen gewesen. Daraus erwuchs die Gewissheit, dass es sich um eine Abrechnung innerhalb der lokalen Verbrecherkreise gehandelt haben musste.

Gewissenhaft hatte man auch Michelangelos Familienmitglieder befragt, da die Skelette auf dem Rossarco gefunden worden waren, doch nicht einmal die Angehörigen der Ermordeten argwöhnten eine Beteiligung der Arcuris, und sei es nur indirekt. Auf diese Weise wurde die Akte im Laufe von drei, vier Monaten geschlossen. Ein schöner Grabstein oben drüber, auf den jeweiligen Friedhöfen der beiden Toten, und amen.

Der Einzige, der sich nicht damit abfinden wollte, war Michelangelo: »Warum wurden sie ausgerechnet auf unserem Hügel ermordet oder ihre Leichen dorthin gebracht?« Im Grunde waren ihm die zwei toten Verbrecher herzlich egal, ihn störte nur die Dreistigkeit der Mörder, und er konnte Professor Orsis Sarkasmus nicht vergessen: »Dieser Hügel ist die Grabstätte blutiger Geheimnisse.« All diesen Schmutz hatte ihr Land nicht verdient.

Die Mutter war es, die ihn nach Monaten besessenen Bohrens zur Vernunft brachte. »Was musst du immerzu herumreden und jedermann nach dem Warum fragen? Kommst du denn nicht alleine darauf? Weil unser Hügel einsam gelegen ist, darum, und weil er der einzige ist, der nicht Don Lico gehört, der sich ganz sicher gerächt hätte, wenn man sie auf seinem Land vergraben hätte. Verstehst du? Stumm wie ein

Fisch musst du sein, dann lebst du hundert Jahre bei bester Gesundheit.«

»Und warum haben sie sie nicht ins Meer geworfen? Das Meer gehört allen.«

»Was denn jetzt noch? Du bist lästiger als eine Schmeißfliege, Michè, ein wahrer Quälgeist. Das Meer spuckt alles wieder aus, außerdem ist es voll mit Schleppnetzen zum Fischfang. Darum. Wenn nicht der Professor mit seinen Spaten gekommen wäre, hätte man die da auf ihrem Gipfel niemals gefunden, weder jetzt noch später.«

»Ja, aber …«

»Schluss jetzt! Wenn du noch einen Ton sagst, dreh ich dir eigenhändig den Hals um.«

Sie waren im Weinberg. Michelangelo legte sich schützend die Hände um den Hals und rannte lachend zur Casella hinüber. Lina stutzte gewandt die Reben. In jenen Tagen half ihr der Sohn fast jeden Nachmittag, die Hausaufgaben machte er abends bei Kerzenschein.

Er kam mit dem Wasserfässchen zurück und reichte es der Mutter. »Trink was, du hast ganz trockene Lippen«, meinte er fürsorglich. Sie lächelte spitzbübisch: »Jetzt spielst du den braven Jungen, damit ich dir nicht an die Gurgel gehe, stimmt's?«

In diesem Augenblick hörte Michelangelo ein undeutliches Rascheln hinter sich. Er drehte sich um und sah einen Schatten, der im Nu vom Unterholz verschluckt wurde. Die Wipfel der Steineichen zitterten noch einen Moment.

»Hast du das gehört, Mà? Ich glaube, da ist ein Mann in den Wald geflohen. Der hat uns vielleicht belauscht.«

»Nein, mein Schatz, glaub mir, weder ein Spion noch ein Tier, das war nur der Wind.«

## Wind

Der Wind auf dem Hügel hält niemals inne, er erhebt sich aus den Felsstürzen, der Fiumara oder dem Meer, streicht durch die Wipfel der Bäume, umspielt den Gipfel bei Tag und bei Nacht, tollt über die Hänge wie ein glückseliges Kind, doch wehe, wenn er zornig wird: Wirbelnd saugt er alles auf, Staub, zerbrochene Zweige, Blätter, Nadeln und Geröll, die er um sich schleudert wie ein wild gewordener Vulkan.

»Wenn es hier etwas gibt, woran es nicht fehlt, dann ist das der Wind«, sagte der Mann, der sich uns als Ingenieur einer auf Windräder spezialisierten norditalienischen Unternehmensgesellschaft vorgestellt hatte. »Das ist euer unsichtbares Gold, euer Reichtum, wenn ihr ihn richtig nutzt. Sie haben Glück, Signor Arcuri, Ihr Hügel wurde von unseren Experten in die Planungen für einen Windpark mit dreißig Windkraftanlagen aufgenommen, der in dieser Gegend entstehen soll.«

Mein Vater hörte dem Ingenieur mit angewiderter Miene zu, beinah als müsse er ihm jeden Moment auf die lange Mähne brechen, die ihm das »unsichtbare Gold« rechts und links um die Ohren fegte. Was redest du da für einen Stuss, halt den Mund und hau ab, hätte er am liebsten gerufen. Für meinen Vater war der Wind auf dem Hügel ein rebellischer und allgegenwärtiger Freund, er schätzte seine Großzügigkeit und wusste sein Temperament zu nehmen: Um dem stärksten Wind zu trotzen, musst du ihm nachgeben.

»Die Arbeiten beginnen noch in diesem Sommer. Die notwendigen Genehmigungen liegen uns bereits vor. Die anderen betroffenen Privatleute und Kommunen haben nur zu gerne eingewilligt. Lediglich Ihre Unterschrift fehlt noch.« Der Ingenieur sprach mit einem sympathischen romagnolischen Akzent. Er war in Begleitung zweier junger Männer auf den Rossarco gekommen, dem Landvermesser von Spillace, den wir gut kannten, und einem Unbekannten von außerhalb, der den Jeep lenkte, dem sie kurz zuvor entstiegen waren. Alle drei sahen meinen Vater erwartungsvoll an, doch der hüllte sich in Schweigen.

»Vom Landwirt werdet Ihr zum Windwirt, einem Erzeuger von sauberer Energie, Maestro Arcuri, und außerdem verdient Ihr pro Windrad achtzigtausend Euro, wenn Ihr das Bau- und Pachtrecht für neunundzwanzig Jahre an uns abtretet. Die Gesellschaft, mit der wir zusammenarbeiten, ist seriös und zahlt gut«, sagte der Geometer aus Spillace enthusiastisch.

»Mich interessiert euer Geld nicht«, entgegnete ihm mein Vater schließlich. »Diese Gegend steht unter Natur- und Landschaftsschutz. Wenn ihr hier grabt, zerstört ihr die Welt, wollt ihr das kapieren oder nicht?« Er kochte vor Wut.

Der fremde Ingenieur verstand die Metapher nicht, der hiesige Vermessungstechniker jedoch schon: »Wir werden Euer Land nicht zerstören, der Hügel ist groß genug, theoretisch könnte man vier Türme darauf bauen, zwei auf dem Kamm und zwei auf dem Gipfel. Wir bitten Euch nur um die Bodenfläche für zwei, wir wollen nicht in die Natur eingreifen. Professò«, wandte er sich an mich, »bitte werft Ihr einen Blick auf das Windparkprojekt und sagt Eurem Vater, dass dies die Zukunft ist.«

»Ich habe es schon tausendmal gesehen, euer Projekt, und euch gesagt, was ich davon halte. Der Rossarco wird meinem Sohn gehören, wenn ich tot bin, doch bis dahin entscheide immer noch ich«, stellte mein Vater richtig.

Die drei hatten also bereits mit ihm geredet. An jenem Ostersamstag waren sie noch einmal heraufgekommen, weil sie wussten, dass auch ich da sein würde, und auf meine Unterstützung hofften.

Ich warf einen Blick auf die Pläne: Der Windpark wirkte wie eine wundersame Dünenlandschaft vor der Folie des Meeres, mit dreißig stattlichen Palmen, die ihren Schatten auf das Gelände warfen. Eine stand an der Stelle des großen Olivenbaums, die andere ungefähr an der Einmündung des Saumpfades, der in den Wald von Tripepi führt.

»Mein Vater hat sich klar geäußert, und ich stimme völlig mit ihm überein«, sagte ich fest.

»Professò, entschuldigt, aber Ihr enttäuscht mich. Ich kann Euren Vater verstehen, er ist ein Mann alten Schlags, doch Ihr lebt in einer Welt des Fortschritts, Ihr dürftet nicht so reden. Nordeuropa, Deutschland, Spanien sind voll mit Windparks, und ich glaube nicht, dass ihnen weniger an der Umwelt liegt als uns«, gab der Vermesser zurück und suchte mit dem Blick den anderen jungen Mann, der bisher noch kein Wort gesagt hatte. Letztlich war es die Argumentation, die ich auch schon von Simona gehört hatte, als wir rund um Spillace wie riesenhafte Kleeblätter die ersten Windräder hatten sprießen sehen: »Wir können uns nicht allem verweigern. Die Windräder sind allemal besser als Erdöl und Atomkraftwerke.«

»Was hat das damit zu tun, ich bin doch auch für saubere Energie. Aber man muss auch die Auswirkungen auf die

Landschaft bedenken, genau abwägen, wo man diese achtzig Meter hohen Türme hinstellt«, hatte ich ihr entgegnet und entgegnete ich nun auch dem Vermessungstechniker.

»Man stellt sie auf ein windreiches Gebiet, wie dieses hier …«, sagte der fremde Ingenieur gerade.

»Dann rammt euch die Dinger doch in den Arsch, wenn ihr könnt, aber nicht hierhin. Ihr habt keine Zertifikate über die Umweltverträglichkeit, außer vielleicht gefälschten, was man so hört. Ihr wollt unserem Land nichts Gutes tun, ihr wollt euch nur auf unsere Kosten bereichern«, unterbrach mein Vater ihn grob.

»Was erlauben Sie sich, so mit mir zu reden und mir so etwas zu unterstellen, Signor Arcuri, ich könnte Sie verklagen …«

»Verklagen Sie mich doch, tun Sie, was Sie wollen, Hauptsache, Sie hauen endlich ab und setzen nie mehr einen Fuß hierher, sonst verklage ich Sie.« Sein Vater Arturo hätte noch gesagt »sonst jage ich Euch eine Kugel in den Kopf«, doch ihre Reaktion auf ein offensichtliches Unrecht und die dahinter stehende Gewalt war im Grunde dieselbe.

Dem Ingenieur und dem Vermessungstechniker verschlug es vor Verblüffung die Sprache. Da erst mischte sich der andere junge Mann ein: »Gehen wir, kommt, gehen wir. Ich hatte euch gleich gesagt, dass wir uns den Weg sparen können: Diesem Mann ist mit Vernunft nicht beizukommen.«

Der Jeep wirbelte eine Staubwolke auf und entschwand beim Hinunterfahren schnell unseren Blicken.

Eine Weile schwiegen wir. Der Wind pfiff fröhlich und verwehte das Quietschen der Reifen auf dem Schotterweg. In diesem Augenblick waren wir zufrieden mit uns, mit unseren Antworten, die Bitterkeit sollte erst später folgen, als wir erneut über die Windgeschichte nachdachten.

Dann sagte mein Vater: »Diese Gesellschaften sind schlimmer als Don Lico, scheint mir, ihre vielen Köpfe verstecken sie hinter einem Haufen Abkürzungen: Du kannst sie schwer bekämpfen, weil du ihre Gesichter nicht siehst. Und die, die dann herumgeschickt werden, sind nur der letzte Knopf an der Joppe. Auf alle Fälle bin ich nicht so naiv wie mein Vater und habe außerdem dich, der mir notfalls beisteht, während er alleine gegen seine Windmühlen kämpfen musste. Ich war damals noch zu klein, wie hätte ich ihm helfen sollen? Ich tat so, als sei ich groß, um nicht zu weinen.«

# 13

Seit der Vater in die Verbannung gegangen war und des Großvaters Kräfte dahinschwanden wie eine Fiumara im Sommer, wurde Michelangelo immer verantwortungsvoller und fügsamer.

»Du bist jetzt der kleine Mann im Haus«, pflegte die Mutter zu sagen, und Nonna Sofia pflichtete ihr mit anderen Worten bei: »Du bist schön und strahlend wie die Sonne, ganz wie dein Vater als Junge, nur ernsthafter, ohne die vielen Flausen im Kopf, und nie drückst du dich, wenn die Familie deine Hilfe braucht.« Vor allem die Großmutter schätzte seine Arbeit auf dem Feld, wann immer er konnte, und mehr noch, dass er dem Großvater Gesellschaft leistete und viel Geduld für die Schwester aufbrachte, die sich am wenigsten mit der Abwesenheit des Vaters abfand.

Ninabella kam hartnäckig immer wieder darauf zurück, ein wahrer Sturkopf wie alle Arcuris. »Ich möchte mit zur Mama!«, wiederholte sie an manchen warmen Frühlingstagen und hörte erst auf, wenn der Bruder ihr erschöpft nachgab: »In Ordnung, ich nehme dich mit, aber es ist das letzte Mal. Und wehe, du jammerst, dass du nicht mehr kannst!«

Sie verließen das Dorf nach der Schule, aßen unterwegs ein Stück Brot und getrocknete Feigen. Aus Stolz sagte Ninabella keinen Mucks, höchstens keuchte sie mal oder verjagte mit zornigen Bewegungen die Fliegen, die von ihrem

Schweiß angezogen wurden. Nicht einmal unter Folter hätte sie ein Wort der Klage hören lassen.

In wenig mehr als einer Stunde waren sie auf dem Rossarco.

Michelangelo half der Mutter, die Olivenbäume zu stutzen, während die Schwester auf einem Stein saß oder im Gras kniete und mit der gleichen versunkenen Konzentration aufs Meer hinaussah, mit der sie malte. Ja, in diesen Momenten wirkte es fast so, als male sie mit den Augen. Die flitzten flink in alle Richtungen, bis zum Horizont, blieben manchmal an den Fischerbooten hängen, an einer schäumenden Welle, an dem Leuchtturm, der von dort oben wie in das Wasser gerammt aussah. »Das Meer ist wunderschön! Ich will Fischerin werden«, sagte sie, wenn sie den Bruder hinter sich spürte, »und mit meinem Boot bis zu der Insel fahren, wo Papa ist.«

Der Bruder lächelte: »Ninabè, du bist ja spinnert im Kopf.« Da packte sie ihn am Arm, hängte sich in einer überraschenden Umklammerung an ihn und schubste ihn auf den Abhang zu: »Du bist spinnert, nicht ich, du und der Nonno.«

»Nein, nein, lass das, hör auf!«, schrie Michelangelo, und dann rollten sie Arm in Arm den Abhang des Piloru hinab über die Süßkleematten, wälzten sich unter Gelächter und Geschrei umher, die Köpfe in die Luft gereckt, die Haare vom Wind gebläht, die Körper eingetaucht in Wellen aus Blättern und purpurroten Blüten.

Die Schreie hallten bis zur Mutter, die besorgt herbeigelaufen kam: »Was habe ich für hirnverbrannte Kinder! Ihr habt mich vielleicht erschreckt. Hoch mit euch!«

Die Kinder hörten sofort auf und jagten einander folgsam und verschwitzt den Hang hinauf. Kurz darauf, sobald die

Mutter und Michelangelo wieder an der Arbeit waren, ließ sich Ninabella auf den Klee-Teppich fallen, kullerte umher und schlug Purzelbäume, bis es Zeit war, nach Hause zu gehen. Wie eine stillvergnügte Irre.

Eines Nachmittags wollte Nina einen Eimer Wasser aus der Fiumara holen, die wenige Schritte entfernt am Gemüsegarten vorbeifloss. Plötzlich stieß sie einen markerschütternden Schrei aus wie eine wahre Irre, lang und beängstigend. Der Bruder warf die Hacke auf die Paprikapflanzen und war im Nu bei ihr.

»Schau nur, Michè, schau nur da.«

Anfangs war Michelangelo wie versteinert, wusste weder was tun noch sagen. Die Schwester hatte wieder zu schreien begonnen, die Hände fest an die Wangen gepresst, und hüpfte auf der Stelle auf und ab, unfähig, sich loszureißen oder wenigstens die Augen zu schließen.

Jenseits der Fiumara, an dem Ufer, wo das Flurstück namens Chinigò begann, brodelte die nackte Erde von Schlangen: Dutzende Schlangen aller Art und Größe, die aus dem Nichts auftauchten und sich übereinanderringelten, bis sie einen Kreis formten, ein Rad, einen wirren, wimmelnden Haufen, um dann aufs Geratewohl auseinanderzugleiten und sich hierhin und dorthin zu schlängeln, unermüdlich, blitzschnell, ihre gespaltenen Zungen wie Säbel zitternd, ihr Zischen ein einziger schwirrender Chor. Es war, als hätten sich an diesem Ort alle Schlangen der umliegenden Hügel ein Stelldichein gegeben.

»Lass uns hier weggehen«, sagte Michelangelo zu seiner Schwester und schubste sie fast auf den Saumpfad in ihrem Rücken.

Ninabella rannte zur Mutter. Michelangelo ging am Garten vorbei, um die Hacke zu holen. Als er sich niederbeugte, warf er einen letzten Blick auf die Schlangen und sah, dass sie sich in die Felsspalten zurückzogen, aneinander vorbeiglitten und sich zwängten auf der Suche nach einem Ausweg – manche rutschten mit dumpfem Plumpsen in das darunterliegende Wasser – und schließlich in der Wand verschwanden, als würde eine unsichtbare Hand sie alle auf einmal wegwischen.

Anstatt ihre Kinder zu beruhigen und ihnen eine Erklärung zu geben, wies die Mutter sie mit übertriebener Härte zurecht, als trügen sie die Schuld: »Tausendmal habe ich euch gesagt, dass ihr aufpassen sollt, überall lauern hier Vipern und Gefahren, aber von wegen, ihr könnt ja nicht hören, ihr habt denselben Sturkopf wie euer Vater!«

»Aber Mama, sie waren doch auf der anderen Seite der Fiumara, nicht auf unserer, ein Riesengebrodel aus großen und kleinen Schlangen, unzählbar, alle wimmelten wie verrückt an der nackten Uferböschung ohne Pflanzen und Gras, und dann sind sie verschwunden, paff, einfach so«, erzählte ihr Sohn, während Ninabella sie verängstigt anstarrte.

Die Mutter erwiderte mit scharfer Ironie: »Klar, ein Riesengebrodel, Millionen von Schlangen vielleicht? Was denn noch, haben sie vielleicht ein Fest in der Fiumara gefeiert, wurde Wein ausgeschenkt? Haben sie eine Tarantella getanzt, beschickert wie ihr?«

»Ich schwöre dir, beim heiligen Antonius, Mà, da waren unendlich viele Schlangen und Vipern. Wir haben sie beide gesehen, oder sind wir etwa beide verrückt?«, versuchte die Tochter sie zu überzeugen.

»Schluss jetzt, helft mir lieber im Weinberg. Dort gibt es weder Schlangen noch Vipern, und sollte eine auftauchen, spalte ich ihr mit meiner Hacke eigenhändig den Kopf.«

Ninabella schmollte für den Rest des Tages mit der Mutter. Sie konnte es nicht leiden, wenn etwas, was sie mit eigenen Augen gesehen hatte, in Zweifel gezogen wurde.

Um sich Glaubwürdigkeit zu verschaffen, versuchte sie zu Hause, das Erlebte zu zeichnen. Sie füllte eine ganze Seite ihres Heftes mit über der Fiumara schwebenden Schlangen, die wie eine Myriade fliegender Aale aussahen. Dieses unfreiwillig surreale Gemälde löste bei der Mutter statt Furcht ein sarkastisches Lächeln aus und beim Großvater, der mit leerem Blick einfach durch das Schlangengeaale hindurchsah, nur Gleichgültigkeit. Die Großmutter hingegen erblickte darin ungestümes Teufelsgewürm und hier und da monströse Vögel ohne Flügel als Vorboten einer friedlosen Zukunft, so dass sie schnell ein Kreuz schlug und aus dem offenen Fenster in Richtung Meer spuckte: »Pfft, pfft, Gott rette und beschütze uns!«

Zum Glück gelang es Ninabella im Gegensatz zu ihrem Bruder schnell, sich vom Groll gegen die Erwachsenen zu befreien, doch wie er vergaß sie nicht die vermeintlichen Beleidigungen, die hässlichen Worte, und auch nicht ihre eigenen Tagträume. Sie brütete und grübelte so lange daran herum, bis sie es schließlich in Form von Zeichnungen ablegte.

In den folgenden Tagen war sie es, die den Großvater aus seiner tödlichen Stumpfheit aufrüttelte, in die er seit der Abreise seines Sohnes Arturo versunken war. Zuerst versuchte sie es mit Worten, unter den ungläubigen Blicken ihres Bruders: »Komm schon, Nonno, du hast doch gar nichts. Steh auf und geh aus dem Haus, draußen knallt die Sonne auf die Steine, es ist wärmer als hier drinnen. Du setzt dich in einen Lehnstuhl, und ich zeichne dich. Dann habe ich eine Erinnerung, wenn du tot bist.«

Der Großvater sah sie verwirrt an, als erkenne er sie nicht oder höre eine Drohung in ihren Worten. Mit Grabesstimme verkündete er: »Ich bin schon tot.«

Michelangelo runzelte besorgt die Brauen.

»Wir alle sind tot«, fügte der Alte hinzu.

Das Mädchen brach in Lachen aus: »Nonno, red doch keinen Unsinn. Tote können nicht sprechen.«

»Die Toten reden mehr als die Lebenden. Schluss jetzt.«

Da zwickte Ninabella ihn in den Arm, dass der Alte hochfuhr: »Autsch, bist du verrückt geworden?«, worauf sie schlagfertig antwortete: »Die Toten spüren keinen Schmerz.« Sie warf seine Decken zur Seite und bat den Bruder um Hilfe.

Zusammen zogen sie den Großvater mit endloser Geduld aus seinem Bett, halfen ihm beim Anziehen und führten ihn auf die Gasse hinaus. Dann setzten sie ihn auf einen niedrigen Stuhl, und Ninabella begann, den breitkrempigen Hut zu zeichnen, die wolligen Haare, so weiß wie der lange Bart, die tiefliegenden Augen von der Farbe trüben Wassers, die offene Weste und das bis zum Hals zugeknöpfte Leinenhemd. Sie malte schnell, saß reglos dem Großvater gegenüber, das Heft auf die Knie gelegt.

Nach den letzten Strichen bewunderte sie lange ihre Zeichnung. Dann zeigte sie sie zufrieden dem Bruder.

»Wie hässlich!«, kommentierte Michelangelo rundheraus.

Ninabella verteidigte sich angriffslustig: »Das ist nicht hässlich, das ist genau der Nonno. Er ist so, und wenn du das nicht siehst, hast du keine Augen im Kopf.«

»Der Nonno hat nicht so eine Rübennase und auch nicht diese Augen wie ein heulender Hund.«

Der Alte ergriff das Heft und hielt es sich vor das Gesicht, wie um sich darin zu spiegeln: »Jesses Gott, ich hätte nicht gedacht, dass so ein komischer Kauz aus mir geworden ist«, sagte er. »Wirklich hässlich bin ich, aber das Bild ist sehr gut gemalt, es gefällt mir ganz ordentlich. Gut gemacht, Ninabella.« Seine ersten klaren Worte seit langem.

# 14

Seine Gebrechen waren nicht komplett verschwunden, der Großvater stützte sich beim Gehen auf einen Stock, setzte sich vorsichtig nieder und kam nur langsam wieder hoch.

»Auf jeden Fall vermag die Liebe mehr als jede Medizin«, stellte seine Frau voll Überschwang und Dankbarkeit fest. Seit Ninabella ihn aus dem Bett gescheucht hatte, verkümmerte ihr Ehemann nicht mehr als »lebendiger Toter« zu Hause, sondern ging hinaus auf die Gasse oder ließ sich von dem Enkel zur Piazza führen. Er gesellte sich auf das Mäuerchen zu einer Gruppe betagter Bauern, die sich freuten, ihn nach so langer Zeit wiederzusehen, und unverhohlen zugaben: »Wir dachten schon, du seist mehr drüben als hüben, wie deine Bergarbeiterkumpels, wie die Fliegen im Winter.« Dann schaltete er sich selbst mit überlauter Stimme ein, da sie fast alle halb taub waren. Ihre Stimmen verhedderten sich wirr, Michelangelo hatte Schwierigkeiten, ihren Reden zu folgen, und es klang, als würden sie heftig streiten.

Doch die Alten verstanden sich prächtig, ihre regen Äuglein sprangen von einem zahnlosen Mund zum anderen, die Sonne fiel schräg auf ihre munteren, runzligen Gesichter. Selten sprachen sie von vergangenen Zeiten, bemerkte der Junge, viel öfter diskutierten sie ihre Zukunftspläne, die sich meist um die Landarbeit drehten.

Der Großvater sagte, im Herbst wolle er auf dem Hang des Piloru zwei oder drei Walnussbäume pflanzen, ein paar Birnbäume, einige Reihen vom Hahnensack, einer speziellen Rebsorte, so genannt wegen ihrer länglichen Trauben, und dazu noch reichlich Nivurello-Feigen.

Willkommen unter den Lebenden, Nonno, kommentierte der Enkel bei sich. Und die anderen rieten in aller Ernsthaftigkeit von Birnen und Hahnensack ab, wer weiß, warum, und empfahlen dagegen Nektarinen, Kirschen, Maulbeeren, Granatäpfel und natürlich einen großen Weinberg mit den roten Gaglioppo-Trauben, dafür gibt es keinen besseren Boden, gesegnet von der Sonne und der frischen Meeresbrise, das wird ein sündhaft guter Wein, der älteste Wein der Welt, Compà, der weckt Tote wieder auf, wie sie in Cirò sagen, und da verstehen sie mehr vom Wein als wir. In einem waren sich alle einig: »Auf jeden Fall musst du Bäume mit kräftigen Wurzeln pflanzen, Compà, sonst spült dir ein hinterfotziger Erdrutsch dein Land ins Meer, und gute Nacht, Rossarco.«

Michelangelo ließ den Großvater in dieser etwas wirren, aber lebenslustigen Runde zurück und ging nach Hause, um zu lernen. Er hatte Prüfungen am Ende des Schuljahrs und wollte sich vor Maestro Tavella nicht blamieren, der ihn stetig lobte und als Einzigen unter seinen Schülern und einen der wenigen aus ganz Spillace für fähig hielt, auf die höhere Schule zu wechseln.

Seit der Blamage mit der Magna Graecia, die er für ein seismisches Ungeheuer gehalten hatte, passte er in der Schule besser auf, studierte zu Hause die Bücher, die der Herr Lehrer ihm lieh, vertiefte sich in Themen, die ihn interessierten, vor allem aus Geschichte und Naturwissenschaften, und war einer der wenigen, wenn nicht der einzige Junge, der seine Hausaufgaben machte.

Am Ende der Grundschule hatte Maestro Tavella ihn überzeugt, ein berufsvorbereitendes Jahr dranzuhängen, obwohl das nicht das Ziel war, das er für seinen besten Schüler ins Auge gefasst hatte. So wollte er ihn an der Schule halten und mit seiner Unterstützung angemessen auf die Eingangsprüfung am Lehramtsinstitut vorbereiten. Als er glaubte, er könne den Sprung schaffen, sprach er im Hause der Familie Arcuri vor.

»Michelangelo ist aufgeweckt und klug«, sagte er im Brustton der Überzeugung. »Außerdem hat er einen starken Willen, ist interessiert und wissbegierig, es wäre eine Todsünde, ihn nicht auf die Oberschule zu schicken. Heutzutage macht jeder Lump und Faulpelz sein Abitur, verzogene, pappreiche Vatersöhnchen, er würde das mit links schaffen.«

Der Mutter schmeichelte diese Einschätzung, sie lächelte und räusperte sich immer wieder, weil sie nicht den Mut fand zu reden. Statt ihrer antwortete Nonna Sofia: »Signor Maestro, Ihr seid der tüchtigste und gescheiteste Mensch, den wir in unserem Dorf von Schwachköpfen und Giftschlangen haben. Ihr seid nicht scheelsüchtig. Aber zum Studieren braucht man die nötigen Groschen, und bei uns reicht es gerade so zum Überleben.«

»Ich verstehe, Donna Sofia, aber für diesen Jungen müssen wir Opfer bringen, und wenn nötig, unterstütze ich Euch. Ihr wisst, dass ich keine Kinder habe, ich besorge ihm die notwendigen Bücher, werde ihm Privatstunden geben für die Eingangsprüfung, kurz, ich werde mich um Michelangelo kümmern wie ein Vater, da Signor Arturo sich ja immer noch zu Unrecht im Exil befindet.«

Die Mutter erfasste eine Welle des Stolzes: »Seit der Geburt unseres Sohnes hat mein Mann immer geschworen, ihn mal studieren zu lassen …«

Ein Lächeln erschien auf den Lippen des Lehrers: »Also, wenn selbst Euer Mann diese Absicht hatte, heißt das, ja?«

Michelangelo saß vor dem Feuer neben Ninabella. Seine Wangen glühten von der Hitze und den Worten, die er hörte. Ihm war niemals ernsthaft in den Sinn gekommen, nach der Schule weiterzulernen, in Spillace gab es nicht mehr als drei oder vier studierte Leute, aber wenn der Herr Lehrer unbedingt wollte und die Eltern zustimmten, würde er sich nicht dagegen sperren.

»Ein paar Ersparnisse haben wir beiseitegelegt, ich weiß nicht, ob das für die höhere Schule reicht …«, wandte die Mutter zögernd ein.

»Ja, das Geld treiben wir schon auf, mein Wort darauf«, mischte sich zur Überraschung aller Anwesenden der alte Alberto ein. »Der Junge soll weitermachen, er hat es verdient und das Zeug dazu … Aber nur, wenn Ihr, Signor Maestro, Euch um den Papierkram kümmert und darum, wo er hinsoll: Von diesen Dingen verstehen wir hier im Haus nichts.«

»Das ist doch das mindeste, was ich tun kann, Signor Arcuri. Ich verspreche es Euch. Und ihr werdet sehen, wenn Michelangelo als Lehrer nach Hause zurückkehrt, wie glücklich und zufrieden ihr alle sein werdet.«

»Ich will auch studieren«, mischte sich plötzlich Ninabella ein und reichte dem Lehrer ein Heft mit schwarzem Einband. »Ich will Malerfrau werden …«

»Das heißt Malerin, Dummerchen«, korrigierte Michelangelo sie mit gutmütigem Lächeln, um den Stolz in seiner Brust zu verbergen.

Der Herr Lehrer blätterte das Heft mit unverhohlenem

Staunen durch. Auf jeder Seite war eine Bleistiftzeichnung von Katzen und Hunden auf der Gasse, von Blumenvasen, einem Himmel mit fliegenden Aalen, halb geöffneten Kastanienschalen, Äpfeln, Birnen, Trauben, Nüssen und den jugendlichen Gesichtern des Vaters und der Onkel, die sie vom Küchenbild abgemalt hatte.

»Ich kann besser zeichnen als Michelangelo, der kriegt es ja nicht mal hin, mit einem Glas einen runden Abdruck zu machen«, sagte Ninabella, und ihre Augen sprühten vor Stolz.

»Du hast recht, er trägt den Namen eines großen Künstlers, doch er hat nicht dein Talent«, erwiderte der Lehrer. »Du bekommst von mir für jedes Bild eine Eins plus. Du bist schon jetzt eine tolle Malerin. Und wenn du erst im richtigen Alter bist, werden deine Eltern dich bestimmt studieren lassen. So viel Talent in dieser Familie!«

»Ja, wir haben alles, und wir haben nichts«, bekräftigte der Alte rätselhaft.

»Doch nun müssen wir uns auf Michelangelo konzentrieren, der vom kommenden Schuljahr an sein Leben und vielleicht auch das Eure verändern wird«, schloss der Herr Lehrer enthusiastisch.

Es war ein Märztag, in vier Monaten waren die Aufnahmeprüfungen für die neue Schule, doch alle Familienmitglieder, einschließlich Ninabella, waren überzeugt davon, dass Michelangelo sie bestehen würde. Gerührt und stolz umarmten sie ihn, den zukünftigen Maestro Arcuri.

Der Großvater schickte den Jungen in die Kammer nach zwei Flaschen Wein. Eine schenkte er dem Lehrer, die andere entkorkte er mit seinen etwas zittrigen Händen und goss den Erwachsenen jeweils ein Glas ein, den Enkeln zwei Fingerbreit, gemischt mit Wasser. »Lasst uns anstoßen«, sagte er, »auf die Gesundheit von Maestro Tavella und von Michelangelo, der als Erster aus der Familie studieren geht.« Und ungeachtet seines Alters leerte er das Glas in nur zwei Zügen bis auf den letzten Tropfen.

Später, als der Herr Lehrer zufrieden nach Hause gegangen war, rief der Großvater Michelangelo zu sich und fragte ihn: »Welcher Tag ist heute?«

»Donnerstag, der 16. März.«

»Gut. In drei Tagen, am Sonntag, wenn die Frauen in der Kirche sind, steigen wir auf den Rossarco. Du und ich, allein.«

Der Enkel sah ihn verblüfft und besorgt an, es war zu anstrengend für den Nonno, bis zur Fiumara zu gehen und dann dort hinaufzukraxeln. Er verstand nicht den Grund und brachte nur ein schwaches »Wieso?« heraus.

»Weil ich dir etwas Wichtiges zeigen muss. Sonntag, habe ich gesagt. Bevor meine letzten Kräfte auch noch zur Hölle fahren.«

# 15

Am schwersten fiel dem Großvater, auf den Esel zu steigen. Eine Viertelstunde dauerte es unter Mühen und Flüchen, bis sein Enkel ihn auf den Sattel geschoben hatte, immer darauf bedacht, ihm keine Knochen zu brechen. Das Hinunterkommen wiederum war unerwartet leicht. Der Großvater erinnerte sich, wie er als Kind vom Esel gestiegen war, und ließ sich bäuchlings über den Rücken des Maultiers rutschen, die Finger in den Schwanz verkrallt. Leicht wie ein Strohhalm kam er am Boden an, schob sich den Hut übers Ohr und gab dem Tier einen Klaps, damit es in Ruhe grasen ging.

Seit über dreieinhalb Jahren war er nicht mehr auf dem Rossarco gewesen, sagte er, und Michelangelo, der im Geist rasch die Zeit überschlug, dachte: Mehr oder weniger seit Papa in der Verbannung auf seiner schönen fernen Insel lebt.

Der Alte sog die Landschaft mit einem tiefen Atemzug und einem langsamen Rundblick in sich auf. Seine Augen leuchteten. Er wirkte wie einer jener Emigranten aus La Merika, die nach vielen Jahren in ihr Dorf zurückkehrten, fehlte nur noch, dass er den Boden unter seinen Füßen küsste und in Tränen ausbrach.

Nonno, bitte, tu es nicht, wollte Michelangelo schon rufen, sag mir lieber, warum wir hier sind, das hast du noch nicht verraten. Er ertrug es nicht, erwachsene Männer vor Rührung weinen zu sehen, auch nicht Frauen, auch nicht Kinder, und schon gar nicht den Großvater. In seiner Erinnerung hatte der Vater niemals geweint, und auch er, Michelangelo, verstand nicht, was das für Brunnen waren, die in Ninabellas Augen und denen seiner Altersgenossen zu sprudeln begannen.

Der Großvater riss sich zusammen, seine Miene verdüsterte sich, und er guckte leicht verwirrt: »Arturì, geh und hol Hacke und Schaufel aus der Casella.« Michelangelo gehorchte lächelnd. Es war nicht das erste Mal, dass Nonno Alberto ihn mit seinem Vater verwechselte.

Als er mit den Geräten zurückkam, lehnte der Alte mit dem Rücken an dem großen Olivenbaum. Dann ging er laut zählend los: »Eins, zwei, drei, vier ...« Hinter ihm lag das Meer, vor ihm das Sila-Gebirge. Nach neun Schritten blieb er stehen, mit der Schuhspitze zeichnete er ein Kreuz in den Staub und befahl dem Jungen: »Grab hier.«

Sein Enkel packte die Spitzhacke und begann mit aller Kraft den Boden zu bearbeiten. An dieser Stelle, unter einer dünnen, mit Grashalmen und gelben Blüten bedeckten Erdschicht, war der Untergrund hart und steinig. Michelangelo hackte mit schnellen Schlägen.

»Lass den Griff locker, wenn du gräbst«, empfahl ihm der Großvater, »sonst klappst du vor Anstrengung zusammen und erreichst nichts. Du musst ein Loch graben, so breit wie deine Schultern und tief bis zu den Knien.«

Der Junge schaufelte und grub, wurde müde, ab und zu fragte er: »Was suchen wir denn, Nonno?«, und wischte sich mit dem Ärmel den Schweiß von der Stirn.

Der Alte antwortete barsch: »Grab und sei still. Grab, dann wirst du schon sehen.«

Endlich machte der dumpfe Schlag gegen einen Stein der Schelte und Übellaunigkeit des Großvaters ein Ende. »Das wär's. Du hast an der richtigen Stelle gegraben. Jetzt heb den Fiumara-Stein heraus und hol den Sack rauf.«

Es war eine runde, schwere Steinplatte, die aussah wie ein dicker, verschimmelter Brotlaib. Michelangelo lehnte ihn an den Erdhügel neben dem Loch, dann sagte er: »Hier unten ist nichts.«

Der Großvater wurde bleich, als würde er in Ohnmacht fallen. »Das kann nicht sein, schau genau hin!« Seine Stimme klang zornig, enttäuscht.

Der Junge grub jetzt mit den Händen, und unter zwei Fingern Erde spürte er ein grobes Stoffbündel, ohne zu begreifen, dass es voll mit Münzen war. Erst als er es heraufzog, hörte er ein metallisches Klirren und sah, wie der Nonno endlich vor Freude lächelte.

Anfangs waren es neunundvierzig Münzen gewesen, erzählte der Großvater, während sie auf dem Maulesel zurückritten. Gefunden hatte er sie, als er am Abhang zum Meer tiefer gegraben hatte. Er wollte ein Nektarinenbäumchen pflanzen, von der dicken, saftigen Sorte, das ihm ein befreundeter Minenarbeiter aus San Nicola geschenkt hatte, ein braver Mann, der wenige Monate später, Gott schütze uns, an einer hinterfotzigen Lungenkrankheit gestorben war.

Wie viele Jahre sind seit dieser Entdeckung vergangen? Dreißig, fünfunddreißig? Und doch erinnert er sich daran, als sei es heute gewesen. Zu jener Zeit buckelt er doppelt so hart, dreimal so hart wie andere Männer, seine Söhne sind noch kleine Bengel, und wenn die Schicht im Stollen vorbei ist, morgens bei Tagesanbruch oder nachmittags um zwei, reitet er auf den Hügel, um noch einen oder einen halben Tag zu schuften. Das hier ist ein eisenharter Untergrund, wer hier ein Bäumchen pflanzt, um später vielleicht mal seine Früchte zu ernten, der muss ein ordentlich tiefes Loch graben und es dann mit gut gedüngter Erde füllen, die noch nach frischem Mist stinkt, dann wächst die Pflanze gesund und stark heran.

Das Loch ist fast fertig, nur noch ein paar Schläge mit der Hacke, als ihre Spitze mit voller Wucht auf eine Terrakottavase trifft und sie in zwei Teile zerbrochen an die Luft zieht wie eine von einem Messer gespaltene Wassermelone. Die Münzen stieben in alle Richtungen wie flinke Tierchen, endlich frei, den Wind zu spüren, im warmen Licht der Sonne zu baden. Sie glitzern in dem offenen Loch, und er kann den Blick nicht von dem Glanz abwenden, ist gelähmt wie durch einen Feenzauber. Ist es wahr, was ich da sehe, oder träume ich? So dachte er und hütete sich, die Hand nach den Münzen auszustrecken. Er hatte immer gelacht, wenn von solchen Glückspilzen die Rede war, die beim Hacken im Weinberg oder beim Einreißen alter Mauern angeblich bis oben hin mit Münzen gefüllte Säcke gefunden hatten. Er glaubte nicht daran, eher hätte er an einen fliegenden Esel geglaubt, er glaubte einzig an die Kraft seiner Arme und seines Willens. Mit ihr allein hatte er es so weit gebracht, hatte seine Kinder aufgezogen und Stück für Stück den Rossarco erworben.

Vorsichtig berührt er die erste Münze, als hätte er Angst, sie könne zerplatzen. Er legt sie auf seine Handfläche und sieht sie sich genau an. Sie ist leuchtend grau wie Silber, nicht ganz rund, auf der einen Seite zeigt sie einen prächtigen Stier, der einen Fisch unter seinen Hufen betrachtet, auf der anderen ein Profil, man erkennt nicht, ob Männlein oder Weiblein, umkränzt mit einer Blätterkrone wie von einem

Olivenbaum. Dann, als liefe die Traumzeit ab und die Münzen könnten von einem auf den anderen Moment verschwinden, sammelt er die restlichen mit Feuereifer ein und zählt sie: dreiunddreißig Münzen aus Silber, vier aus Bronze und zwölf aus Gold.

Der Gedanke an die Münzen raubt ihm den Schlaf: Was fange ich damit an? Sind sie wertvoll? Sehr, wenig, wie wertvoll? Wer kann mir das sagen? Und wem soll ich sie dann verkaufen? Und wo verstecke ich sie in der Zwischenzeit, wem kann ich trauen, wem, außer Sofia?

Seine Frau sagt, sie glaube, man müsse sie beim Bürgermeister oder den Carabinieri abgeben, denn so alte Münzen gehören immer dem Staat, und er wird zornig, Eselin, schreit er, Ehrlichkeit führt zu nichts in diesem Fall, wir sind umgeben von Halsabschneidern, die ehrliche Menschen bei lebendigem Leibe verschlingen, mitsamt allen Münzen. Christus klopft nur einmal an deine Tür, und wenn du ihn nicht erkennst, vertust du die Chance deines Lebens.

Monatelang gräbt er nun wie besessen in dieser Bergspitze über dem Meer, sucht Münzen, alte Objekte von Wert. Er findet Knochenreste, leere Gräber, drei oder vier kaputte Gefäße, mit Asche verschmutzt. Jemand hat schon vor ihm gegraben, vielleicht vor zehn oder hundert Jahren, tausend, wer kann das sagen? Nur der Hügel hat alles gesehen, doch der hat keine Stimme zu reden, außer in der Sprache des Windes, welche die Lebenden nicht verstehen.

»Schluss jetzt, komm wieder zur Vernunft, gib dich mit dem zufrieden, was du hast«, sagt Sofia zu ihm, »sonst wirst du noch krank, und die Gesundheit ist mehr wert als alle Münzen dieser Welt.«

Da hat sie recht, seine Frau, er muss sich zufriedengeben,

außerdem geschieht sowieso, was geschehen muss, egal ob du dich regst oder nicht. Früher oder später finden die Dinge zu dir, so wie es ihm passiert ist.

Als er, ungefähr zwölf Jahre nach dem Fund, diesen ehrenwerten Professor Orsi auf dem Rossarco trifft, bekommt er die offizielle Bestätigung, dass es auf dem Piloru wertvollen Antikplunder in Fülle gibt. Und tatsächlich findet er ein paar Jahre später beim Hacken an derselben Stelle einen schönen, gut erhaltenen Frauenkopf. Da waren die Münzen schon längst sicher vergraben. Bis auf acht goldene, sechs silberne und zwei bronzene. Die hatte er einem Lehrer in Cirò verkauft, der mit einem Sammler in Rom Geschäfte machte und den er gebeten hatte, nichts auszuplaudern. Mit dem erhaltenen Geld hatte er die letzten Flächen Land gekauft: Die Bauern gaben sich mit der Summe zufrieden, mit der sie sich das sogenannte Kärtchen kaufen konnten, die einfache Fahrt nach La Merika. Unter dem Olivenbaum lagen nun noch dreiunddreißig Münzen, eine gute, leicht zu merkende Zahl, die Lebensjahre des gekreuzigten Christus.

Das Gerücht, Alberto Arcuri horte scheffelweise Geld, nachdem er einen kiloschweren Goldschatz ausgegraben habe, verbreitete sich bis in den Stollen, aber er reagierte mit unverhohlenem Gelächter. »Sicher, sicher«, wiederholte er ironisch, »schön wär's.« Einzig den Kauf der Ländereien zu einem anständigen Preis gab er zu und bestätigte, dass er dem düsteren Stollen und seiner verpesteten Luft bald einen Fußtritt versetzen würde. Mehr brauchte er nicht. Oder doch. Um ehrlich zu sein, brauchte er noch eine anständige Chitarra Battente, wie man sie hier in der Gegend spielte, mit ihrem gewölbten Körper und doppelten Saiten für den typischen Klang der Volkslieder und Tarantellen. Und die hatte er sich beim besten Geigenbauer Kalabriens bestellt, dem berühmten De Bonis aus Bisignano. Das war die einzige Herzensfreude, die er seinen Söhnen und sich zugestand, in einem Leben der Fron und Aufopferung.

Er versuchte, nicht mehr an die übrigen Münzen zu denken, die Söhne würden sie nach seinem Tod unter sich aufteilen. Niemand konnte ahnen, dass diese vor ihm dahinscheiden würden. Und das ist der verheerendste Schmerz eines Vaters, die Kinder zu überleben, zu spüren, wie dir das rohe Fleisch vom Knochen gerissen wird beim kleinsten Gedanken an sie oder beim Blick auf die schweigende Gitarre an der Wand.

So blieben die Münzen neun Schritte vom großen Olivenbaum begraben. Seine Frau hatte niemals gewollt, dass sie verkauft würden, denn sie brachten nichts als rabenschwarzes Unglück, meinte sie, während er wiederum abwartete, sie eines Tages zum Wohl seiner Familie einsetzen zu können.

Dieser Tag war nun gekommen.

# 16

»Hochverehrter Prof. Orsi, mein Name ist Michelangelo Arcuri, und ich schreibe Euch diesen Brief im Namen meiner Familie. Wir wohnen in Spillace, in der Nähe von Cirò, und sind die Eigentümer des Rossarco, wo Ihr im Frühling vor zwei Jahren die Ausgrabungen geleitet habt. Erinnert Ihr Euch? Ich bin der Junge, den Ihr damals ›den kleinen Wächter des Hügels‹ nanntet.

Ich schreibe Euch, um zu erfahren, wann Ihr die Ausgrabungen fortsetzen wollt, wie Ihr es versprochen habt. Und vor allem schreibe ich Euch, weil Ihr meiner Mutter damals aufgetragen habt, dies unbedingt zu tun, sobald es Neuigkeiten in Bezug auf das antike Krimisa gäbe. Jetzt ist etwas ganz Wichtiges geschehen: Der Großvater hat ein Terrakottagefäß gefunden mit dreiunddreißig alten Münzen darin, die er Euch verkaufen möchte, da er weiß, dass Ihr ein ehrenwerter und kompetenter Mann seid. Wer könnte uns besser den genauen Wert der Münzen nennen als Ihr und an einem Kauf zum guten Zwecke interessiert sein? Wir alle vertrauen Euch blind, auch mein Vater, der Eure Großzügigkeit während der Ausgrabungen von Punta Alice kennengelernt hat.

Glaubt mir, ich sage es Euch nicht gern, aber da zurzeit nur die Mutter arbeitet, brauchen wir Geld zum Leben und für meine Ausbildung, denn ich habe die Zulassungsprüfung zum Lehramtsinstitut bestanden und werde in

Catanzaro zur Schule gehen. Meine Familie hat ein paar Ersparnisse, aber die reichen nicht weit, und mein Vater lebt immer noch in der Verbannung. Unser einziger Reichtum sind unser Hügel und diese Münzen, die der Großvater mit Hilfe des heiligen Antonius gefunden hat. Ich schicke Euch eine Zeichnung der sieben Münzarten, die wir besitzen, sie sind garantiert mit dem Original identisch. Meine Schwester Sofia Antonia hat sie gemacht, die im Zeichnen wirklich die Beste in ganz Spillace ist und später auch einmal studieren möchte. Sie hat sie grau, gelb und dunkelbraun angemalt, damit Ihr wisst, aus welchem Metall sie sind.

Könnt Ihr uns bitte sagen, ob Ihr an einem Ankauf interessiert seid und was die einzelnen Münzen wert sind, ob und wann Ihr eventuell wieder nach Spillace kommt, um sie mit eigenen Augen zu sehen, oder ob wir zu Euch kommen sollen? Ich garantiere Euch, dass die Münzen in gutem Zustand sind und wirklich wunderschön, außer zwei bronzenen, die sehr abgenutzt sind.

In freundlicher Erwartung Eurer Antwort verbleiben wir mit hochachtungsvollen Grüßen

Arcuri Michelangelo und Familie.«

Der Junge ließ den Brief sinken, umringt von seinen Verwandten. Er hatte zwei Tage für die Rohfassung gebraucht, unter Aufsicht des Großvaters, der ihm auch geraten hatte, die Anzahl der verkauften Münzen zu verschweigen. Um sich nicht zu blamieren, war er mit einzelnen orthographischen, lexikalischen und syntaktischen Zweifeln zu Lehrer Tavella gegangen, ohne ihm jedoch den gesamten Inhalt des Schreibens zu offenbaren. Dann hatte er ihn ins Reine geschrieben.

Alle waren begeistert von seinem Können, das klang ja wie der Brief eines Anwalts, sagten sie, wie die druckreife Rede eines Priesters oder eines wahren Lehrers. Ein Extralob hielten sie für Ninabellas Zeichnungen bereit, die präzise waren wie Fotografien.

Seit Monaten wurde im Hause Arcuri im Flüsterton über die Notwendigkeit diskutiert, die Münzen zu verkaufen, doch man wusste nicht, an wen man sich wenden sollte, der Großvater vertraute niemandem aus der Gegend, und die Großmutter war überhaupt gegen jeden Verkauf, sie wollte die Münzen wieder bis in alle Ewigkeit vergraben sehen, denn sie brachten rabenschwarzes Unglück, das wusste sie, die Todesbeweise trug sie in ihrem Herzen, das Herz irrt nie, Albè, und der Großvater wurde böse auf sie und ihren altmodischen Kopf, während Lina und der Enkel sie noch zu überzeugen versuchten, dass nicht die Münzen ihre Söhne ermordet hatten, sondern der Krieg, der verdammte Krieg, todbringend wie alle Kriege.

Zum Glück hatte sich Lina daran erinnert, dass Professor Paolo Orsi ihnen vor seiner Abreise seine Adresse in Syrakus hinterlassen hatte, mit der Aufforderung, ihm zu schreiben, wenn weiterer Antikplunder auftauchen sollte.

Um nicht aufzufallen, wurde der Brief auf dem Postamt von San Nicola aufgegeben. Nichts fürchteten die Arcuris mehr als die neidvollen Hirngespinste der Leute aus Spillace. Daran konnten sie sich einfach nicht gewöhnen, sie fanden sie heimtückisch und gemein wie ein Messer im Rücken. Nach vorne lächelten dich alle an, priesen dich, wünschten dir nur das Beste, gutes Vorankommen, doch hintenherum meuchelten sie dich mit infamen Gerüchten: dass Donna

Lina sich als immer noch junge und gefällige Frau ohne Ehemann in der Casella mit einem gutaussehenden Kerl aus Marina treffe oder gar mit dem Gutsverwalter aus Spillace, der sie manchmal unter dem Vorwand besuche, die üblichen Botschaften Don Licos zu überbringen; und Arturo, der war ja nie ein echter Kommunist gewesen – was sollte das auch für ein Kommunist sein, der einen ganzen Hügel mit massig Feldern, Weinbergen, Oliven- und Obsthainen besaß? –, sondern ein gescheiterter Emporkömmling, der an Don Licos Stelle rücken wollte, weshalb er ihn auch mit dem Tode bedroht hatte, und jetzt, ganz zu Recht, einen schönen Inselurlaub verbrachte, von wegen Verbannung und ach so schlimm wie im Gefängnis; und dem alten Alberto hatte es den Kopf verräuchert, und er war total vertrottelt; und die Enkel dieser armen Träumer, die glaubten, studierte Leute werden zu können wie die Söhne von Don Lico oder vom Dorfarzt, hielten sich für die größten Schlaumeier in ganz Spillace, dabei hatten sie Verstand nur als Hülle und Dummheit in Fülle.

Sofia war es, die dieses Gerede aufschnappte, das, so keifte sie, weder Hand noch Fuß noch sonst was hatte, und sie zankte pausenlos mit Nachbarinnen und Verwandtschaft, stritt alles ab und ereiferte sich, wenn nötig, mit hexenhafter Bosheit: »Was sein muss, muss sein«, rechtfertigte sie sich am Ende, während ihr Kropf auf und ab sprang wie eine fliehende Kröte. Die Einzige in der Familie, von der sie Schützenhilfe bekam, war Ninabella, bissig wie die Großmutter und immer bereit, ihre Krallen auszufahren und ihre messerspitze Zunge einzusetzen. Lina und ihr Sohn versuchten die beiden zu beruhigen und ins Haus zu ziehen; der Alte wiederum nutzte seine Hörschwäche, indem er vorgab, nichts mitzubekommen, und wenn doch, fegte er den Schmutz der Leute und die heftige Reaktion seiner Frau mit ironischem Lächeln vom Tisch: »Die wirklich schlimmen Sachen im Leben sind ganz andere, nicht wahr, Arturì?«

Michelangelo nickte, ernsthaft wie der echte Arturo. Das dumme Geschwätz im Dorf ließ ihn kalt, er hatte gerade ganz andere Sorgen.

In wenigen Tagen sollte er mit der neuen Schule beginnen, und die Antwort von Paolo Orsi ließ immer noch auf sich warten.

Wie versprochen hatte der Herr Lehrer Tavella die bürokratischen und organisatorischen Mühen auf sich genommen und Michelangelo am Lehramtsinstitut in Catanzaro eingeschrieben sowie ihm ein Zimmer zum Vorzugspreis bei einem befreundeten Ehepaar besorgt. Außerdem plante er, ihn am Tag vor Schulbeginn persönlich in die Stadt zu begleiten. Am Bahnhof von Cirò würden sie in den Zug steigen.

Michelangelo verbrachte die Wartezeit bei seinem Großvater, schweigend saßen sie auf dem Mäuerchen in der Gasse, verjagten mit der Hand die Fliegen und genossen die Schwaden kühlerer Luft, die von den Felshängen herüberwehten. Für einen Spaziergang zur Piazza war es zu heiß.

Als der Moment der Abreise gekommen war, trennten sich die Mutter und die Nonna unter heftigem, verzweifeltem Weinen von Michelangelo, als zöge er in den Krieg.

Der Großvater weinte nicht, doch bei der Umarmung sagte er mit der gebrochenen Stimme eines Todkranken: »Arturì, wer weiß, ob wir uns wiedersehen, wenn du heimkommst.«

Ninabella versuchte die Situation zu entschärfen: »Nonno, beklag dich nicht immer, du wirst so alt wie eine Eiche. Und denk dran: Das ist nicht Arturì, sondern Michelangelo.« Dann sagte sie, an den Bruder gewandt: »Du Glücklicher, dass du diesem Tollhaus den Rücken kehrst.«

# 17

In den ersten Monaten in Catanzaro verließ Michelangelo das Haus nur, um zur De-Nobili-Schule zu gehen, eine Viertelstunde fast stetig bergauf durch das Viertel der sogenannten Baracken. Nach der Schule kehrte er in sein Zimmer zurück, aß eine Suppe oder einen Teller Nudeln, den die Vermieterin für ihn bereitete, um dann stundenlang Seite um Seite auswendig zu lernen, wie es die Lehrer verlangten. Verstehen war nicht gefragt, nur Aufsagen können, und dank seines Elefantengedächtnisses gehörte er zu den besten Schülern, bekam in fast allen Fächern gute Noten, vor allem in Geschichte und Geographie, in Italienisch und den Naturwissenschaften. Abends aß er allein. Um zu sparen, da die Miete schon 120 Lire im Monat kostete, schickten sie ihm von zu Hause Pakete mit Brot, Salami, Presswurst, Käse, getrockneten oder gebackenen Feigen und manchmal einem Glas eingelegter Sardinen. Dann streckte er sich auf dem Bett aus und lernte weiter, bis er schließlich im Schein der Kerze einschlief.

Am nächsten Morgen im Unterricht war er ausgeruht und konzentriert. Seine Mitschüler beneideten ihn um seinen Fleiß, den er Tag für Tag bewies, und hofierten ihn unverhohlen, um die Hausaufgaben und Klassenarbeiten bei ihm abschreiben zu dürfen. Die Lehrer schätzten ihn und lobten ihn als Vorbild für alle, außer zwei fanatischen

Faschisten, die ihn in die Mangel nahmen, seit sie erfahren hatten, dass sein Vater in politischer Verbannung lebte. »Mit unserer Hilfe«, sagten sie zu ihm, »wirst du auf den rechten Pfad zurückkehren, den dein ruchloser Vater verlassen hat, als er unseren Duce beleidigte.« Michelangelo hätte sich am liebsten auf sie geworfen und sie mit einer Kopfnuss umgehauen. Passt auf, was ihr über meinen Vater sagt, dachte er, er hat nichts Böses getan, die Schuld liegt bei Don Lico, der genauso ein Gehörnter ist wie ihr. Nächstes Jahr, wenn er wieder frei ist, wird er es euch heimzahlen, euch allen, auch denen, die unseren Hügel in den Schmutz gezogen haben, indem sie zwei Tote dort vergruben, und ich werde ihm dabei helfen, da könnt ihr Gift drauf nehmen. Er senkte den Blick auf das Buch, ballte unter der Bank die Fäuste und tat so, als lese er. Wegen zwei so hinterfotzigen Schurken durfte er nicht riskieren, von der Schule zu fliegen.

In den Weihnachtsferien fuhr er das erste Mal nach Hause. Er packte seinen Rucksack mit schmutziger Wäsche, fuhr mit der Drahtseilbahn bis Catanzaro Sala und nahm dort den Zug Richtung Marina, der für eine Strecke von kaum neunzig Kilometern über vier Stunden brauchte. Es war ein kalter, strahlender Tag. Der Hügel badete im Sonnenlicht, und Michelangelo schlug ohne langes Nachdenken den Weg zum Piloru ein, dem Berghang, wo Paolo Orsi gegraben hatte.

Er wollte der Mutter eine Überraschung bereiten. Dass genau das Gegenteil eintreten sollte, konnte er nicht ahnen.

Vom Rossarco schlug ihm nur die Stimme des Windes entgegen, ein heulendes Rauschen wie die Klage eines verletzten Menschen, während er schwitzend trotz der kalten Böen mit behutsamen Tritten voranschritt.

Oben angekommen, suchte er im Weinberg nach der Mutter, dann stieg er zum Zitrushain an der Fiumara hinab, warf einen Blick auf den Gemüsegarten, ging wieder hinauf durch den Wald von Tripepi, wo sie manchmal Zweige für den Herd sammelte, schließlich wanderte er kreuz und quer zwischen den Flecken aus Feigenkakteen und über den Hügel bis zum großen Olivenbaum.

An diesem Punkt wollte er beinah aufgeben und laut nach ihr rufen, die Überraschung auf ein anderes Mal verschiebend. Doch dann sah er den Esel, der neben der Steinhütte graste. Auf Zehenspitzen schlich er näher, nun wieder mit einem Lächeln im Gesicht. Kein Zweifel: seine Mutter war dort drinnen und aß einen Happen zu Mittag. Er spähte durch die Ritzen der mit Brettern verschlossenen Fensteröffnung, und sein Lächeln verwandelte sich jäh in eine Grimasse verzweifelter Ungläubigkeit, angewiderten Schmerzes, der ihm wie Erbrochenes im aufgerissenen Mund lag.

Die Mutter hatte die Augen geschlossen, ihr Kinn ruhte in der Mulde zwischen Schulter und Hals eines Unbekannten. Es war eine zärtliche, freiwillige Umarmung. Der Mann hatte seine Finger in ihren gewellten Haaren vergraben und streichelte ihren Kopf, flüsterte in ihr Ohr und wusste nichts von dem Blick, der auf seinem Rücken brannte und ihn, wenn er gekonnt hätte, versengt hätte.

Michelangelo wusste nicht, was tun, er spürte, wie ihm sein Mageninhalt nun wirklich die Kehle hinaufstieg. Er schloss die Augen und öffnete sie wieder in der kindischen Hoffnung, dass alles nur ein Traum sei.

Die Mutter war hinter den breiten Schultern des Mannes verschwunden, ihre Münder langen aufeinander, und sie schmiegten sich eng aneinander. Michelangelo konnte den schmerzenden Ekel nicht länger ertragen. Er entfernte sich schwankend ein paar Meter von der Hütte, stolperte, stürzte zu Boden, so dass der Esel schrie, dann brüllte er: »Hure, Hure, du bist eine verdammte Hure!«, und rannte los, »Dreckshure, das werde ich Papa sagen, wenn er wiederkommt«, und seine Worte schmerzten ihn, was sonst, »du widerliche Hure«, und er rannte und wäre ewig gerannt, nur weg, weg, weg von diesem unerträglichen Anblick, wenn die Tür der Casella nicht mit kreischenden Angeln aufgegangen wäre und ein Ruf ihn von hinten durchbohrt hätte wie die Hörner eines Stiers: »Michè, wo willst du hin? Komm zurück!«

Diese Stimme erkannte der Junge sofort, er drehte sich ruckartig um, schloss die Augen und öffnete sie wieder, dann träumte er also nicht, der Unbekannte war sein Vater, mit lockigen Haaren und nie gesehenen grauen Sprenkeln im Schnurrbart, und doch er, die funkelnden Augen, die vollen Lippen, die sich zu einem weißen, unverwechselbaren Lächeln öffneten.

»Michè, was stehst du da herum, komm her und umarme mich«, rief sein Vater, und endlich rührte sich der Sohn und wiederholte in umgekehrter Richtung alle Bewegungen, Gefühle und Verwünschungen von eben: Er rannte auf die Hütte zu, stolperte vor lauter Glück, sah, wie die Mutter aus dem Haus kam, und schämte sich seiner Schandworte, die er ihr hingeworfen hatte, sog den Geruch seines Vaters ein, spürte seine starken Arme, die ihn fast zermalmten, die weichen Lippen der Mutter auf seiner Stirn, und brach in

Tränen der Freude und der Reue aus, die ersten Tränen seines Lebens, während die wirren Stimmen seiner Eltern ihn zu trösten versuchten: »Warum weinst du denn, mein Schatz? Ich bin zurück. Seit einer Woche ist Papa zurück, Michè. Freust du dich? Für immer.«

# Bestätigungen

»Für immer ist ein flüchtiges Wort, in dem sich unser verbissener Wunsch ausdrückt, die Zeit zu überdauern. Nichts existiert für immer, außer die greifbaren Dinge, die fälschlicherweise als unbeseelt bezeichnet werden, wie die Steine der Fiumara, das Sila-Gebirge, unser Meer, der Wind. Für immer ist der Hügel des Rossarco.«

Ich musste oft an die Worte meines Vaters denken, an die Geschichten, die er mir erzählte. Sie waren durchsetzt von Gewissheiten und Ernüchterungen, von Dornen und Blüten, letztlich dienten sie vor allem ihm, die hartnäckigsten Schatten der Vergangenheit zu vertreiben, die sein Leben getrübt hatten. Was sie bei mir bewirkten, interessierte ihn nicht. Wenn er mich hilflos in den verwickeltsten und rätselhaftesten Ereignissen des Hügels zappeln sah, donnerte er: »Du musst Geduld haben, Sohn. Früher oder später kommt die Wahrheit ans Licht.« Und statt sie mir zu erklären, diese Ereignisse, redete er um sie herum, bedächtig und zaudernd, wie eine Maus, die den Käse in der Falle riecht. Kurz, die Wahrheit musste ich alleine herausfinden.

Als ich Anfang August für die Ferien nach Kalabrien kam, bemerkte mein Vater sofort Simonas Abwesenheit: »Warum ist deine Frau nicht bei dir?«, fragte er mich zur Begrüßung. Er wusste nicht viel von uns, rief uns nie an. Es schien so, als wolle er nicht hören, dass es mir im Trentin gutging, dank Simona, die von dort stammte, dass meine Arbeit als Lehrer mir gefiel, die Leute und auch die Berge, dass mir nichts fehlte, Pà, fast nichts.

Mit einem gewissen Stolz erzählte ich ihm: »Simona ist schwanger, im zweiten Monat, sie wollte die Strapazen der Reise und der Hitze hier unten nicht auf sich nehmen. Sie fährt zu ihren Eltern auf deren Berghütte. So Gott will, kommen wir nächstes Jahr zusammen mit dem Kind.« Er erwiderte nur: »Endlich«, doch aus diesem Wort sprach seine ganze Freude.

»Das schickt Simona dir«, setzte ich hinzu und reichte ihm den Katalog einer schönen Ausstellung, die das Stadtmuseum von Rovereto, dem Geburtsort Paolo Orsis, ihm gewidmet hatte. Er war voll mit Fotografien des berühmten Archäologen an den verschiedenen Ausgrabungsstätten.

Mein Vater erkannte ihn, noch bevor er die Bildunterschriften las: »Schau dir das an, Professor Orsi, genau wie damals auf unserem Hügel, mit dem weißen Spitzbart, den Schnallenstiefeln und der bis zum Hals zugeknöpften Jacke. Der gleiche gescheite Blick!« Er betrachtete liebevoll jedes Foto, und seine glänzenden Augen verrieten einen Funken Rührung. Eines zeigte den Professor mit einem Carabiniere, denn in jenen Jahren, so hieß es in der Bildunterschrift, war es lebensgefährlich, allein durch die ländlichen Gegenden Süditaliens zu streifen.

Beim gemeinsamen Durchblättern der Seiten fanden wir die vielen Forschungsreisen in das Gebiet um Cirò bis nach Cariati bestätigt, die Festnahme wegen Spionage, die Ausgrabungskampagne bei der Punta Alice, doch keinen ausdrücklichen Hinweis auf den Rossarco.

Mein Vater schien enttäuscht.

»Ganz sicher hat sich Paolo Orsi dazu Notizen in seine

berühmten Hefte gemacht, die im Museum von Syrakus unter Verschluss gehalten werden«, sagte ich zu ihm. Und er erinnerte sich daran, dass meine Mutter einst einen Blick hatte hineinwerfen dürfen auf Vermittlung eines engen Freundes von Paolo Orsi, Umberto Zanotti-Bianco, dessen Mitarbeiterin sie gewesen war.

»Weißt du denn, ob Mama irgendetwas Interessantes über die Ausgrabungen am Rossarco gefunden hat?«, fragte ich ihn neugierig.

Die Miene meines Vaters verdüsterte sich. Er betrachtete die letzten Fotos von Paolo Orsi als altem Mann, antwortete nur knapp: »Vieles«, und wechselte das Thema: »Von ihr habe ich erfahren, dass der Professor 1935 gestorben ist, im Alter von sechsundsiebzig Jahren. Es tat mir leid, er war für mich wie ein Verwandter oder alter Freund, der diese Orte hier liebte. Wenn er wüsste, was unsere Hügel heutzutage alles erdulden müssen, würde er sich im Grab umdrehen: Von wegen Ausgrabungsgebiet, hier entstehen überall Windparks und riesige Müllkippen. Ganz zu schweigen von den Küsten, die durch Zement und illegale Bautätigkeit verschandelt sind.«

Er war wirklich geknickt, mein Vater, und ich wusste nicht, ob aufgrund der Erwähnung von Paolo Orsis Tod oder der Umweltskandale oder beidem. Ein plötzlicher Windstoß begleitete wirkungsvoll meine Frage: »Sind denn diese Typen vom Windpark noch einmal aufgetaucht, um dich zur Unterschrift zu überreden?«

»Nur einmal, dieselben Gauner. Dann kamen nacheinander zwei Bürgermeister, ein Provinzbeamter, ein Sohn von Don Lico, der mir nahegelegt hat, das Angebot anzunehmen, sonst werde auch ihm ein Geschäft durch die Lappen gehen, und der Wasserträger eines Regionalassessors …«

»Und wie hast du reagiert?«

»Ich habe sie alle zum Teufel geschickt. Schließlich haben sie mir mit Enteignung gedroht, doch dann mussten sie, um keinen Ärger zu kriegen, die Positionen der Windräder innerhalb des Parks ändern. Unser Hügel ist im Moment in Sicherheit, aber drum herum, die schönen Landschaften, um die uns alle Fremden immer beneidet haben?«

Einige Minuten blickte er, in dunkle Gedanken versunken, vor sich hin und schwieg. Dann, als hätte er mein dringendes Bedürfnis nach Bestätigungen gespürt, sagte er: »Lass uns reingehen, ich muss dir etwas Interessantes zeigen.«

Wir standen beim großen Olivenbaum, und auf dem Weg zur Casella listete mein Vater mir weitere »Besuche« auf, die er in den letzten Monaten erhalten hatte: scheinbar naive Touristen und gewiefte Langfinger aus der Umgebung, die hier oben Obst und Gemüse stahlen, Pärchen, die von Marina heraufkamen für ein Schäferstündchen im Wald von Tripepi; finstere Grabräuber, die in seiner Abwesenheit jede Handbreit Boden mit den neusten Metalldetektoren abtasteten und wie die Hasen das Weite suchten, sobald er mit der Doppelflinte auftauchte. Und schließlich seine marokkanischen Freunde – die Einzigen, von denen er mit Respekt sprach –, die ihm im Morgengrauen ein paar Stunden halfen und jeden zweiten Tag einen Tageslohn und dazu Obst und Gemüse nach Belieben mit nach Hause nahmen.

Ich erwiderte im Spaß: »Auf diesem Hügel herrscht ja mehr Betrieb als auf der Bundesstraße 106.« Doch er lächelte nicht.

In der Casella trat er gleich an eine Kommodenschublade und wühlte darin herum. Dann sagte er: »Da, lies das«, und reichte mir einen alten Brief mit dem Briefkopf des Museums von Syrakus.

Die Worte waren eng geschrieben und beugten sich wie Grashalme im Wind. Laut las ich vor: »Lieber Michelangelo Arcuri, entschuldigen Sie, dass ich mich nicht früher gemeldet habe, doch eine schwere Krankheit hat mich ans Bett gefesselt. Jetzt geht es ein wenig besser. Ich verspreche Ihnen, sobald ich wieder gesund bin, nach Spillace zu kommen und die Münzen zu schätzen und sie Ihnen gemäß den gesetzlichen Vorschriften abzukaufen. Nun also bis bald und mein Kompliment an Ihre Schwester, die ebenso begabt ist wie mein Zeichner Carta. Einen herzlichen Gruß an Sie und die ganze Familie Arcuri, einschließlich Ihres Vaters, der hoffentlich vorzeitig aus der Verbannung zurückgekehrt ist (in meiner Funktion als Senator habe ich Ihrer aller Bitte gemäß bei den entsprechenden Stellen um Begnadigung ersucht, doch muss ich gestehen, nur ausweichende Antworten bekommen zu haben). Hochachtungsvoll, Paolo Orsi.«

Der Brief war wenige Tage nach Arturos Rückkehr aus Ventotene angekommen, sagte mein Vater und setzte seine Erzählung aus jenen Tagen mit einer Detailfülle fort, die mich überraschte. Doch ohne jede Nostalgie, ohne jedes Bedauern. Seine Rührung ging in eine nüchterne und klare Wiedergabe der Fakten über, die sich in der Gegenwart abzuspielen schienen. So dass er von seinem Vater sprach, als sei er an diesem Vormittag erst von der fernen Insel zurückgekehrt, gemeinsam mit mir, um ihm die Botschaft einer neuen Geburt zu überbringen.

# 18

Nach vier Jahren, acht Monaten und sechzehn Tagen der erzwungenen Trennung war die Familie Arcuri wieder vereint und frei, zu lächeln und voranzukommen, als habe eine feurige Sonne plötzlich den Trauerschleier um ihr Haus weggesengt. Diese Sonne war Arturo, aktiv und entschlossen wie bei seiner Rückkehr aus dem Krieg, mit dem Unterschied, dass er nun gesund aussah, die glatte Haut gebräunt, der Körper robuster, die Augen vor Träumen und Hoffnungen strahlend.

Dank seiner Exilgenossen, mit denen er auf Ventotene jeden Tag diskutiert hatte, war sein politisches Bewusstsein gewachsen, und er verfügte über eine respektable ideologische Bildung. Er kannte ganze Absätze des *Kommunistischen Manifests* auswendig und beherrschte bei Bedarf ein relativ korrektes Hochitalienisch, das vielleicht ein bisschen nach Wahlversammlung klang, aber trotzdem Eindruck auf seine bäuerlichen Zuhörer machte. Außerdem war er weniger naiv und dafür vorsichtiger: Seine politischen Kämpfe trieb er im Verborgenen voran, traf die Genossen in der Casella und erklärte ihnen die Bedeutung von Kommunismus, Kapitalismus und Klassenkampf. Die Feinde, die es niederzuschlagen galt, waren für ihn der Faschismus und die Großgrundbesitzer, zwei Seiten derselben Unrechtsmedaille, beide perfekt verkörpert in der Person Don Licos.

Nicht alle waren mit dieser Vereinfachung einverstanden,

denn Don Lico war für viele der Pachtgeber ihres Grund und Bodens, sagten sie. Natürlich, er ließ sich das Doppelte bezahlen und nicht mit sich reden, wenn das Jahr schlecht gewesen war, doch dank ihm mussten sie nicht Hungers sterben.

Arturo verließ fast der Mut, während er versuchte, sie mit seinen Utopien zu überzeugen, aus denen mehr der Anarchist als der Kommunist sprach: »Genossen, wir dürfen uns nicht mit Krümeln zufriedengeben, das Land gehört dem, der es bearbeitet, und eines Tages wird Don Licos Besitz euer sein. Sobald der Faschismus fällt, werden wir es Don Lico heimzahlen, der unser Leben ruiniert hat, wir werden sein Land besetzen und uns nicht länger mit milden Gaben abspeisen lassen: alles oder nichts!«

»Und wann fällt der Faschismus, Compà?«, fragten ihn die Genossen im Chor.

»Bald«, erwiderte er vage, »sehr bald«, und sein Blick folgte einem leuchtenden Punkt in der Ferne.

Als Michelangelo in den Ferien aus Catanzaro zurückkehrte, stand sein Vater im Zentrum der Aufmerksamkeit. Ob vor den Genossen auf dem Hügel oder zu Hause bei seiner Familie, häufig hörte er ihn von der Zeit auf Ventotene erzählen, einer winzigen Insel, gut zweieinhalb Kilometer lang und kaum einen Kilometer breit, wo er für ein paar Lire in einem Fischladen gearbeitet hatte. In freien Momenten war er kreuz und quer über die Insel gestreunt, hatte den römischen Hafen bewundert, die Felsen, die die Leute dort Sconcigli nannten, die Bucht Cala Battaglia, die Überreste der Villa Giulia und die Salinen. Verzagt tauchte er dann aus diesen schönen Ansichten auf, umgeben von den Gitterstäben des Meeres, der Fäulnis überlassen wie ein an Land gespülter Fisch. Manchmal traf er die ebenfalls zu Unrecht verbannten Genossen, alles gebildete Leute, die aus politischen Gründen hier waren. Und dieses Unrecht einte sie in einem Gefühl der Brüderlichkeit und fraß an ihnen wie die Salzluft des Meeres, die sie atmeten. Am schwersten wog ihm die Zeit, die nicht vergehen wollte, und beim Gedanken an seine noch junge und schöne Frau, seine heranwachsenden Kinder, an Mutter und Vater, die alterten, und den Rossarco, der jedes Frühjahr fern von ihm aufs Neue erblühte, glaubte er verrückt zu werden.

Michelangelo hing an seinen nie stillstehenden Lippen, und nur selten gelang es ihm, ein paar der spannenden Dinge, die in der Zwischenzeit hier passiert waren, einzuflechten: »Wenn du wüsstest, Pà, als der Professor hier gegraben hat, das war toll, man konnte meinen, jeden Moment würde ein Stein, ein Schatz, irgendeine Spur von Krimisa auftauchen. Und dann liegen da eines Tages plötzlich diese zwei Skelette, und der Professor weiß sofort, dass die nicht alt sind, und er zetert rum und sagt, der Hügel sei eine Grabstätte blutiger Geheimnisse, genau das hat er gesagt …«

Der Vater hörte ihm zerstreut zu, dann unterbrach er ihn brüsk: »Schluss damit. Ich weiß alles, Michè, alles. Du musst nicht auf dieser Sache herumreiten.« Und dann nutzte er erneut die grenzenlose Liebe seines Sohnes und seiner Familie, um bis zur Ermüdung seine Ideen von Gleichheit und sozialer Gerechtigkeit auszubreiten oder über den Faschismus zu lästern, wohl vergessend, dass in einem Örtchen wie Spillace selbst die Wände Ohren hatten.

Die alten Eltern lauschten ihm erstaunt und besorgt, sagten aber nichts. Am solidarischsten war Sofia Antonia, die den Vater anhimmelte und stets in seiner Nähe war, ihm über

Hände, Haare und Schnurrbart strich, ihn ständig küsste, um all die verlorenen Küsse der Vergangenheit aufzuholen.

Seine Frau Lina spielte gewöhnlich den Anwalt des Teufels: »Und wenn deine Kommunisten wirklich irgendwann kommen und uns das Land wegnehmen?«

»Aber nein, unseren Hügel rühren sie nicht an, wir bestellen ihn ja selbst, wir sind keine Ausbeuter wie Don Lico«, beruhigte ihr Ehemann sie und kniff sie vor aller Augen liebevoll in die Wange, begleitet von einem einvernehmlichen Blick, mit dem er die nachzuholenden Liebkosungen auf die kommende Nacht verschob.

Dem Sohn entging das nicht, er war kein Kind mehr, und er freute sich: Endlich hatte er einen Vater aus Fleisch und Blut, der nach Schweiß und Rossarco roch, und keine aseptische Ansichtskarte, die bedauernd herumgezeigt wurde.

Abends brachte Arturo ihm das Gitarrenspiel bei, und Michelangelo, der auch in der Schule Musikunterricht hatte, lernte mit großer Begeisterung. Für gewöhnlich kam auch Ninabella hinzu, die besser singen konnte als ihr Bruder: »Sing nur, mein Herz, fern von dir vergeht nicht die Zeit, wild schlägt im Innern dein ewiger Schmerz. Sing nur, mein Herz.« Das war einer der vielen Verse, die Arturo während seiner Verbannung auf Ventotene gedichtet hatte, und Ninabella sang ihn mit warmer, verliebter Stimme und verzücktem Blick.

Mutter und Großmutter heizten das Feuer an oder kochten oder flickten und strickten, hüteten sich aber aus Aberglaube, mit Worten das Glück auszusprechen, das ihnen ins Gesicht geschrieben stand.

Nonno Alberto hielt die Augen geschlossen, vielleicht schlief er, vielleicht genoss er die Musik und jagte seinen

Gespenstern nach. Und er fragte den Enkel mindestens dreimal am Tag: »Wann kommt denn nun unser Professore?« Er konnte es nicht erwarten, Paolo Orsi zu treffen, ihm die Münzen zu verkaufen und vor allem Michelangelo zu unterstützen, der die Namen der zwei seligen Söhne trug, wenngleich sich seit Arturos Rückkehr die wirtschaftliche Lage der Familie von Monat zu Monat verbesserte.

»Der Professore kommt bald. Sei nur ganz ruhig, Nonno. Er hält Wort«, versicherte ihm der Enkel wieder und wieder und hoffte, dass dieser letzte, größte Wunsch seines Großvaters so bald wie möglich in Erfüllung ginge.

Eines Morgens im Geschichtsunterricht erhielt Michelangelo Arcuri von seinem Lehrer die Erlaubnis, die Schule unverzüglich zu verlassen, auf Bitten seiner Familie, die einen Onkel geschickt hatte, um ihn abzuholen.

Vor der Aula wartete Zio Gigino, der ihm sofort die Unglücksbotschaft überbrachte: »Michè, ich soll dich nach Hause bringen, dein Großvater liegt im Sterben. Der Signora von der Pension habe ich schon Bescheid gesagt. Wir müssen uns beeilen, sonst verpassen wir die Drahtseilbahn und den Zug.«

Michelangelo weinte nicht, er durfte nicht, hatte er sich doch selbst versprochen, aus keinem Grund der Welt zu weinen, obwohl er spürte, wie ein Erdbeben seine Seele erschütterte. Der Nonno ist schon tot, dachte er wieder und wieder, Zio Gigino verschweigt mir die Wahrheit, damit ich nicht verzweifle, oder er lebt noch, vielleicht erholt er sich, der Nonno, immerhin stand er schon einmal mit einem Fuß im Grab und zog ihn wieder heraus.

Ihre Reise war schneller und kostspieliger als gewöhnlich,

sie stiegen am Bahnhof von Crotone aus, nahmen von dort den Postbus bis zur Abzweigung Spillace und legten den restlichen Weg zu Fuß zurück, fast ohne ein Wort zu wechseln, nur ein paar erschöpfte Blicke. Bevor sie das Dorf betraten, drei Stunden nach ihrem Aufbruch in Catanzaro, rückte Zio Gigino mit der Wahrheit heraus. »Dein Großvater ist gestern gestorben, während des Mittagsschlafes. Es war ein schöner Tod, er hat nichts gemerkt.«

Die Gasse vor dem Haus war voller Leute, die sofort zur Seite wichen, um Michelangelo unter klagendem Gemurmel durchzulassen. Als Arturo den Sohn sah, ging er ihm entgegen und drückte ihn fest, und die anderen Familienmitglieder schlossen sich ihnen unter Schluchzen und Schreien an. Dann lösten sie sich von der Gruppe, und Arturo führte ihn zum Sarg des Großvaters. »Gib ihm einen letzten Kuss, Michè. Der Großvater hat immer nach dir gefragt, in diesen letzten Tagen, und er hat mir aufgetragen, dich weiter zur Schule zu schicken. Von dir und von unserem Hügel, davon sprach er jeden Tag.«

Michelangelo drückte einen Kuss auf die eisige Stirn des Großvaters. Er fand nicht den Mut, ihn lange anzusehen, und doch bemerkte er die Ruhe, die von seinem Gesicht ausging. Vielleicht war er gestorben, während er etwas Schönes träumte, vielleicht von seiner Familie, dem Rossarco, den alten Münzen oder der weißen Schwalbe.

Das Stimmengewirr, das beim Eintreffen des Jungen verstummt war, erhob sich wieder, lauter als zuvor. Die Mutter und Ninabella nutzten es, um ihren Schmerz erneut herauszuschreien. Die Großmutter steckte den Kopf in den Sarg und wandte sich mit erhobener Stimme an ihren Mann, voller Verzweiflung, doch ohne Tränen nun, hielt sich das

Gesicht, ohne sich zu kratzen, küsste ihn zärtlich auf die Lippen: »Da schau, dein Michelangelo ist hier, Schatz, von Catanzaro ist er gerannt gekommen, dir zu Ehren. Siehst du ihn? Er ist hier bei dir, ist er nicht groß geworden, siehst du, wie ähnlich er dir ist? Er ist genauso gescheit wie du und hat deine Willenskraft, die Berge versetzt.«

Ninabella trat zur Nonna, um sie zu trösten, und die Alte begann auch sie zu lobpreisen, vor dem Ehemann, für ihren schönen Namen und ihre Haltung einer Prinzessin, eine Malerin, wie man sie selbst in Venedig und auf dem Mond vergeblich suchte, die den Großvater aus seiner Trübsal errettet hatte, welche ihn fast dahingerafft hätte beim Gedanken an die gefallenen oder vermissten Söhne. Und überhaupt, alle hatten ihren Mann geliebt, o große Freude, ihren König vom Rossarco, und wirklich schien es der Begräbnistag eines Königs zu sein, ganz Spillace war da und alle aus San Nicola und sogar Leute aus Pallagorio und Marina, die Kumpel aus der Mine, die noch lebten, Freunde der Kinder und die Musiker waren da, ja, die ganze Welt, alle waren da, um ihn ins Paradies zu geleiten, zum heiligen Antonius und der heiligen Vennera, zu unseren Söhnen Michele und Angelo, die dich in ihre Arme schließen werden. Mach die Augen auf, Albè, mach sie nur kurz auf und schau dir all die Leute an, die gekommen sind, dir zu Ehren. Mach deine schönen Augen auf, denn wenn du mich ansahst, schmolz mein Herz dahin, mach sie auf. Schon als Kinder haben wir uns geliebt, so jung waren wir, hatten nichts als unsere Träume, du bist in den Stollen gegangen und hast nach Schwefel gestunken, ich habe dir den Rücken mit Seife geschrubbt, mein Schatz, am nächsten Tag gingen wir auf den Hügel, um seinen Duft zu atmen, um frohgemut für unsere Kinder und die Zukunft zu ackern. Wir haben geschuftet und nichts und niemanden gefürchtet, so wie du es wolltest. Mach die Augen auf, Albè, und schau mich ein letztes Mal an, dann schlafe für immer, mein Schatz für die Ewigkeit.

In das mit Menschen gefüllte Zimmer tönte dumpfes Glockengeläut. Danach kam der Pfarrer. Sofia sackte ergeben zusammen, als habe man ihr eine Gewehrkugel ins Herz geschossen. Aus ihrem Mund brach eine unartikulierte Klage, die das ganze Begräbnis über anhielt.

Eine wahre Flut von Leuten begleitete den Trauerzug, Freunde, Verwandte, Auswärtige, Bekannte, sogar Feinde wie Don Lico und seine Schergen. Arturo hatte sich gewünscht, dass die Musikkapelle von Spillace spielte, und zum Schlussgesang nach der Messe erklang ein merkwürdiger Trauermarsch, den – obwohl er gekonnt verfremdet war – viele voll Rührung wiedererkannten: die Hymne der Arbeiter.

# 19

Sie trafen sich im Schloss der Sabatini, nahe der Bahnstation von Cirò, denn Paolo Orsi fehlte es an Kraft, bis nach Spillace hinaufzusteigen, wie er auf der Postkarte geschrieben hatte, mit der das Treffen vereinbart worden war.

Die drei Frauen trugen Schwarz, Vater und Sohn hatten die Trauerkrawatte umgebunden, sie bewegten sich wie verschreckte, misstrauische Eidechsen, flitzten in ruckartigen Bewegungen zum Tisch im Salon, die hin und her schnellenden Köpfe ganz benommen vom Funkeln der Möbel.

Mit unsicheren Schrittchen und auf den Gehstock gestützt, war der Professor ihnen auf den Terrakottafliesen entgegengekommen. Er hatte sie nicht sofort wiedererkannt. Neben ihm stand ein jüngerer Mann, der Restaurator Giuseppe D'Amico, immer bereit, ihm bei Bedarf helfend beizuspringen.

Als er von Albertos Tod erfuhr, bekundete Paolo Orsi den Arcuris mit einem Händedruck sein Beileid. »Er war ein guter und würdevoller Mann, der sehr an seiner Familie und seinem Land hing. Ich erinnere mich noch gut an ihn ... auch wenn wir uns nur einmal gesehen haben ... an dem Tag, als ich am Hang des Piloru Krimisa erahnte. Mit ihm teilte ich den denkwürdigen Anblick einer Albino-Schwalbe ... und vielleicht war es kein Zufall, dass sie ausgerechnet uns erschienen ist, dort am Himmel über dem Rossarco ...«, sagte er und stolperte vor Rührung fast über seine Worte.

»Mein Vater war es, der die Münzen gefunden hat und vorschlug, uns an Euch zu wenden«, mischte Arturo sich ein. Dann machte er der Mutter ein Zeichen, die wie durch Zauberhand aus ihrem üppigen Dekolleté ein dreimal verknotetes Leinentüchlein hervorzog und es unter erklärenden Worten, wo der Münzschatz gefunden worden sei, dem Alten übergab, vorsichtshalber ohne den Verkauf der sechzehn Münzen zu erwähnen. Begleitet wurde ihre Rede von tiefen Seufzern, die weniger der Aufregung geschuldet waren, vor diesem charismatischen und gebildeten Mann zu stehen, wie ihre Familie dachte, sondern rhythmisch ihrer Erleichterung Ausdruck gaben, endlich für immer diese unglückseligen Münzen loszuwerden.

Professor Orsi öffnete mit zitternden Händen die drei Knoten und begutachtete dann lange eine Münze nach der anderen, indem er sie mit Hilfe einer Lupe aus seiner Jackentasche bis ins kleinste Detail untersuchte. Dann legte er die einzelnen Exemplare auf den großen Nussbaumtisch, nachdem sie von Giuseppe D'Amico gewogen worden waren, der auch die Aufgabe hatte, die gelegentlichen Kommentare des Professors auf Pappkärtchen festzuhalten.

Die Arcuris verfolgten mit bewundernden Blicken die Szene. Vor allem Michelangelo ließ sich kein Wort, keine Bewegung des Professors entgehen, der die verschiedenen Statere, Oboloi, Didrachmen, Trioboloi, Pegasus vermerkte, alles Münzen, die zwischen den Jahren 510 und 400 v. Chr. in Kroton, Sybaris, Thurii, Metapontum, Tarentum, Kaulonia und Terina geprägt worden waren. Die rarsten und geheimnisvollsten waren die Goldmünzen, da sie einer späteren Epoche angehörten, als Krimisa wahrscheinlich bereits untergegangen war, weshalb nicht zu verstehen sei, dass sie bei den anderen gelegen hätten. Es schmerzte den Professor, dass das Originalgefäß nicht erhalten war, anhand dessen man mit größerer Präzision auf den Zeitpunkt, zu dem die Münzen vergraben worden waren, hätte schließen können und vielleicht auch auf das Motiv. Jedenfalls belegten die Münzen ganz klar, dass der Hügel bewohnt gewesen war und, so glaubte er, die Überreste von Krimisa verbarg, neben den Skeletten aus jüngerer Zeit, wie er augenzwinkernd hinzufügte.

Der Tisch sah nun aus wie ein Schachbrett, bestehend aus dreiunddreißig Kärtchen mit ebenso vielen Spielfiguren aus Silber, Gold und Bronze.

Der letzte Arbeitsschritt war der penibelste von allen: Das Schachbrett wurde in zwei Hälften geteilt nach Kriterien, die den Arcuris verborgen blieben.

Dann klärte der Professor das Rätsel mit seiner gewohnten Polterstimme auf, so als habe die Schätzung ihn nicht ermüdet, sondern ihm im Gegenteil neue Kräfte verliehen. Auch die Hand, mit der er auf die Münzen wies, zitterte nicht mehr. »Vielleicht wissen Sie bereits, dass nach dem Gesetz von allen antiken Fundstücken, die auf italienischem Boden geborgen werden, die Hälfte rechtmäßig dem italienischen Staat gehört, ein Viertel dem Finder und ein Viertel dem Besitzer des Grundstücks …«

»O nein! Das ist ungerecht. Dann packen wir unsere Münzen wieder ein und verkaufen sie anderswo«, unterbrach ihn Donna Lina vehement.

»Still. Lass den Professore ausreden. Wir wollen nichts gegen das Gesetz tun«, warf Arturo entschieden ein.

»Ich kann die Enttäuschung der Signora gut verstehen, aber Gesetz ist Gesetz. Vor vielen Jahren hatte ich einen ähnlichen Fall mit einem Münzschatz, der in Soverato aufgefunden wurde. Der Besitzer wollte sich nicht damit abfinden, er hat sogar Geld für Anwälte ausgegeben, auch weil in dem Fall noch eine dritte Person auf den Plan trat und ihr Recht an dem Ort des Fundes geltend machte, doch am Ende musste er sich mit seinem Anteil zufriedengeben.«

»Gott rette und beschütze uns vor den Anwälten, die würden uns nur bis aufs Blut aussaugen. Redet weiter, Professò, Ihr macht das schon alles richtig«, sagte Sofia, die ihm die Münzen sogar geschenkt hätte, dieses Teufelszeug.

»Danke für Ihr Vertrauen, Signora. Ich habe euren Fund in zwei Teile geteilt, nach bestem Wissen und Gewissen als Archäologe und Numismatiker, im Großen und Ganzen entsprechen sie sich nun, vielleicht nicht in der Zahl, aber doch in ihrem Wert. Wählt ihr den Teil, der euch mehr zusagt, und ich nenne euch mein Angebot.«

»Ihr dürft wählen«, sagte der Vater zu den beiden Kindern.

Ninabella und Michelangelo traten mit Kennermiene an die zwei Häuflein heran, berührten, drehten und wendeten die Münzen, stimmten sich mit zwei, drei schnellen Blicken ab und zeigten dann auf den üppigeren Teil, der links von Giuseppe D'Amico lag.

»Gut«, sagte der Professor. »Ich habe nun die Pflicht, euch mitzuteilen, dass der Staat das Vorkaufsrecht für die euch zustehende Hälfte hätte, natürlich nur gegen Bezahlung. Aus Gewissenhaftigkeit habe ich bereits das zuständige Landesdenkmalamt informiert, das jedoch an einem Kauf nicht interessiert ist, sei es, weil es den Schatz für münzkundlich unergiebig hält, sei es, weil ihm die nötigen Mittel für derlei Ausgaben fehlen. Deshalb also erkläre ich mich zum Kauf aus meinem persönlichen Vermögen bereit, im sicheren

Wissen, euch damit eine Freude zu machen. Im Übrigen bin ich seit meiner Kindheit ein begeisterter Numismatiker, ich besitze etwa eintausendzweihundert Silber- und Bronzemünzen. Den anderen Teil werde ich gleich morgen dem Museum in Reggio Calabria übergeben.«

»Gewiss, Professore. Wir wissen alle, dass Ihr ehrlich und korrekt seid, auch mein Vater, die gute Seele. Wir akzeptieren, was Ihr uns anbietet …«

»Ich kenne den noblen Grund, aus dem ihr euren Teil verkaufen möchtet, deshalb bin ich mir sicher, dass ihr meinen Vorschlag gutheißen werdet. Hättet ihr übrigens das Geschäft mit dem Staat gemacht, hättet ihr nicht mehr als siebenhundert Lire erhalten, ich hingegen kann euch auf der Grundlage seines antiquarischen Marktwertes das Dreifache anbieten: zweitausendeinhundert Lire, die ich euch in dem Augenblick überreichen werde, in dem wir das Geschäft besiegeln. Das reicht vielleicht nicht ganz für die Ausbildung eurer Kinder, aber ist doch immerhin ein hübsches Sümmchen.«

Die Arcuris sahen einander benommen an und trauten ihren Ohren nicht: Eine solche Summe hatten sie noch nie in barer Münze besessen, sie würden nicht reich damit, aber sie wüssten ganz sicher, wie sie sie am besten einsetzen konnten.

Arturo unterschrieb sämtliche Papiere, die Giuseppe D'Amico vorbereitet hatte, ohne sie vorher durchzulesen. Er war wie eine Maschine. Um die Wahrheit zu sagen, kam ihm diese Summe übertrieben hoch vor, doch wenn der ehrliche und kompetente Professore es so entschieden hatte, hieß es, dass es richtig war.

Kaum verschwand das vereinbarte Geld im Tresor zwischen Sofias Brüsten, kam das Hausmädchen der Signori

Sabatini mit einem Tablett voller Getränke, Liköre, Kekse und Taralli herein, der perfekte Abschluss für einen denkwürdigen Tag.

Beim Imbiss entspannten sich endlich alle. Der Professor sprach Ninabella ein Kompliment aus, prophezeite ihr eine große Zukunft als Malerin und lud sie nebenbei nach Rovereto ein, der Heimat solch berühmter Künstler wie Fortunato Depero. Michelangelo empfahl er, fleißig zu lernen und seine Familie niemals zu enttäuschen, die für ihn große Opfer gebracht hatte und noch bringen würde. Dann sah er Arturo mit verzücktem Blick an, so eindringlich, dass es fast schon unangenehm wurde, bis er endlich den Grund darlegte: »Ich beneide Sie, Signor Arcuri, wissen Sie das? Sie sind ein glücklicher Mann, Sie haben eine echte Familie um sich herum. Es hatte Sie auf eine Insel verschlagen auf Philoktetes' Spur, doch eines schönen Tages kehrten Sie erhobenen Hauptes zu den Ihren zurück. Die Verbannung hat an Ihrem Äußeren und in Ihrem Blick keine Spuren hinterlassen, im Gegenteil, Sie wirken stärker als damals, als ich Sie bei der Punta Alice kennenlernte.«

Arturo lächelte geschmeichelt, während seine Frau errötete, als habe das Kompliment ihr gegolten.

»Wer ist Philoktetes?«, fragte Ninabella.

»Das erklär ich dir später«, erwiderte ihr Bruder.

Es war ein Maitag. Durch die offenen Fenster konnte man Teile des in Kleeblüte stehenden Rossarco sehen, und in Wellen wehte der den Arcuris wohl vertraute Duft herein.

»Das ist der geheimnisvolle Duft eures Hügels, nicht wahr?«, fragte der Professor. Michelangelo nickte.

»Eines der Dinge, die ich bedaure, ist, dass ich nun mit meinen fast sechsundsiebzig Jahren und angesichts meines

Gesundheitszustands nicht mehr glaube – es sei denn, es geschieht ein Wunder –, die Ausgrabungen auf der Suche nach Krimisa zu Ende führen zu können, weder hier noch etwas weiter nördlich in Sibari, wo mein Freund Umberto Zanotti-Bianco so erfolgreich begonnen hat. Für jemanden wie mich, der jede Minute seines Lebens der Arbeit gewidmet hat, ist das grausamer als der Tod. Nun denn, schlimmstenfalls schicke ich euch meine besten Mitarbeiter und werde die Entdeckungen von dort oben aus verfolgen«, und dabei wies er auf den von Schwalben durchzogenen Himmel über dem Rossarco.

Das waren die letzten Worte des Professors. Am Ende der Zusammenkunft nahm er von seinem Anteil zwei Goldmünzen und schenkte sie Ninabella und Michelangelo. Mit dem Finger auf den Lippen erstickte er alle Dankesworte oder Bitten um Erklärung. Dann verabschiedeten sie sich mit einer bewegten, stummen Umarmung wie zwischen alten Freunden, die wissen, dass sie sich niemals wiedersehen.

## 20

Philoktetes war der berühmteste Bogenschütze aller Zeiten. Er konnte einen Pfeil durch die aufgereihten Ringe von gut zwölf Äxten schnellen lassen. Pfeil und Bogen hatte er als Geschenk von Herakles erhalten, dem mythischen Herakles der zwölf Mühen, deshalb trafen sie immer ihr Ziel. Er liebte die Schönheit mehr als alles, und auch er hatte sich in Helena verliebt, die faszinierendste Frau der Welt. Leider hatte sie ihn zurückgewiesen, weshalb er beschloss, mit sieben Schiffen und fünfzig Bogenschützen in den Trojanischen Krieg zu ziehen. Doch dann geschah es, dass er bei einem Aufenthalt an Land von einer giftigen Schlange gebissen wurde. Auf der Weiterreise begann die Wunde derart zu stinken, die Schmerzen wurden so grausam und seine Schreie so unmenschlich, dass Odysseus und Agamemnon, zu Unrecht, anordneten, ihn auf einer kleinen, unbewohnten Insel auszusetzen. Dank seinem Bogen und der Pfeile, mit denen er sich Vögel erjagte, konnte Philoktetes zehn Jahre überleben. Die Wunde jedoch verheilte nicht, die Schmerzen und die fruchtlosen Schreie wollten nicht enden. Bis Odysseus von einem Orakel erfuhr, dass nur der Bogen und die Pfeile des Herakles den Krieg gewinnen konnten. Also holte der Meister der Listen Philoktetes nach Troja zurück und brachte ihn wie versprochen zu einem berühmten Arzt, der ihm das faulende Fleisch herausschnitt, es mit Wein desinfizierte und mit wundersamen Kräuterauflagen heilte. Endlich wieder gesund, tötete Philoktetes im Duell den Paris und gab dem Krieg damit die entscheidende Wendung zugunsten der Griechen.

Das Beeindruckende an Philoktetes waren jedoch nicht sein Heldentum, die Siege auf dem Schlachtfeld, der Mythos, der ihn umwehte wie eine warme Brise. Nein, es war der zehn Jahre lang ertragene Schmerz, ohne jemanden, der ihn zu trösten vermochte, außer den Verwandten, die ihm im Traum erschienen. Es war die hässliche Fratze der Einsamkeit, die durch das von seinen Reisegefährten zugefügte Unrecht noch bitterer wurde und die er nicht überwinden konnte. Wie der Vater Arturo, schloss Michelangelo, als er Ninabella die Geschichte erzählte. Wie alle gerechten Männer, die von den Mächtigen isoliert und ihres kostbarsten Gutes beraubt werden: der Freiheit.

Das Unrecht kann man bekämpfen, die Einsamkeit aber ist eine heimtückische Krankheit, die nicht leicht heilt. Um nach dem Trojanischen Krieg von ihr zu genesen, gründete Philoktetes die Stadt Makalla, vielleicht Petelia, das heutige Strongoli, Chone, das heutige Cirò, und Krimisa, vielleicht der heutige Rossarco im Hinterland von Marina. Und immer wählte er Orte von betörendem Duft, er, der zehn Jahre lang den fauligen Todesodem geatmet hatte.

»Wer hat dir das alles erzählt?«, fragte Ninabella den Bruder.

»Zum Teil habe ich es in der Schule gelernt. Von Philoktetes erzählen Homer, Sophokles, der ihm eine Tragödie gewidmet hat, Strabon und viele andere. Zum Teil habe ich sie mir selbst ausgedacht, und vielleicht sind meine Geschichten wahrer als die der antiken Dichter, die sie häufig auch selbst erfanden.«

Es kam selten vor, dass Michelangelo mit seinem Wissen

und seinen schulischen Leistungen prahlte. Und Ninabella las des Bruders Bescheidenheit an der Natürlichkeit seiner Stimme und seinem Blick ab. Dennoch beneidete sie ihn und sagte aufrichtig: »Ich bewundere dich für all die Dinge, die du weißt. Ich kann es kaum erwarten, selbst alles zu lernen, wenn ich auf die höhere Schule gehe.«

Ninabella war die Einzige ihrer Klasse, die nach den fünf Grundschuljahren weiter zur Schule gehen wollte, obwohl ihr alle davon abrieten, ihre Freundinnen, Verwandten, Mutter und Großmutter: »Ein anständiges Mädchen bleibt zu Hause und bereitet ihre Aussteuer vor und heiratet einen tüchtigen jungen Mann aus dem Dorf, wenn es so weit ist.« Nicht einmal ihre Lehrerin unterstützte sie, doch aus anderen Gründen: Sie sagte, Ninabella sei eine geborene Rebellin, die nicht über den Büchern brüten wolle, keinen blassen Schimmer von Mathematik habe, in Italienisch eher mittelmäßig sei, alles, was sie könne, sei zeichnen, ein Geschenk des Himmels, das ihr keinerlei Mühe abverlange. »Meiner Meinung nach wirst du nicht einmal die Eingangsprüfung bestehen«, hatte das Fräulein Lehrerin geunkt, eine griesgrämige Jungfer aus Spillace, die sich seit der ersten Klasse vergeblich bemüht hatte, sie zu bändigen.

Für Ninabella hingegen war die größte Enttäuschung der Vater, der sich nicht klar äußerte. Der höchstens orakelte: »Ich habe nicht nein gesagt, warten wir das Ende der Grundschule ab, und dann sehen wir weiter.«

Sie wartete mit Tränen in den Augen. Was sollte sie tun? Mit der Mutter und der Großmutter konnte sie furios streiten, bezeichnete sie als vorgestrig, gemein, als Eselinnen gar, fing sich dabei die eine oder andere Maulschelle und empfand im Grunde Mitleid mit ihnen. Beim Vater hingegen wagte sie nicht, den Mund aufzumachen, sie wollte ihn nicht verletzen, verstand aber auch nicht sein Zögern.

Als der Moment kam, sich für die Eingangsprüfung anzumelden, schenkte Arturo ihr eine große Palette mit Temperafarben, Pinsel in verschiedenen Formen, meterweise gerollte Leinwand und eine Staffelei. »Alles Dinge für echte Maler«, sagte er. »Die habe ich für dich in Crotone gekauft.« Ninabella umarmte ihn glücklich und dankbar. Niemals im Leben hätte sie gedacht, dass der Vater den folgenden Satz aussprechen könnte: »Jetzt hast du alles, was du als Malerin brauchst. Du hast Talent, lass die Schule sein, sie hilft dir nicht, für eine Frau ist das nur Zeit- und Geldverschwendung. Eines Tages, wenn du eine hübsche Familie hast, wirst du es mir danken.«

Ninabella fiel von ihrem Vater ab wie eine entkräftete Schiffbrüchige vom Felsen. Um sich nicht an Mutter und Großmutter zu klammern, die sie mit triumphierendem Lächeln ansahen, umarmte sie den Bruder, bevor sie in einer Tränenflut versank.

Anfangs schwieg Michelangelo verlegen. Schließlich sah er seinen Angehörigen in die Augen, einem nach dem anderen, furchtlos, und sagte mit Nachdruck und Entschlossenheit: »Was soll das, erst macht ihr Versprechungen, und dann kneift ihr? Wollt ihr das Wort des Großvaters brechen, das er ihr vor dem Lehrer Tavella gegeben hat? Damals habt ihr gesagt, Ninabella würde zur Schule gehen wie ich, wenn Geld da ist. Nun haben wir Geld, dank Großvater und Papa, der hart für uns arbeitet. Außerdem kann Ninabella sich mit mir das Zimmer teilen, sich an meinem Institut einschreiben, aus meinen Büchern lernen. Damit würden wir viel sparen und euer Gewissen wäre rein.«

»Was habe ich nur für einen gescheiten Sohn. Da hört man doch schon den Herrn Lehrer heraus, der uns ordentlich den Kopf wäscht. Aber bis zum Beweis des Gegenteils bin immer noch ich der Vater dieser Familie, und ich bin es, der entscheidet, verstanden?«

Michelangelo wäre vor Wut beinahe geplatzt, doch er entgegnete nichts.

»Wie dem auch sei, wenn Signor Maestro Michelangelo Arcuri die Verantwortung als älterer Bruder übernimmt, kann Sofia Antonia wegen mir in Catanzaro die Schule besuchen. Abgemachte Sache«, schloss er ironisch, um erhobenen Hauptes aus dem schmutzigen Schatten zu treten, in den ihn die Worte des Sohnes seiner Ansicht nach gestellt hatten.

Mutter und Großmutter schüttelten resigniert die Köpfe, Ninabella hingegen umarmte den Vater. Dann bot sie ihm zur Rührung aller anderen ihre Goldmünze an: »Die kannst du verkaufen, wenn du Geld für meine Schule brauchst.«

Der Vater barg die Hand mit der Münze darin in seiner: »Nein, die gehört dir, und du darfst sie niemals verkaufen, auch nicht, wenn du groß bist, sie ist ein Stück unserer Erde, das du mitnimmst, wohin du auch gehst.«

Ninabella lächelte: Das war ihres Vaters Art, zu reden und zu handeln, die sie sich immer erträumt hatte.

# 21

Am nächsten Tag arbeiteten sie auf dem Rossarco, Arturo und sein Sohn. Bis zur Mittagspause sprach der Vater kein Wort. Er schnitt das Unkraut mit harten, zornigen Hieben der Heusense, als schlage er wilden Teufelsschlangen die Köpfe ab. Michelangelo arbeitete in gebührendem Abstand in der festen Überzeugung, der Vater trage ihm die Geschichte mit Ninabella nach.

Am späten Vormittag setzten sie sich unter einen Kirschbaum und aßen einen halben ausgehöhlten und dann mit scharfer Wurst gefüllten Laib Brot. Es war ein schöner Junitag, der Vater schloss die Augen und wandte das Gesicht zum Meer, der Sonne entgegen. »Ich muss mit dir reden«, sagte er plötzlich. Er wirkte nicht mehr ärgerlich. Michelangelo ließ das Brot sinken. »Die zwei Männer, deren Skelette der Professor beim Graben auf unserem Hügel gefunden hat, die habe ich als Kind gesehen, umgebracht, genau an der Stelle, wo wir jetzt sitzen.« Dann erzählte er, wie er und seine Brüder im Becken der Fiumara gebadet hatten, von den Schüssen, der Flucht Richtung Gipfel, der aufgeregten Mutter und dem offenen Auge des Toten, das ihn jahrelang auf dem Rossarco und in seinen Träumen heimgesucht hatte. Der andere lag mit dem Gesicht im Gras, sonst hätte Arturo ihn erkannt. Erst als er aus der Verbannung zurückkehrte, hatte er erfahren, dass es sich um einen Gauner aus dem Dorf gehandelt hatte, ein Trinker und Herumtreiber, der Bruder eines seiner Schulkameraden.

Michelangelo raffte allen Mut zusammen und fragte: »Aber Pà, warum wurden sie denn hier oben umgebracht? Und wer, glaubst du, sind ihre Mörder?«

»Das weiß ich nicht, Michè. Das frage ich mich selbst seit Jahren und finde keine Antwort. Vielleicht hatte meine Mutter etwas gesehen, Schatten, die wegrannten, aber sie hat das immer geleugnet, und wer möchte sich schon mit einem Sturkopf wie ihr anlegen, du kennst sie ja?!« Ein paar Sekunden saß der Vater mit kindlich aufgerissenen Augen da, als lägen die zwei Toten noch auf dem roten Gras. »Außerdem hat meine Mutter mich schwören lassen, dass ich niemandem davon erzähle, von dieser Sache …«

»Mir auch nicht?«

»Niemandem … Aber du bist mein Sohn, Blut von meinem Blut. Du musst alles über mich und den Rossarco wissen. Immer. Und eines Tages wirst du es deinen Kindern erzählen. Nur so wird unsere Geschichte nicht vom Angesicht dieser Erde verschwinden, nur so werden wir nie ganz sterben.«

Es war das zweite Mal in zwei Tagen, dass der Vater ihm Vertrauen schenkte. Michelangelo hätte ihn gerne umarmt, doch er traute sich nicht. Er stand auf, pflückte die dicksten und reifsten Kirschen und bot sie ihm als Zeichen seiner Dankbarkeit und Liebe an.

Nach dem Ende des Schuljahres ging Michelangelo nur noch selten zum Arbeiten auf den Rossarco. »Es ist wichtiger, dass du deiner Schwester für die höhere Schule hilfst«, hatte ihm der Vater aufgetragen.

So schaffte Ninabella dank der Unterstützung ihres Bruders, der besser erklären konnte als ein echter Lehrer, die Zulassungsprüfung für das einführende Lehramtsinstitut in Catanzaro, dem säuerlichen Gesicht ihres Fräulein Lehrerin zum Trotz.

In der Pension hatte sie eine Kammer ganz für sich allein, doch in der ersten Zeit war sie oft bei Michelangelo, dessen Zimmer größer war, um mit ihm zu lernen und zu essen. Manchmal schlenderten sie über den Corso, der nur fünf Minuten von der Via Scalfaro entfernt war, wo sie wohnten. Eigentlich wollten sie nur ein wenig Luft schnappen und sich die Beine vertreten, doch dem Bruder entgingen nicht die bewundernden Blicke der Männer, die das Mädchen, in allem frühreif, anzog wie einen Bienenschwarm. Und sie war eine zauberhafte Erscheinung: groß, mit träumerischem Blick, üppigem Busen und langem, gewelltem Haar wie die Mutter, dem Lächeln und den Lippen des Vaters, die sich wissend öffneten und eine Reihe perfekter weißer Zähne sehen ließen. Sie lief mit erhobenem Haupt und war sich ihrer Wirkung durchaus bewusst.

Allein diese Koketterie, die sie gar nicht mal übertrieben zur Schau trug, ärgerte den Bruder. Weniger aus Eifersucht als vielmehr wegen der Last der Verantwortung, die der Vater ihm aufgebürdet hatte, und als strenger, liebevoller Vater gab er sich auch: Er kontrollierte und korrigierte ihre Hausaufgaben, fragte sie vor Prüfungen ab, wählte sogar ihre Schulkameradinnen aus, mit denen sie sonntagvormittags in die Kirche ging.

Ninabella amüsierte sich über diese Ernsthaftigkeit, doch sie gehorchte, weil sie ihm zutiefst dankbar war. Trotzdem bekam sie im Gegensatz zum Bruder, der mit geblähten Segeln auf das Lehrerdiplom zusteuerte, immer nur ausreichende Noten, wenn man einmal von der gesetzten Bestnote in Zeichnen und Kunstgeschichte absah, dem einzigen Fach, das sie wirklich interessierte. Ansonsten fühlte sie sich von der Starre der Schule erstickt und von der Abstraktheit der Fächer, und wäre sie nicht so ehrgeizig und unter den Freundinnen anerkannt gewesen, hätte sie nach dem ersten Jahr abgebrochen.

Im Grunde fühlte sie sich freier, wenn sie gemeinsam mit ihrem Bruder zu den Festtagen nach Spillace zurückkehrte. Sie packte ihre Staffelei und sämtliche Malutensilien auf den Esel und ging mit der Familie auf den Rossarco. Je nach Jahreszeit wählte sie sich verschiedene Plätze aus. Dann malte sie das Meer, den Leuchtturm auf der Punta Alice, umrahmt von Eukalyptusbäumen, die der Vater gepflanzt hatte, die Hügel, die sich wie runde Treppenstufen bis nach Spillace hinaufarbeiteten, die blauen Berge des Sila-Gebirges, den Himmel mit seinen am Horizont kreisenden Möwen und Schwalben.

Mit den Jahren häuften sich in der Casella hinter den Heuballen die Leinwände an. Ninabella betrachtete sie als Fingerübungen, nie war sie zufrieden, während ihre Familie ganz verzaubert war und die Mutter manchmal eine Leinwand nahm, sie vom Schreiner gegen einen doppelten Liter Wein oder Öl rahmen ließ und sie an den Wänden von Küche oder Schlafzimmer aufhängte. »Wie bei feinen Leuten haben wir es jetzt, nicht mal Don Lico hat so schöne Bilder«, sagte sie stolzerfüllt.

Ninabella stieg das nicht zu Kopf, weder zu Hause noch bei den Freundinnen von früher, die aus ihrem Neid keinen Hehl machten, nicht so sehr um ihr Talent als Malerin, sondern um ihr freies Leben in der Stadt. Sie lachte und erzählte ihnen tuschelnd von den Studenten in Catanzaro, so sauber, duftend und elegant, viele von ihnen Anwalts- und Arztsöhne, allesamt strotzend vor Geld, Gesundheit und gutem Aussehen, die bestaussehenden von ganz Kalabrien, fand sie.

»Los, erzähl schon, erzähl, hat sich schon einer erklärt, bist du verliebt, wie heißt denn der Glückliche?«, fragten sie, während sie die Kissenbezüge ihrer Aussteuer mit blauen Blümchen und ihren Initialen bestickten.

»Der muss erst noch geboren werden, in den ich mich verliebe. Die Männer sind doch beinahe alle gleich abscheulich, die wollen nur das Eine von dir«, erwiderte sie verächtlich, und dann rollte ihr das Lachen wieder in unbändigen, ansteckenden Kaskaden zwischen den blendend weißen Zähnen hervor. Und wenn die Freundinnen sich zufrieden zeigten, die Wangen müde vom vielen Gelächter, starrte Ninabella mit abwesendem, fernem Blick auf die Kissenblüten. Als blicke sie schon damals über die engen Grenzen von Spillace und Catanzaro hinaus auf die weite Welt, von der sie träumte.

# Traum

Der Traum bestand nur aus einem einzigen Bild, ähnlich denen, die Ninabella in knallbunten Farben malte: der Hügel aus der Höhe wie von einem fliegenden Drachen herab betrachtet, eine prächtige, mit purpurroten Flecken übersäte Insel, im Westen gesäumt vom Meer und im Osten vom Flussbett einer Fiumara mit glitzernden Steinen und rötlich reflektierenden Rinnsalen.

Die Augen meines Vaters bestaunten die Szenerie durch das silbrig schimmernde Grün des großen Olivenbaums. Es war weniger wie ein Traum als wie die Projektion eines Farbdias, unbeseeltes Licht auf dunkler Wand, wäre da nicht dieser aufsteigende Duft in der Luft gewesen. Die Orte werden auch durch ihren Duft lebendig, sagte mein Vater. Und durch den Wind natürlich, der ihrer Wahrheit eine Stimme verleiht.

Der Wind blies auch im Traum kräftig, so dass der Drache an Höhe verlor und im Sturzflug herabschoss. Und je näher er dem Hügel kam, desto größer wurde er, wurde ein mächtiger Adler, ein Doppeldecker, ein Flugzeug mit riesiger Schnauze, eine bedrohliche Fratze wenige Meter über dem Boden.

Mein Vater erwachte kurz vor dem Aufschlag mit dem Gefühl, eine ähnliche Szene schon einmal in Wirklichkeit gesehen zu haben, an einem Novembertag 1941. Noch ganz benommen von dem Duft, öffnete er die kleine Tür der Casella und sah den großen Olivenbaum an angestammter Stelle und die Wipfel der Steineichen, die in der strahlenden Morgensonne flimmerten. Ein Wunder hatte den Rossarco gerettet, schloss mein Vater.

»Nicht einmal im Schlaf kommst du von dem Hügel los«, sagte ich lächelnd zu ihm.

»In unseren Träumen verbirgt sich die Wahrheit, der du nicht entfliehen kannst, auch wenn du sie nicht ganz durchschaust«, erwiderte er ernst.

Ich dachte zurück an seine Freunde aus Spillace, die mich am Morgen in der Bar Roma auf einen Kaffee eingeladen und wieder mal wegen meines Vaters gestichelt hatten, wegen seines selbstgewählten Exils, das sie nicht verstanden: »Er sah müde aus, mit so einem besessenen Blick, als er das letzte Mal nach Spillace kam, um Zigaretten und Nudeln zu kaufen. Ist er vielleicht krank? Warum bringst du ihn nicht zu einem Spezialisten bei dir da oben im Trentino?« Und dann dachte ich an das letzte Telefonat mit Simona: »Du musst ihn davon überzeugen, ins Dorf zurückzukehren. Er ist alt, er kann sich nicht völlig von der Welt isolieren, wenn ihm nachts etwas passiert, ist niemand da, der ihm helfen kann.«

Konnten die anderen diesen Traum von einem Ort mit geheimnisvollem Duft begreifen? Würden sie nicht lachen angesichts der Wahrheit des Windes? Den Freunden meines Vaters hatte ich erwidert: »Danke für den Kaffee«, Simona war ich ausgewichen: »In Ordnung, ich werd's versuchen«, und war zu ihm hinaufgestiegen.

Normalerweise traf man ihn in seinem Gemüsegarten beim Umgraben; manchmal hörte ich schon von Ferne einen hypnotischen Klang, ähnlich der Meeresbrandung in ihrem ewigen Kommen und Gehen. Mein Vater spielte auf der Chitarra battente, im Schneidersitz an den Stamm des großen Olivenbaums gelehnt, die Augen halb geschlossen und in seinen Gesang vertieft: »Weiße Schwalbe klein, tags auf dem Hügel gedenk ich dein, nachts wünscht ich, du kämest heim, weiße Schwalbe klein.«

Hier sah ich ihn nun häufiger als damals, als wir noch zusammen in Spillace wohnten. Er zeigte mir seine Peperoni, prächtig und so scharf, dass man sämtliche Sardinen von Marina damit hätte würzen können, oder die Zweige des großen Olivenbaums mit ihren gut fünf verschiedenen Olivenarten. »Drei hat mein Vater gepfropft und zwei ich, als ich jung war«, sagte er zufrieden. »Das Öl, das ihr von mir bekommt, stammt von diesem Baum und sieben kleineren, seinen Nachkommen, die aus seinen Wurzeln entstanden sind: Es ist zu tausend Prozent biologisch, wie deine Frau es schätzt, und es birgt den Blütenduft von hier oben.«

Wenige Schritte von dem großen Olivenbaum entfernt wuchs ein stolzer Rosenstrauch, der das ganze Jahr über blühte; ein Stück entfernt glänzte ein dicker Stein, rund wie ein Brotlaib. »Das ist die Fiumara-Platte, unter der Nonno Alberto die Münzen versteckt hatte«, sagte mein Vater, drehte den Stein auf seine flache Seite und fragte mich oberlehrerhaft: »Was ist das für ein Zeichen, das hier eingeritzt ist?« Das war leicht: »Ein K.« Und wie ein braver ABC-Schütze lauschte ich aufmerksam seiner Erklärung: »Sehr gut. Es ist das K von Krimisa, glaubte deine Mutter, auch wenn Paolo Orsi sich nicht sicher war. Es könnte auch das K von Kroton sein oder die Initiale eines Namens oder einfach das Geritze eines Schäfers, der sich langweilte. Man hat viele davon gefunden, entlang der Fiumara. Die drei Brüder Arcuri machten sich einen Spaß daraus, sie zu suchen, vor dem Großen Krieg, und die schönsten schleppten sie hier herauf.«

Dann wanderten wir ohne konkretes Ziel umher. Die trockenen Erdschollen barsten unter unseren Füßen und fegten kleine, prasselnde Staubwirbel durch die Luft.

Am Tag des Traums kamen wir bis an den Rand der Hochebene. Es war noch warm, obwohl die Sonne schon untergegangen war, die Meeresbrise umspielte sanft unsere Gesichter wie eine leichte, frische Liebkosung. Von hier erkannte man klar die eingleisige Bahnlinie, den Leuchtturm der Punta Alice, den Eukalyptuswald, den Nonno Arturo gepflanzt hatte, und ein Stückchen Strand mit den bunten Pünktchen der bereits geschlossenen Sonnenschirme. Etwas weiter links sprangen die Fabrikhallen der Montedison brutal ins Auge. Die Überreste der Tempelanlage des Apollon Alaios waren unter verdorrtem Gras begraben, und daneben weideten ein Dutzend Pferde und Fohlen. Zu unserer Rechten, in Richtung Melissa und Strongoli, brummten faul die Masten der Windkraftanlagen, die sich wie Luftspiegelungen auf den mit gelben Stoppeln überzogenen Hügeln rund um Spillace erhoben.

Einen Schritt von uns entfernt fiel der Hang des Piloru ab. Im Sommer war er der kahlste und ödeste Teil des Hügels, mit ein paar staubigen Mastix- und Ginsterbüschen, zwei oder drei Reihen Weinstöcken und hin und wieder einem im Wind gebeugten Baum. Rein zufällig entdeckte ich hinter einer kleinen, von Erika und Zistrosen bewachsenen Erhebung ein Viereck umgegrabener Erde. »Was ist das, gibt es etwa wieder eine Ausgrabungskampagne, und du hast mir nichts davon erzählt?«, platzte ich heraus. Es war kein Vorwurf in meiner Stimme, nur ungläubige Überraschung.

»Was hätte ich dir erzählen sollen? Ich grabe hier nur so ein bisschen rum. Reiner Zeitvertreib, ich habe so viel Muße, seit ich hier lebe. Morgens arbeite ich ein paar Stunden mit der Hilfe meiner marokkanischen Freunde und noch ein wenig am Abend, wenn ich Lust habe und nicht zu müde bin.«

»Hast du wenigstens irgendetwas Wertvolles gefunden?«

»Bisher nicht. Aber ich gebe nicht auf.«

Ich stieg mit ihm zu der neuen Grabungsstelle hinab und sah mich um. »Entschuldige, Pà, ich kann die Gräber des antiken Krimisa gar nicht sehen, die Paolo Orsi freigelegt hat. Wo sind sie?«

Er antwortete mit weiteren verwirrenden Fragen: »Wer hat diese zwei Männer ermordet, deren Skelette in dem Grab lagen? Und warum? Das ist es doch, was du eigentlich wissen willst, oder?« Es waren die Fragen, die er sich selbst stellte, die er laut ausgesprochen dem Wind übergab. »Ich muss dir gestehen«, fuhr er fort, »dass ich es viele Jahre später herausgefunden habe, als ich die Skelette schon fast vergessen hatte, da andere Ereignisse die alten Geschichten verdrängt hatten.«

»Welche Ereignisse?«, fragte ich neugierig.

»Die auf den Flugzeugabsturz folgten, als ich als junger Lehrer davon träumte, die Welt zu verändern, und deine Mutter noch nicht aus Turin heruntergekommen war, um mich in sie verliebt zu machen und mir auf die Nerven zu gehen.«

# 22

Das unbekannte Dröhnen der Flugzeuge erklang über den Hügeln von San Mauro Marchesato wenige Monate nach dem italienischen Kriegseintritt am 10. Juni 1940. Es waren britische Geschwader, die den Hafen bombardierten, die Eisenbahnlinie und die Industrieanlagen von Crotone, die einzigen in Kalabrien. Weitergetragen vom Herbstwind hörte man die Detonationen der Streubomben bis auf die Piazza von Spillace.

Arturo, im Kreise einiger Männer, zeigte auf die dunklen Rauchwolken, die am Horizont standen und das Meer schwärzten. »Dieser Faschistenkrieg wird Italien zerstören«, sagte er zwischen den nutzlosen Maschinengewehrsalven der Flugabwehr und gab zu: »Ich hätte nicht gedacht, dass er so schnell hierher zu uns kommen würde.«

Niemand hätte das gedacht, stimmten die Genossen ihm zu, vielleicht nicht einmal Mussolini. Der letzte Bock, den er geschossen hatte in der Überzeugung, in einen bereits von den Deutschen gewonnenen Krieg einzutreten, um sich später die besetzten Länder und den Ruhm zu teilen.

Die Bombardierungen nahmen im darauffolgenden Jahr zu, forderten Dutzende Tote und Verletzte in der Zivilbevölkerung von Crotone und vertrieben unzählige Familien aus der Stadt, die in den umliegenden Dörfern Unterschlupf suchten, auch in Spillace.

Als Arturo erfuhr, dass die Gegend um Catanzaro bombardiert wurde, bat er den Sohn, ihn zur Pension zu begleiten: »Wir holen Sofia Antonia und bringen sie nach Hause, da ist sie sicherer.« Und er gestand: »Seit dieser neue Krieg ausgebrochen ist, finde ich keinen Schlaf mehr, ich habe das Gefühl, wieder in den Schützengräben des Lagorai zu stehen, mit der ständigen Angst im Kopf, dass die Kugeln und Bomben früher oder später auch euch unschuldige Kinder treffen könnten.«

»Du musst dir um uns keine Sorgen machen, Pà, der Krieg wird niemals ein kleines, abgeschiedenes Dorf wie Spillace streifen«, versuchte Michelangelo ihn zu beruhigen. Er war zwanzig Jahre alt. Im Sommer des Vorjahres hatte er sein Lehrerdiplom abgelegt und wartete nun auf die Ausschreibung der freien Stellen. Bis dahin hatte er sich in Abstimmung mit der Familie an der Universität von Messina eingeschrieben, um auf diese Art den Militärdienst aufzuschieben und der mehr als wahrscheinlichen Einberufung in den Krieg für ein paar Jahre zu entgehen.

Ninabella willigte nur zu gerne in die unerwarteten Ferien ein. Seit Michelangelo seine Ausbildung beendet hatte, langweilte sie sich in Catanzaro, und der Übergang in das weiterführende Lehrerinstitut hatte sich in so vielen Fächern als derart desaströs erwiesen, dass sie überlegt hatte, aufzugeben, und nur ihr übermäßiger Stolz und die aufmunternden Briefe ihres Bruders sie bewegt hatten, zu bleiben.

Sonntags ging sie mit den gleichaltrigen Mädchen aus der Nachbarschaft in die Kirche, um zu allen Heiligen für ein Ende des Krieges zu beten. Sie war noch nicht ganz achtzehn, das Alter, in dem sie ihre glanzvollste Schönheit erreichen sollte, und doch war die Wirkung, die sie beim Überqueren des Dorfplatzes in Spillace erzielte, womöglich noch explosiver als in Catanzaro und wurde durch die Kommentare hinter ihrem Rücken noch angeheizt: »Was für eine Schönheit! Was für ein Weibsbild! Umwerfend! Diese Madonnenaugen! Diese geschmeidigen Hüften! Und diese feengleichen Haare!«

Die jungen Männer sahen in ihr die klare Schönheit der Mutter, gepaart mit einer Aura, die sie auf Abstand hielt wie ein Feuerring. Es war der Respekt oder gar die ehrerbietige Furcht vor dem einzigen Mädchen aus Spillace, das in jenen Jahren die Oberschule besuchte und daher selbst im rosigsten aller Träume als unerreichbar galt. Selbstvergessen lief sie umher oder saß reglos wie die Gipsmadonnen in der Kirche und ließ ungerührt die gierigen Blicke der Männer und Frauen über sich ergehen, die einen schmachtend, die anderen eifersüchtig.

Bei schönem Wetter wanderte sie mit dem Rest der Familie auf den Rossarco, und während die anderen hart arbeiteten, malte sie von morgens bis nachmittags. Der Vater hatte angeordnet, dass sie nicht gestört werden dürfe, und so kam kein Familienmitglied auf die Idee, sie um Hilfe zu bitten, selbst wenn sie vor Anstrengung umkippten. Ninabella half nach eigenem Gutdünken nur bei der Traubenlese und Olivenernte. Sie war geschickter und schneller als ihr Bruder, doch natürlich konnte sie mit den übrigen Familienmitgliedern nicht mithalten, die ihr Leben lang an die Feldarbeit gewöhnt waren. Selbst die Großmutter, die des Rückens wegen häufig Pausen machte und das Alter und die Arthrose verfluchte, erntete so viel wie beide Enkel zusammen.

Sie war es auch, Nonna Sofia, die das Flugzeug bemerkte, das plötzlich in Richtung des Hügels abgedreht hatte. Sie streckte sich gerade zum wiederholten Male, während ihr

Sohn mit einer Stange auf die Zweige des großen Olivenbaums eindrosch und die anderen auf der Erde kniend mit gesenkten Köpfen die Oliven einsammelten. Niemand beachtete das entfernte Dröhnen der Kampfflieger, die den Hafen von Crotone angriffen. Inzwischen waren die Bombardierungen in ihren Ohren kaum mehr als das Brummen eines Wespenschwarms, der vorbeiflog und sich dann über dem Meer auflöste: lästig, aber harmlos. »Jesses Maria und Josef!«, schrie die Alte und fuchtelte mit der offenen Hand durch die Luft, als wolle sie die Flugzeugschnauze aufhalten, die bedrohlich näher kam.

Alle schauten in die Richtung des Lärms, der innerhalb weniger Sekunden ohrenbetäubend angeschwollen war. Arturo hatte die Krone des großen Olivenbaums vor dem Gesicht und sah nichts als glitzerndes Blech, dennoch begriff er sofort, brüllte: »Runter, alle auf den Boden!«, und warf sich in die Oliven, die er selbst mit der Stange heruntergeschlagen hatte.

Das Flugzeug schlug mit einem Flügel durch die weiche Krone des Olivenbaums, und ein Regen aus Ästen, Blättern und Oliven prasselte auf die am Boden liegenden Arcuris herab, die instinktiv mit den Armen ihre Köpfe schützten. Dann, in dem verzweifelten Versuch notzulanden, begann es wie eine einbeinige Grille zu hüpfen und erhob sich in einem letzten Aufbäumen am Ende der Hochebene über den Wald. Ein Stück setzte es seinen Flug mit dem Rumpf in den Baumwipfeln der Steineichen fort. Schließlich verlangsamte es seine Fahrt in einem Getöse aus berstenden Zweigen und stoppte dann jäh vor dem Abgrund der Timpalea, mit Schnauze und Flügeln über der Leere schwebend.

Ninabella und Michelangelo sprangen sofort auf und wollten zum Flugzeug rennen, doch der Vater hielt sie zurück: »Wartet, das kann gefährlich sein.« Dann rannte er in die Hütte, holte sein Jagdgewehr, befahl: »Bleibt hinter mir«, und begab sich in den Wald von Tripepi, im Gänsemarsch gefolgt von seiner Familie.

Bei der Timpalea angelangt, sahen sie den Piloten aus der Maschine klettern. Er wirkte wie betrunken, schwankte bei jedem Schritt und sah sich mit aufgerissenen Augen um, wie einer, der dem Tod ins Gesicht geschaut hat und noch zweifelt, am Leben zu sein. Am Leben durch ein Wunder. Er war jung, groß und schlank. Die blonden Haare klebten ihm an der blutigen Stirn, er blutete auch aus der rechten Schläfe und drehte den Kopf ruckartig hin und her, auf der Suche nach einem Anhaltspunkt, den er nicht fand, bis er die auf ihn gerichtete Waffe sah. Instinktiv hob er die Hände und jammerte leise in einer fremden Sprache. Arturo trat mit angelegtem Gewehr auf ihn zu und fragte: »Wie heißt Ihr, woher kommt Ihr?«

Als einzige Antwort murmelte der Mann mit ängstlicher Stimme vor sich hin, ehe er einen Augenblick später zusammenbrach.

»Er ist ein englischer Pilot, oder zumindest einer, der Englisch spricht …«, mutmaßte Michelangelo.

»Armer Junge, ist er tot?«, fragte Sofia keuchend.

»Ich glaube nicht, wahrscheinlich ohnmächtig«, meinte Arturo, ertastete mit zwei Fingern seinen Puls und bestätigte: »Er ist bewusstlos, bringen wir ihn rein.« Er gab das Gewehr seinem Sohn, packte den Unbekannten unter den Achseln und zog ihn zur Casella.

Als der Mann wieder zu sich kam, sah er über sich einen Kranz aus Köpfen. Er schloss die Augen, schlug sie mühsam wieder auf. Fasste sich mit schmerzverzerrten Zügen ans Knie. Dann blieb sein Blick an Ninabellas Gesicht hängen, die ihm etwas zu trinken anbot, und er lächelte ihr so selig zu, als hätte er die Heilige Jungfrau selbst gesehen. Endlich wusste er, dass er glücklich gerettet war, diese Leute waren friedliche Zivilisten, vielleicht Bauern. Mit schwacher Stimme brachte er hervor: »*My name is William Winton.*«

»Was sagt er?«, fragte Nonna Sofia, die ihn nicht gehört hatte.

»Er hat seinen Namen genannt: William Winton«, erklärte Ninabella. Dann begann sie dem Piloten ihre Familie vorzustellen, in respektvoller Reihenfolge von alt nach jung, doch als sie gerade auf den Bruder zeigte, hielt sie inne, weil sie das lärmende Tuckern eines Motors hörten, das immer lauter wurde.

»Schnell, versteckt ihn hinter den Heuballen«, befahl Arturo seiner Mutter und seiner Frau. Gefolgt von den Kindern, trat er vor die Tür.

Es war ein Militärjeep, der erste auf dem Rossarco. Er hielt vor der Casella. Vier Soldaten stiegen aus, drei waren mit einem Gewehr bewaffnet, einer hielt eine Pistole in der Hand. Letzterer war es auch, der sich an sie wandte: »Wo englisch Flugzeug gestürzt? Feinde leben?« Er hatte einen deutschen Akzent und musste der Anführer der Patrouille sein, den Uniformfarben nach wohl ein Wehrmachtsoldat.

»Es ist dort unten, das Flugzeug, zerschellt, in der Nähe der Schlucht. Es ist vor einer halben Stunde abgestürzt«, erwiderte Arturo.

»Habt ihr auch die Besatzung gesehen?«, fragte einer der italienischen Soldaten.

»Es war nur einer, der Pilot. Blutüberströmt, mehr tot als

lebendig. Wir haben gesehen, wie er torkelnd aus dem Flugzeug gestiegen ist. Dann ist er verschwunden. Vielleicht ist er in die Schlucht gefallen oder hat sich ins Unterholz geschlagen, in Richtung Meer«, mischte sich Ninabella mit einer Geistesgegenwart ein, die Vater und Bruder überraschte.

Die Soldaten liefen zum Flugzeug. Einer kletterte in die Kabine, und die anderen setzten sich auf die Fährte des englischen Feindes.

Nach etwa einer Stunde sahen die Arcuris sie zurückkommen, verschwitzt und missmutig. Der Deutsche hielt Papiere aus der Flugzeugkabine in der Hand, die anderen sagten: »Als hätte er sich in Luft aufgelöst. Wir fahren jetzt mit dem Wagen die Straße nach Marina ab, vielleicht versucht er über sie zu fliehen.« Doch vorher wollten sie, unter dem Vorwand, einen Schluck Wasser zu trinken, noch die Hütte betreten, und fanden dort Sofia und Lina, die die größten Oliven aussortierten, um sie in Salzlake einzulegen.

Als die Soldaten abfuhren, schob Arturo die Heuballen beiseite und sah William, der ausgestreckt auf Ninabellas Leinwänden lag und schlief.

»Ich weiß nicht, wie wir ihn verstecken sollen, aber wir können ihn diesen Hundsföttern nicht ausliefern, dann machen wir uns zu ihren Komplizen«, sagte Arturo.

»Aber wenn sie ihn entdecken, sind wir alle dran«, warf seine Frau ängstlich ein.

»Dann lassen wir uns eben nicht erwischen. Der Rossarco ist groß genug und einsam gelegen. Vielleicht kommen die Soldaten noch einmal wieder, um alles genau abzusuchen. Danach werden sie uns in Ruhe lassen, und sobald der Engländer wieder gesund ist, kann er weiterfliegen, frei wie eine Schwalbe.«

Die Kinder und die alte Mutter nickten zustimmend. Lina machte eine düstere Miene, sagte aber nichts.

»Jetzt sammeln wir weiter Oliven, so als sei nichts gewesen. Wir verhalten uns ganz normal, wie immer. Und den armen Piloten lassen wir bis morgen in aller Ruhe schlafen.«

# 23

Einige Teile des Hügels waren von der Küstenebene am Meer aus gut einsehbar und bei Fernsicht auch von Cirò und Spillace. »Auf diesen Kuppen hier darfst du nicht einmal deine Nasenspitze sehen lassen«, hatte Arturo William erklärt und seine Worte mit beredten Gesten begleitet. Der Engländer hatte sofort begriffen und lächelnd genickt.

Wie vorhergesagt, waren die Faschisten am nächsten Tag erneut auf dem Rossarco aufgetaucht, diesmal mit zwei Jeeps. Einige hatten den Steineichenwald durchkämmt und waren zum Flussbett der Fiumara hinabgestiegen, um bis zu ihrer Mündung die Steine nach möglichen Blutspuren abzusuchen, andere hantierten an dem über der Timpalea hängenden Flugzeug herum.

Arturo hatte die Tür der Casella absichtlich weit offen gelassen, um keinen Verdacht zu erregen, und nur ein Soldat hatte kurz hineingeschaut, mehr aus Gründlichkeit denn aus Überzeugung.

Der Engländer versteckte sich mit angehaltenem Atem hinter den Heuballen, auf Ninabellas Leinwänden hockend, und sein Herz wummerte lauter als die flüchtigen Schritte, die er für wenige, endlose Sekunden näher kommen und sich dann wieder entfernen hörte.

Am Ende waren die Soldaten mit einer Beute aus Motorelementen wieder abgezogen, die sie als Ersatzteile verwenden konnten. Lina und die Schwiegermutter bekreuzigten sich.

Nach Arturos Vorhersage zu urteilen, der in solchen Dingen selten irrte, konnte der Engländer von nun an ruhig schlafen. Dennoch hatten sie ihm vorsichtshalber Arbeitshosen, ein Leinenhemd und eine alte Jacke von Alberto angezogen. Die Kleider waren ihm etwas zu weit und zu kurz, reichten aber zur Tarnung. Und mit der Coppola, die seine blonden Haare und die Stirnwunde bedeckte und dem schon sonnenverbrannten Gesicht Schatten spendete, musste er in den Augen eines Fremden wie ein auswärtiger Landarbeiter wirken, den die Familie Arcuri als Tagelöhner beschäftigte, wie es manchmal vorkam.

Der Engländer erholte sich schnell, auch dank des guten Essens, das sie ihm von zu Hause mitbrachten. Er hinkte kaum mehr, die Wunden an Stirn und Schläfe waren vernarbt, das Knie frei von Schmerzen, und nach einer Woche bemühte er sich schon, Arturo bei der Feldarbeit zur Hand zu gehen. Offen gesagt sah man sofort, dass er in seinem Leben noch keine Hacke in der Hand gehalten hatte, doch er war jung, lernte rasch und drückte sich nie, wenn die schweren Olivensäcke auf den Schultern zu tragen waren. »Mino ist stark wie ein Maultier«, sagte Lina bewundernd.

Die Arcuris hatten ihn Mino getauft, auf Anraten Michelangelos, damit niemandem der englische Namen herausrutschte und ihr Geheimnis offenbarte. Sie waren eine verschworene Familiengemeinschaft, die William-Mino schützend in ihren warmen Kokon einschloss wie einen Sohn, wie einen Bruder. Und er dankte es ihnen mit seinem klaglosen, nie erlahmenden Arbeitswillen, begrüßte die Arcuris jeden Morgen mit einem kräftigen Händedruck und verabschiedete sich abends mit einem ergriffenen »Danke«, dem ersten Wort, das er gelernt hatte. Dann verkroch er sich in die Casella.

Wenn es dunkel wurde, zündete er die alte Öllampe an, die er gefunden hatte, als er mit Arturo einen Ablaufgraben für das Regenwasser ausgehoben hatte, und oft schrieb er seiner Familie lange Briefe, die natürlich niemals abgeschickt wurden: Zu leichte Beute für die Faschisten wären sie gewesen, mit dem realen Risiko, dass er entdeckt und erschossen würde und seine Beschützer obendrein ins Unglück stürzte.

»Ich schreibe, um diese Tage für uns in Erinnerung zu halten, sonst verwehen sie mit dem Wind«, übersetzte Michelangelo Williams brüchiges Italienisch in verständliche Worte. Die Arcuris schätzten es sehr, dass er ihre Sprache lernen wollte, doch sie verstanden ihn nur teilweise, wegen seines starken englischen Akzents, mit dem er die italienischen Wörter aussprach. Im Lauf der Wochen waren Ninabella und Michelangelo zu seinen bevorzugten Gesprächspartnern geworden, denn von ihnen fühlte er sich verstanden und lernte er am meisten.

Nach der Olivenernte, die bis Mitte Januar gedauert hatte, ging Arturo nur an trockenen Tagen auf den Rossarco, mit doppeltem Proviant, um ihn mit William zu teilen. Die ständige Präsenz der übrigen Familie hätte den Verdacht der Dorfbewohner erregt, da in den Wintermonaten kaum Arbeit auf den Feldern anfiel.

»Wie geht es Mino? Was macht er so? Hat ihm die Salsiccia geschmeckt? Und die Sardinen mit dem frischen Brot? Und die gebratenen Paprika mit Zwiebeln und Kartoffeln von unserem Acker? Und der junge Wein? Was sagt Mino? Hat er wieder Wörter dazugelernt? Hast du ihm meine Grüße bestellt?«, bombardierte die Familie Arturo, und Ninabella errötete, wenn der Vater ihr Williams Grüße zurückbrachte und im Schnellverfahren alle Fragen beantwortete: »Es geht ihm gut, wie soll es ihm schon gehen? Er ist jung und gesund, isst mit Appetit, leckt sich immer die Finger ab und schuftet wie ein Verdammter. Ich bringe ihm bei, wie man hackt, die Reben stutzt, Bäume veredelt, klettert, und sogar Kartenspiele: Tressette, Scopa, Briscola und Solitär. Er lernt schnell, kluges Kerlchen, das er ist. An unseren Wein hingegen ist er nicht gewöhnt, wenn er zwei Finger davon trinkt, wird er puterrot, singt O *sole mio* auf Englisch und verspricht, dass er uns nach dem Krieg zu sich nach London einlädt, er hat ein großes Haus am Stadtrand, der Vater ist Ingenieur, die Mutter eine Frau Doktor, sie sind reich, er hat einen älteren Bruder, der wer weiß wo Soldat ist, und eine jüngere Schwester. Wenn er nach England zurückkehrt, will er Zivilpilot werden und um die Welt reisen. Er sagt, der Hügel kommt ihm vor wie das Paradies, er riecht seinen Duft, er hat kein schlechtes Näschen für einen Fremden, der vom Himmel gefallen ist, und abends, sagt er, legt er sich aufs Stroh und lauscht dem Gesang des Windes, der ihm Gesellschaft leistet, als würde er mit ihm reden. Er ist empfindsam wie ein Weib, unser Bürschlein da oben, vielleicht zu empfindsam. Die Stimme des Windes klingt überall gleich, sagt er. Doch da irrt er sich, will ich meinen, da irrt er sich gewaltig.«

Abgesehen von dem letzten Punkt war klar, dass Arturo den jungen Engländer mochte, weshalb er es immer bedauerte, bei schlechtem Wetter in Spillace bleiben zu müssen.

»Was er wohl den ganzen Tag treibt so ganz allein, der arme Bub?«, fragte Sofia, wenn es regnete und Familie Arcuri sich vor dem Herdfeuer versammelte und geröstete Kastanien und Schmalzgebackenes aß.

»Er schreibt, Nonna, denkt nach oder schläft, er ist ja kein Windelmatz mehr, der sich bei ein bisschen Blitz und Donner in die Hose macht«, entgegnete Ninabella. Und auch Arturo beruhigte seine Mutter: »Mach dir keine Sorgen, hörst du, Mà, er hat Brot und Belag genug für eine Woche, er stirbt weder an Hunger noch an Einsamkeit.«

Manchmal verschlechterte sich das Wetter ohne Vorankündigung mitten am Tag. Der Himmel wurde finster, und es begann zu schütten. Bis hinauf auf den von Wind und Regen gepeitschten Hügel scholl das Meerestosen, die Wellen wurden immer höher und schmutziger, das Wasser sah aus wie braunes Erbrochenes, es verschlang den Strand, fraß sich durch den Eukalyptuswald, überschwemmte die Ruinen des Apollontempels und die Fischerhütten. Die niederrollenden Donner und Blitze am Horizont waren beängstigender als die Bombardierungen und die Flugabwehr, die die Wolken am Himmel über Crotone erleuchtete.

An diesen Tagen der jähen Sintflut war Arturo gezwungen, die Nacht über in der Hütte Schutz zu suchen, und wenn er zu den Seinen zurückkehrte, sagte er: »Es war, als würde der Rossarco von der Hölle verschluckt, ich hatte schon Angst, alles würde ins Meer rutschen mitsamt der Casella und uns.«

»Und Mino?«

»Der war ruhiger als ich, er ist schlechtes Wetter gewohnt. Er wollte den ganzen Tag Karten spielen. Je mehr er verlor, desto mehr wollte er spielen, der gibt einfach nie auf. Ein Sturkopf wie wir.«

Für die Arcuris war es ein Winter des Wartens: dass der Krieg endete, allem voran; dass Michelangelo eine Stelle an einer Schule der Umgebung bekäme und nicht etwa noch die Postkarte mit dem Einberufungsbefehl; dass es Frühling würde und sie alle zusammen auf den endlich wieder roten Hügel steigen könnten.

Vor allem Ninabella wartete auf gutes Wetter, um die Schönheit des »roten Hügels« zu zeichnen, so begann sie ihn zu nennen. Doch nicht nur, sie wollte auch William wiedersehen und ihn malen, bevor er für immer wegging, wollte versuchen, die Tiefe seiner blauen Augen auf die Leinwand zu bannen. Diesen Wunsch hatte sie auch ihrer Familie eröffnet, und alle hatten begeistert zugestimmt, sie für ihren genialen Einfall gelobt: »Sehr gut, Ninabella, dann haben wir eine Erinnerung an Mino, wenn er nach Hause zurückkehrt, so Gott will.«

Nur die Mutter ahnte, dass unter der Asche des Malerwunsches auch Funken eines anderen Feuers glommen: die erste Verliebtheit ihrer Tochter. Mino sah gut aus, groß, mit meerblauen Augen, das konnte keine Frau übersehen, die nicht völlig blind war, auch nicht die alte Sofia, die eines Tages mit der ihr eigenen entwaffnenden Offenheit Ninabella zum Erröten gebracht und den nichtsahnenden Sohn alarmiert hatte: »Ich glaube, der Junge ist mit Absicht vom Himmel gefallen, um meine Enkelin zu heiraten, wenn dieser Unglückskrieg zu Ende ist. Schön und schön gesellt sich gern, Prinzessin und Prinz, so hat der Herr es gewollt. Das ist der Weg, einen anderen gibt es nicht mehr.«

# 24

Zwischen einem Gewitterregen und dem nächsten waren Anfang Januar die Mandelbäume erblüht; im Februar hatte sich der Rossarco mit Flecken von gelbem Klee und rosa Pfirsichblüten überzogen. Ende März endlich explodierte der Frühling, die Luft wurde mild, die Landschaft war ein Jubel aus leuchtenden Farben, der bei den Kanten der Saumpfade ansetzte, die Hänge hinabwogte und schließlich im Meer verglomm.

William war so glücklich, die ganze Familie Arcuri wiederzusehen, dass Ninabellas Vorschlag, ihn zu zeichnen, an jenem Tag in den Hintergrund rückte. Am nächsten Vormittag jedoch stimmte er gerne zu, wenn auch unter einer Bedingung: »Bitte sehr, Ninabella, du beeilen, okay?« Denn er wollte nicht tatenlos in der Sonne sitzen, während die anderen schufteten.

»Es braucht seine Zeit, Mino, sonst kommt nur Mist dabei heraus, verstehst du?«

»Was?«

»Ein Dreck eben«, hatte Ninabella geantwortet und ihn mit dem Rücken an den Stamm eines Feigenbaums platziert, hinter ihm das glitzernde Meeresbecken, zu seinen Füßen der rote Süßklee-Teppich und rundherum der Hang des Piloru.

Es war Michelangelo, der ihm derweil von der Ankunft Philoktetes' auf dem Hügel erzählte, von der Gründung Krimisas auf ebenjenem meerseitigen Hang und von dem Bau des Tempels für Apollon Alaios fünfhundert Meter vom Strand entfernt, vor etwa 2500 Jahren zu Zeiten der Magna Graecia. Er lag auf dem Süßklee-Teppich zwischen William und Ninabella und sprach mit leiser, schmeichelnder Stimme, den Blick in den Himmel gerichtet.

William schien fasziniert von der Geschichte, er wusste nichts vom alten Griechenland, meinte er, die Augen starr auf die unermüdliche Ninabella und ihre gerunzelte Stirn gerichtet, und vielleicht verwechselte er 2500 Jahre mit 250 oder gar mit 25, verwirrt von Michelangelos Erzählung, die klang, als sei alles gestern gewesen. »Also, du sagst, hier unter unsere Füße es gibt alte *city*?«, fragte William verblüfft.

»Nicht alt, sondern sehr alt, antik. Und das sage nicht ich, sondern der große italienische Archäologe, Professor Paolo Orsi, der genau hier zu graben begonnen hat. Das habe ich mit eigenen Augen gesehen.« Also erzählte er von den Funden, den geplünderten Gräbern und dem kostbaren Münzschatz, den sie an Paolo Orsi verkauft hatten. Die beiden Skelette aber verschwieg er, denn er wollte dem Rossarco nicht seinen Zauber nehmen, und außerdem brannten die Worte des Professors noch immer wie glühende Kohlen in ihm, der den Hügel »eine Grabstätte blutiger Geheimnisse« genannt hatte.

»Und du glaubst wirklich diese Geschichten?«, fragte ihn William und versuchte, sich nicht zu bewegen.

Ich bin mir, mein lieber Mino, nicht so sicher, hätte er am liebsten entgegnet, doch ich hoffe es sehr, so sehr schon seit meiner Kindheit. Laut sagte er: »Ich glaube es und werde es immer glauben. Eines Tages werden wir das geheimnisvolle Krimisa finden. Nach dem Krieg werden die Ausgrabungen fortgesetzt …«

Ninabella fiel das Malen unter Williams forschendem Blick schwer, der keine Sekunde von ihr abließ, während der Bruder Geschichten erzählte, die sie schon tausendmal gehört hatte, und die Familie ihr spähende Blicke zuwarf, um sich dann wieder der Arbeit zuzuwenden, als sei nichts gewesen. Zum Glück verstand es Ninabella, sich davon frei zu machen, sie fühlte sich allein auf einer roten Insel, allein und verloren in den verschiedenen Blautönen zwischen Meer und Himmel, zwischen Williams Augen und denen des Bildes, zwischen Realität und Geheimnis.

»Schau mich bitte nicht so an«, sagte sie zu den gemalten Augen. Der echte William lächelte und wandte langsam den Blick zum großen Olivenbaum.

Ninabella hielt ihn drei Tage lang in dieser Position fest, die Zeit, die sie brauchte, um das Porträt zu beenden. Dann verwandte sie zwei weitere Tage darauf, es zu verfeinern und den Hintergrund mit Schattierungen und Farbnuancen zu vervollständigen.

Das Gemälde stieß überall auf großes Lob. »Schön, sehr schön«, sagte William, und der Vater wiederholte stolz: »Meine Tochter ist eine hervorragende Malerin, eines Tages wird sie berühmt werden«, und der Bruder merkte an: »Das ist dein bestes Bild bisher.« Auch die Mutter pflichtete ihnen bei: »Stimmt genau«, sagte sie, ebenso wie die Großmutter: »Ganz genau«, und zum ersten Mal schien selbst Ninabella mit der eigenen Arbeit zufrieden zu sein, so dass sie es sogar ins Dorf tragen wollte, um es rahmen zu lassen und in ihrem Zimmer aufzuhängen, gegenüber vom Bett.

In eben diesen Apriltagen hatte das Warten auch in anderer Hinsicht ein Ende: Michelangelo wurde zur Schuldirektion nach Savelli bestellt. Er hatte gewusst, dass es so kommen würde, dennoch hatte er fast nie daran gedacht, ebenso wenig wie sein Vater. Beide schoben die Entscheidung vor sich her, in der Hoffnung, das Problem dann lösen zu können, wenn es akut würde, oder dass es irgendwie von selbst verflöge.

Direktor Spinelli redete nicht lange um den heißen Brei: »An der Grundschule von Verzino ist eine Stelle frei geworden, ein Lehrer-Kamerad von uns hat sich freiwillig an die Front gemeldet. Der Lehrauftrag liegt nun bei Euch, Maestro Arcuri. Bis spätestens morgen müsst Ihr mir das Beitrittsformular zur Faschistischen Partei vorlegen. Wir wissen vom Bürgermeister in Spillace, dass Ihr kein Mitglied seid. Das ist die *conditio sine qua non*, das versteht Ihr, oder?«

Michelangelo bedankte sich, ohne seine Absichten erkennen zu lassen. Mit düsterer Miene ging er nach Hause, wie in Trauer, und sagte vor der in der Küche zum Abendessen versammelten Familie: »Ich bekomme die Stelle in Verzino, wenn ich der Partei beitrete.« Er holte tief Luft, während Mutter und Großmutter schon in Begeisterungsstürme ausbrachen – »Glückwunsch, mein Schatz, endlich ist das Glück auf unserer Seite« –, und fügte dann hinzu: »Ich werde diesen Parteiausweis nicht machen lassen, weder jetzt noch später.«

Der Vater sah dem Sohn schweigend in die Augen. Ninabella sagte: »Gut so, Brüderchen, sehr gut, ich würde dasselbe tun.«

»Ja, also, ich versteh die Welt nicht mehr: Warum hast du all die Opfer gebracht, Tag und Nacht studiert, das Geld aus unserem Münzschatz verbraucht, wenn du gar kein Lehrer werden wolltest, der richtig und echt unterrichtet«?

»Das stimmt nicht, Mà, ich will unterrichten, und wie. Aber an einer freien Schule, hörst du, Mà, ich kann mir mit diesen Kriminellen nicht die Hände schmutzig machen, ich warte auf die Demokratie. Ich habe gehört, dass die Alliierten schon bald in Sizilien landen und die Nazis mit Arschtritten davonjagen werden, allen voran Mussolini.«

»Ja, wer's glaubt …«, unterbrach ihn die Mutter.

»Schluss jetzt.« Das waren die einzigen Worte des Vaters. Er stand vom Stuhl auf und umarmte seinen Sohn, ohne eine Silbe hinzuzufügen.

Am Ostermontag stiegen sie zum Feiern alle zusammen mit dem Eselskarren auf den Hügel. Sie hatten Käse, Würste, einen ganzen Schinken, Lammfleisch zum Braten, Brot und Wein in Hülle und Fülle dabei, während sie Orangen und Mandarinen frisch von den Bäumen pflücken und den Salat aus dem Garten schneiden wollten. Es kam wohl vor, dass es Familie Arcuri an Geld mangelte, niemals jedoch an Essen, auch nicht während des Krieges, sagte mein Vater stolz.

William freute sich wie ein Kind über das unerwartete Fest und aß und trank mit ansteckendem Appetit. Arturo warnte ihn, dass es auf den Hügeln rund um den Rossarco an diesem Ausflugstag von neugierigen Augen und Klatschmäulern nur so wimmelte, »du musst aufpassen, lauf nicht zu viel herum, vielleicht gehen wir lieber alle in die Casella.«

Es war das einzige Mal, dass William seinen Rat nicht beherzigte. Der große Olivenbaum drehte sich über seinem Kopf, es war ein strahlender Tag, die Gitarrenklänge, mal von Arturo, mal von Michelangelo, stimmten ihn so fröhlich, er bewunderte das Mädchen, das leichten Schrittes barfuß eine Tarantella um die auf der Wiese ausgebreitete Tischdecke tanzte, lauschte dem Chor der Frauen, die aus vollem Halse sangen, und dieser Rhythmus, diese Wärme, er hüpfte wie eine Grille, klatschte gegen den Takt mit und trank bis zur Betäubung. »Wein bitte«, sagte er und hielt Donna Lina das leere Glas hin, versuchte sich sogar in einem kleinen Rundgesang: »*O riturnella o tarantella o riturnella o Ninabella*«.

Das Gelächter, die Musik, der Duft des Essens wehten von Hügel zu Hügel, vereinten die Familien im kollektiven Ritual, bannten für ein paar Stunden die Angst vor dem Krieg, die Todesgefahr an der Front, in der ihre Soldatensöhne, Verwandten und Freunde schwebten.

Am späten Nachmittag kippte William um auf die gelben Kleeblüten, das zufriedene Gesicht zur mächtigen Krone des Olivenbaums gewandt, den Mund in einem rhythmischen Schnarchen geöffnet, hier und da durchmischt von einem »*o riturnella … bella … bella*«, dem letzten Gesang des Tages.

Arturo schleifte ihn in die Hütte. »Für heute«, sagte er, »haben wir genug riskiert.« Und wieder draußen fügte er hinzu: »Das war eine unvergessliche Pasquetta, seit meiner Schulzeit habe ich nicht mehr so viel gelacht.« Dann blickte er den Sohn an, dessen Stirn in tiefe Falten gelegt war, den Blick von dunklen Wolken verdüstert. Alle ahnten, woran er in diesem Moment dachte.

Um die Stimmung zu lösen, sagte Michelangelo in einem Ton, der scherzhaft gemeint war, ihm jedoch großspurig geriet: »Sobald ich den Einberufungsbefehl bekomme, zerreiße ich ihn. Ich werde nicht Soldat, ich bin ja nicht verrückt, da leiste ich schon lieber Mino Gesellschaft, wir verstecken uns beide in der Timpalea, da findet uns nicht einmal der Herrgott.«

Der Vater erwiderte mit überraschender Aggressivität: »Du

weißt, was für einen Stuss du da redest. Nur ein Esel kann sich so was ausdenken. Wer sich im Krieg für besonders gewitzt hält, endet mit einer Kugel im Kopf.«

»Pà, das war ein Scherz, sogar der Wind hat kapiert, dass das nicht ernst gemeint war.«

»Über solche Sachen macht man keine Scherze.«

Als seine Familie schon das Geschirr einpackte und die Reste des Picknicks, griff Arturo zur Gitarre und versuchte im Schneidersitz unter dem großen Olivenbaum die Anspannung mit ein paar wilden Akkorden und schnellen Trommelfolgen der Finger auf dem Klangkörper zu lösen. Anfangs waren die Improvisationen genauso schwarzlaunig wie er, dann wurden sie melodiöser, sehnsuchtsvoller, und Arturo veränderte sich von Arpeggio zu Arpeggio, seine Stirn glättete sich, und sein Blick schweifte träumerisch in die Ferne, die Stimme jung und ein wenig unsicher wie zu Zeiten der Abendständchen unter Linas Fenster.

Die verliebten Augen seiner Frau füllten sich mit Tränen. Sie allein ahnte, dass dies der letzte frohe Tag im Leben ihres Mannes und ihrer vereinten Familie sein würde.

# 25

»Und eins lass dir gesagt sein, Michè, sei immer auf der Hut, dann passiert dir nichts. Und schreib, sobald du da bist, hörst du?« Der Vater sprach im Namen der ganzen Familie, die Frauen schluckten an dem Kloß in ihrem Hals, versuchten, nicht zu weinen, und starrten auf den Zug am einzigen Gleis des Bahnhofs von Cirò.

Michelangelo hatte den Einberufungsbefehl in der Tasche, unübersehbar der Bestimmungsort: Garibaldi-Kaserne in La Spezia. Er antwortete dem Vater mit den immer gleichen Worten, wie er in den vergangenen Wochen jeden Ratschlag der Familie beantwortet hatte: »In Ordnung, macht euch keine Sorgen, ich werde aufpassen und so bald wie möglich schreiben.«

Das Warten hatte also ein Ende. Dank seiner Einschreibung an der Universität hatte er die Einberufung um ein Jahr hinauszögern können, doch nun fühlte er sich wie in der Schwebe zwischen Licht und Dunkel, ein loses Blatt im Wind. Mehr als das Schreckgespenst des Krieges plagte ihn das Gefühl der Leere, das er empfand, der erzwungene Gehorsam gegenüber einem seelenlosen Blatt Papier, seine Abreise auf Order irgendwelcher schwarzbehemdeter Unbekannter. An die Schrecken des Krieges dachten umso mehr seine Angehörigen, vor allem der Vater, der ihn erlebt hatte, und die Großmutter, die im Krieg Blut von ihrem Blut verloren hatte.

Der Vater drückte ihn in einer kurzen, festen Umarmung an sich. Michelangelo stieg in den Zug und stellte sich an das erste offene Fenster. Neben ihm standen andere junge Männer und suchten die Blicke ihrer Angehörigen, die in der dichten Menschenmenge auf dem Bahnsteig verschwammen.

Langsam fuhr der Zug los, Taschentücher flatterten, und Hände reckten sich in den strahlenden Himmel, als wollten sie ihn festhalten. Es war ein Tag im Mai. Der Duft des Hügels streifte Michelangelo wie eine unerwartete Liebkosung, als der Zug für einige Sekunden dicht den Hang des Piloru passierte, Zeit nur für einen zynischen Gedanken, den einst auch sein Vater gehabt hatte: Ich muss überleben und zurückkehren, ich muss, so jung darf ich nicht sterben, ich will wieder diesen Duft atmen.

Dann verschwand der rote Hügel, verschwand der Duft.

Und es begann eine Zeit der Ungewissheit. In Spillace häuften sich die Gerüchte über den Krieg, vermischten sich, widersprachen sich, ließen Hoffnung aufkeimen oder sterben: Die Amerikaner sind auf Sizilien gelandet, das Nazi-Heer hält stand, das ist die reine Wahrheit, die italienischen Soldaten fliehen, Mussolinis Stunden sind gezählt, es heißt, der König flieht aus der Hauptstadt, alles nicht wahr, die Deutschen sind unbesiegbar, und Mussolini feiert einen Sieg nach dem anderen, wer sagt das denn? Das Gegenteil stimmt, ihr werdet schon sehen. Zu hören im Radio des Dorfarztes, das jeden Abend in voller Lautstärke lief und eine Schar junger und alter Leute anlockte, die unter dem Fenster den Lügen der Nachrichten lauschten.

Am nächsten Tag besetzten dieselben Leute das Gemeindeland rund um Spillace, um es in Gemüsefelder umzuwandeln, während im Herbst bereits die mutigsten und verzweifeltsten unter ihnen auf Don Licos brachliegenden Feldern Weizen gesät und sich Anzeigen bei den Carabinieri und Haftstrafen eingehandelt hatten.

Arturo teilte sich auf zwischen den Aktionen mit den Genossen, die heimlich die Landbesetzungen organisierten, und der Arbeit auf dem Rossarco, wo er William immer noch versteckt hielt. Mehr als einmal war er in letzter Zeit kurz davor gewesen, den Genossen davon zu erzählen, doch zum Glück widerstand er jedes Mal der Versuchung, denn er kannte die Gefahr, in der er und William schweben würden, wenn die Nachricht die Schwelle des Hügels oder des Hauses Arcuri überträte.

Das Ende des Faschismus lag jedenfalls in der Luft. »Wir haben zwanzig Jahre gewartet, jetzt müssen wir noch ein paar Monate durchhalten, dann wird sich alles ändern«, sagte Arturo den jüngeren unter ihnen, die ungeduldig mit den Hufen scharrten und eines Nachts den Versammlungssaal der Faschisten verwüstet und eine Gipsbüste Mussolinis zerschlagen hatten. Gleichzeitig versuchte er, die gefährliche Euphorie zu dämpfen, die seit der Nachricht von der amerikanischen Landung auf Sizilien von William Besitz ergriffen hatte: »Bleib ganz ruhig, du gehst erst hier weg, wenn deine Landsleute dich abholen. Zurzeit herrscht ein so reges Kommen und Gehen von Nazis und Faschisten, dass nicht einmal eine englische Fliege lebend hier herausfinden würde.« Um ihn auf den Boden der Tatsachen zurückzuholen, erinnerte er ihn dann daran, dass sein Sohn nach einer mehr als geflickschusterten Grundausbildung an die Ostfront geschickt worden war und seitdem nichts mehr von sich hatte hören lassen: Dass Michelangelo sein Versprechen zu schreiben nicht einhielt, wie er es anfangs regelmäßig getan hatte, war ein sicheres Zeichen dafür, dass der Krieg um ihn herum mit unerhörter Gewalt tobte.

Der Vater war so besorgt um das Schicksal seines Sohnes, dass Ninabella ihn eines Juninachmittags dabei ertappte, wie er vor der Statue des heiligen Antonius betete, er, der Pfaffenhasser, der die Kirche nur bei seiner Hochzeit und den Taufen seiner Kinder von innen gesehen hatte.

Die Nachricht, dass der Faschismus endlich gestürzt und Mussolini als Regierungschef von Badoglio abgelöst sei, eilte zur Erntezeit von Tenne zu Tenne. Viele Bauern übernachteten in diesen Tagen auf den Feldern, um auf ihre Getreidesäcke aufzupassen, die von den sogenannten *viaggèri*, auf Eseln und Maultieren reitenden Kindern, abtransportiert wurden. Sie waren es auch, die die gute Nachricht verbreiteten, die sie im Radio des Arztes gehört hatten.

Die Faschisten von Spillace wussten nun nicht, wo sie sich verstecken, wie sie sich verhalten sollten, sie fürchteten die Rache derer, die zwanzig Jahre lang unter Gewalt, Ungerechtigkeit, Säuberungsaktionen, Verbannung und Zuchthaus gelitten hatten.

Arturo versuchte, die hitzigsten Gemüter zu kühlen, welche sie in Stücke reißen wollten. Er erlaubte ihnen, sich an dem Versammlungssaal der Faschisten auszutoben, der mit allen Papieren und Fahnen und Duce-Fotos und Zeitungen niedergebrannt wurde. Gleichzeitig überzeugte er sie davon, sich nicht an Menschen zu vergreifen, weil sonst auch unschuldige Frauen und Kinder unter die Räder gekommen wären. Im Übrigen waren die wahrhaft Schuldigen wie Don Lico längst in Richtung Catanzaro, Cosenza oder Neapel zu Verwandten geflohen, um sich in der Anonymität der Städte zu verkriechen und auf bessere Zeiten zu warten.

»Don Lico hätte ich schon gerne eine Lektion erteilt, allein damit er sich vor Angst in die Hose macht, wie ich damals, als mir seine hinterfotzigen Schergen das Rizinusöl mit einem Rohr in den Rachen gekippt haben«, sagte Arturo mit unverhohlenem Groll. »Aber früher oder später kehrt er nach Spillace zurück, und dann werden wir ihn mit Prozessen demütigen. Er soll all das auskotzen, woran er sich zwanzig Jahre lang auf unsere Kosten fettgefressen hat.«

Er war überzeugt und überzeugte die anderen, dieser Arturo Arcuri. Er hatte Charisma und Lebenserfahrung, die Genossen lauschten ihm abends auf der Piazza, und er führte die Liste für die zukünftigen demokratischen Wahlen an, im Geiste sahen sie ihn schon als Bürgermeister oder gar Abgeordneten, dank seiner Beredsamkeit: Arcuri Arturo, Bauer und Bürgermeister, ein Abgeordneter so rot wie sein Hügel.

»Genossen, ihr seid zu schnell. Der Krieg hat sich nur nach Norden verlagert, er ist noch nicht zu Ende. Aber danke für euer Vertrauen«, wehrte Arturo aus Aberglaube ab.

In jenen Tagen war er mit der Familie bei der Traubenlese und hielt auch William immer wieder zur Vorsicht an: »Hab noch ein wenig Geduld, bald bist du frei wie ein Vogel. Ich habe noch zu viele zerschlagene Faschistentrupps und zu viele deutsche Lastwagenkonvois und Panzer auf dem Rückzug nach Norden gesehen. Wenn sie nicht mehr hier sind, kommst du mit mir nach Spillace, schläfst ein paar Nächte in einem richtigen Bett, wir feiern gebührend die Freiheit, du lernst meine Freunde und das Dorf kennen, und danach bringe ich dich zu den Alliierten.«

»Okay«, erwiderte William und blickte Ninabella mit einem gezwungenen Lächeln in die Augen, in dem keine Freude lag.

Ninabella zog ihn auf: »Du müsstest doch froh sein, warum ziehst du ein Gesicht wie zu deinem Begräbnis?«

»Begräbnis? Ich verstehe nicht.«

»Wenn jemand gestorben ist.«

William kniff die Augen zusammen und guckte dumm, er hatte es nicht verstanden, wollte nicht verstehen. Ninabella hätte ihn am liebsten umarmt, um seinen verborgenen Schmerz zu lindern. Sie tat es nicht, weil die Eltern in der Nähe waren, die den Karren mit den vollen Trauben-Kiepen beluden. Stattdessen streichelte sie ihn mit dem Blick und lächelte ihn an, doch nichts sollte sie je so bereuen wie diese verpasste Liebesbezeigung.

Dann stieg sie auf den Karren und fuhr mit Großmutter und Mutter los. Der Vater blieb oben, um die restlichen Trauben zu bewachen, die sie am nächsten Tag ins Dorf zum Keltern bringen würden.

»Dann bis morgen. Kommt zeitig, damit wir bis Mittag fertig sind«, waren Arturos letzte Worte.

Als sie am nächsten Tag von Spillace hinabgingen, sahen sie die Sonne machtvoll aus dem Meer aufsteigen wie einen riesigen Feuerball. Mutter und Tochter seufzten. Ein herrlicher Septembertag kündigte sich an.

Auf dem Hügel empfing sie ein milder Wind, der kleine Staubwirbel aufpustete und sie die Augen zusammenkneifen ließ. Im Weinberg fanden sie niemanden, gemeinsam riefen sie: »Wo seid ihr?«, doch weder Arturo noch William antworteten.

Ninabella stieg als Erste vom Karren und betrat die Casella. Ein paar Schritte hinter der aufgerissenen Tür lagen umgekippte Körbe, über den Boden verteilt zermatschte Weintrauben, während ein Schwarm summender Wespen sich wie betrunken in den dicken, blutroten Saft stürzten.

Von einer bösen Vorahnung getrieben rannte sie hinaus und sah Mutter und Großmutter wie angewurzelt vor dem großen Olivenbaum stehen. Schreiend vergrub sie ihr vor Entsetzen verzerrtes Gesicht in den Händen, wie sie es als Kind angesichts der Schlangenflut getan hatte. Sie wollte ihren Augen nicht trauen. Sie schrie wie eine rasende Irre. Erst da schienen ihre Mutter und die Großmutter aus einem Alptraum zu erwachen und begannen ebenfalls laut zu kreischen: »Artù, Artù, wo bist du? Antworte!«

Williams Leichnam schaukelte träge im Wind, die Schlinge eng um den Hals gezogen, seine Augen in ihrer ganzen himmelblauen Größe hervorgepresst, glanzerfüllt vom warmen Sonnenlicht. Der Gesichtsausdruck war zweideutig, zwischen enttäuschter Ernüchterung und Pein. Er schaukelte wie ein lebloses Stück Holz.

»Wehe uns, beim heiligen Antonius, was sollen wir nur tun? Wo ist Arturo? Warum antwortet er nicht?«, fragte Lina die Schwiegermutter. Ninabella hatte sich auf die Knie ins Gras fallen lassen und weinte verzweifelt.

Nach etwa zehn Minuten kamen vier Tagelöhner angerannt, die auf Don Licos Feldern jenseits des Flusses gearbeitet und die Schreie gehört hatten. Jede Erklärung war überflüssig, sie sahen den jungen Fremden am Olivenbaum hängen, nahmen ihre Kappen ab und bekreuzigten sich. Einer von ihnen bemerkte das blutverschmierte Gras, ein langer Streifen, der in einer Pfütze mündete, purpurrot wie der Süßklee, genau unter dem Unbekannten: »Zuerst haben sie ihm in den Rücken geschossen, dann haben sie ihn hierhergeschleppt und am Baum aufgehängt. Das waren Mörder ohne einen Funken Gnade: Sie haben ihn zweimal gemeuchelt.«

»Wer ist dieser tote Christenmensch?«, fragten sie die Frauen. »Und Genosse Arturino, wo ist der?«

»Wir rufen die ganze Zeit nach ihm, aber er antwortet nicht, vielleicht haben sie ihn weggebracht«, sagte die Alte und überhörte die erste Frage.

»Aber wer?«

»Vielleicht versprengte Faschisten oder Deutsche auf der Flucht aus San Nicola oder irgendein Dämon aus der Hölle, den ich nicht nennen will«, antwortete Donna Lina.

»Kennt Ihr diesen armen Mann?«, fragten die Männer wieder, während sie vorsichtig die Schlinge lösten und ihn am Fuß des Olivenbaums ablegten.

Statt zu antworten, begannen die drei Frauen wieder nach Mann, Vater, Sohn und Heiligem Geist zu rufen, ohne ein Lebenszeichen zu erhalten. Der Wind hatte sich plötzlich gelegt, verschluckt vom Meer, das still gegen die Felsen klatschte. Man hörte nur das verzweifelte Echo ihrer Rufe: »Arturo, wo bist du, antworte, um Himmels willen, wo bist du?« Arturo schien sich in Luft aufgelöst zu haben.

Keiner achtete auf Ninabella, die voller Verzweiflung in Williams tote Augen starrte und in der Morgensonne vor Kälte zitterte. Wo war der Vater? Wo war sie? Vielleicht in einem Traum, und gleich würde sie die Stimme des Vaters hören, seine schwielige Hand sanft auf ihrem Gesicht spüren, sie brauchte ihn nach so einem schlimmen Traum: Geschwind würde sie aufstehen wie damals als Kind, und zusammen würden sie für immer den blutroten Hügel verlassen.

# Rot

Von diesem Tag an hatte sie den roten Hügel nicht mehr betreten, das erzählte mir Ninabella während einer Autofahrt nach Spillace. Wie jedes Jahr hatte ich sie kurz vor Ferragosto am Flughafen von Lamezia abgeholt. Sie schien besser in Form zu sein und redseliger als sonst. Im Gegensatz zu meinem Vater, der düster geworden war, ein bisschen krumm und vernachlässigt, sah man ihr das Alter nicht an. Auch heute trug sie eine exzentrische Kopfbedeckung, eine Art Königin-Elisabeth-Hut, und ein leichtes, buntes Kleid, das ihren alles andere als gebrechlichen Körper hervorhob.

»Du wirst einfach nicht älter, *zia*. Wie Sophia Loren«, sagte ich ihr ohne falsche Schmeichelei.

Sie lächelte und zeigte ihre perfekten Zähne: »Londons feuchte Luft hält mich in Form, und der Stress natürlich. Der Stress ist mein Anti-Aging-Vitamin.« Erst als sie mir auf mein Bitten hin die Geschichte vom englischen Piloten erzählte, verdüsterte sich ihre Miene.

Sobald wir die Landstraße in Richtung Dorf eingeschlagen hatten, senkte Ninabella die Augen, hob sie nur manchmal nach vorn oder nach links und vermied sorgfältig den Blick auf die Umrisse des Rossarco – und wohl auch den Gedanken an ihn.

Ich erzählte ihr, dass mein Vater sich vor etwa einem Jahr in der neu hergerichteten Casella niedergelassen hatte, und fragte, ob sie gerne zuerst bei ihm vorbeischauen würde, bevor wir nach Spillace hinauffuhren. Mit einem Blick auf die trockene Fiumara erwiderte sie: »Michelangelo wird immer verrückter, statt des Namens hat er von unserem Großvater, Gott hab ihn selig, den Irrsinn geerbt. Wenn er will, kann er mich in unserem Haus besuchen kommen.«

Als wir ins Dorf einfuhren, kurbelte die Tante das Seitenfenster herunter und stützte den Ellbogen darauf, um sich der Hauptstraße mit dem strahlendsten Lächeln zu präsentieren. Mit geöffneter Hand grüßte sie jeden, der in unsere Richtung schaute, egal ob bekannt oder nicht. Die älteren Leute erkannten sie immer gleich an ihren eigenartigen Hütchen und sagten laut: »Königin Ninabella ist wieder da.«

Ich trug ihren Koffer ins Haus und fuhr später auf den Rossarco.

Meinem Vater sagte ich, dass seine Schwester ihn lieber im Dorf treffen würde, und lud ihn zum Abendessen ein. Unter Brummen und Schnaufen willigte er ein: »Ich dachte mir schon, dass sie nicht heraufkommen würde, die wird ihre Meinung nicht mehr ändern, solange sie lebt. Sie hat noch immer denselben Sturkopf wie damals, obwohl sie seit fünfzig Jahren in der Großstadt wohnt.« Dann nahm er drei Flaschen vom Gaglioppo-Wein und einen Korb Feigen aus der Vorratskammer, stellte sie in den Kofferraum meines Wagens, und wir fuhren los.

In Spillace musste ich anhalten, damit er seinen Monatseinkauf an Zigaretten und Nudeln besorgen konnte. Als er die Treppe zum Haus hinaufstieg, warf er einen kritischen Blick auf die Petersilien- und Basilikumtöpfe auf den Stufen und hielt mir vor: »Gib den Pflanzen doch mal ein bisschen Wasser, die vertrocknen ja!« Er war sehr angespannt.

Ninabella erkannte die Stimme des Bruders und lief ihm

entgegen. Sie umarmten sich lange und wechselten flüsternd ein paar Worte. Dann gingen wir durch den Flur zum Balkon, wo meine Tante den Tisch gedeckt hatte. Sie selbst saß mit dem Rücken zum Hügel, wir mit Blick auf ihn. Ich befürchtete, dass die Spannung, die ich vorher schon zwischen den beiden gespürt hatte, im Lauf des Abends zum Ausbruch kommen würde. Stattdessen unterhielten wir uns ruhig über Ninabellas letzte Ausstellung in Paris und Simonas Schwangerschaft, lobten die Tagliatelle mit Mettwurstsoße, den Wein und die Feigen, widerstanden tapfer der Hitze, den Fliegen und den Mücken, die uns umsirrten.

Die Abendessen auf dem Balkon wiederholten sich auch an den Folgetagen. Es waren die einzigen Gelegenheiten, zu denen meine Tante und mein Vater sich trafen. Manchmal, wenn ich spät vom Strand zurückkam, erwarteten sie mich ans Geländer gelehnt und rauchten schweigend, die Augen halb geschlossen. Sie schienen sich nichts zu sagen zu haben, obwohl sie sich ein Jahr lang nicht gesehen hatten.

Tagsüber trennten sich ihre Wege: Er auf dem Hügel, im Morgengrauen mit seinen marokkanischen Freunden, gegen Abend alleine grabend, in der Mittagshitze unter dem großen Olivenbaum im Schatten sitzend. Sie unverzagt der großen Schwüle trotzend auf ihrer Runde durchs Dorf, mit spontanen Besuchen bei Verwandten und Freundinnen aus Kindertagen, wo sie literweise Eiskaffee trank und immer gelöster plauderte.

In dieser Ferienwoche malte meine Tante kein einziges Mal, sie habe kein Bedürfnis danach, sagte sie mir, obwohl im Kämmerchen alle Utensilien bereitstanden. In Spillace hatte sie seit den blutigen Ereignissen auf dem Rossarco nicht mehr gemalt. Und auch in London hatte sie in der ersten

Zeit keinen Pinsel angerührt. Dann hatte sie eines Abends Freunde eingeladen. Es gab Rotwein, den ihr der Bruder geschenkt hatte, sie war ein bisschen betrunken oder vielleicht auch nur ungeschickt, jedenfalls führte sie das Glas so ungestüm zum Mund, dass es an ihren Zähnen zerbrach und ihr in Zahnfleisch und Zunge schnitt. Spritzer von Blut und Wein befleckten ihre Seidenbluse und die blütenweiße Tischdecke. Ninabella erbleichte, als habe sich eine alte Wunde geöffnet. Seitdem war die Farbe Rot ihre Obsession, sie begann wieder leidenschaftlich zu malen und alle Trauer ihres Lebens zu verarbeiten, die sie bis zu jenem Abend in einen dunklen Winkel gesperrt hatte, so wie sie es mit den Leinwänden hinter den Heuballen getan hatte, um sie nicht mehr sehen zu müssen. Blutrot, Kardinalsrot, Purpurrot, Sonnenrot, Flammenrot, Weinrot, Rostrot, Karminrot, Sonnenuntergangsrot, Lippenrot, Feuerrot, Rossarcorot, Liebesrot. Sie signierte ihre Werke mit »Ninnabell.A.«. Ihre erste Ausstellung mit dem schlichten Titel *Rot* war ein Erfolg. Zu diesem Anlass färbte sie sich ihre vorzeitig ergrauten Haare leuchtend rot, verjüngte sich innerlich und äußerlich.

Mitten in der Geschichte erinnerte sich die Tante an meinen Vater: »Was macht unser Einsiedler dort oben? Mir erzählt er ja nichts. Findest du ihn nicht noch komischer als sonst?« Ich sagte ihr die Wahrheit: »Er gräbt. Oder besser, er ist völlig besessen von seinen Ausgrabungen, er misstraut der ganzen Welt, lächelt kaum noch.«

Am Tag vor ihrer Abreise fragte ich sie, was es mit den Skeletten auf sich gehabt habe, auf die Paolo Orsi gestoßen war. Die Tante hielt sich bedeckt, erzählte mir mehr oder weniger das, was ich schon wusste, und schloss mit den Worten: »Ich halte es für einen Fehler, auf dem Hügel zu graben. Das hat auch Nonna Sofia vor vielen Jahren gesagt. Manche Wahrheiten sollte man einfach in Frieden ruhen lassen.« Von den Kriegsjahren hingegen berichtete sie ausführlicher als mein Vater und mit einer gewissen Distanz, als ob die Geschichten sie nicht beträfen.

Am Ende überraschte sie mich: »Warte«, sagte sie. Sie ging in ihr Zimmer und kam nach einer Weile mit einer Goldmünze wieder heraus, die sie mir in die Hand drückte. »Behalte sie. Sie ist antik, wertvoll, glaube ich, ein Geschenk von Paolo Orsi. Dein Vater hatte so eine ähnliche. Ihm hat seine Münze das Leben gerettet. Mir nützt sie nichts, hat nie etwas genützt. Im Gegenteil, seit diesem blutigen Unglückstag wollte ich sie immer ins Meer werfen, weil sie mich an den roten Hügel erinnerte. Als ich nach London floh, habe ich sie in meinem Zimmer im Dorf versteckt: Aus den Augen, aus dem Sinn und aus dem Herzen.«

# 26

Als er mit dem Meer im Rücken die Straße nach Spillace einschlug, sah er den Rossarco in das milde Licht des Sonnenuntergangs getaucht. Er lächelte ihm zu, sagte: »Ich bin zurück«, und fühlte sich zu Hause, endlich. Gerettet.

Auf dem Steilweg der Abkürzung holte er ein Häuflein Bauern ein, die von der Arbeit nach Hause gingen. Sie erkannten ihn zuerst nicht, mit seinem Bart, den langen, von einer gelblichen Staubschicht bedeckten Haaren und ausgezehrt, wie er war, von dem endlosen Fußmarsch, der nur hin und wieder durch wechselnde Verkehrsmittel erleichtert worden war: Züge, Karren, Pferde, Fahrräder, Postautos, Lastwagen.

»Du siehst aus wie der Gekreuzigte«, sagten die Bauern mitleidig und hatten nicht den Mut, ihm zu erzählen, was auf dem Rossarco passiert war. Ein Nachbar ließ ihn auf seinem Esel reiten, damit er das letzte, mörderisch ansteigende Wegstück nicht zu Fuß gehen musste. Selbst er, der ihn gut kannte, brachte es nicht übers Herz, ihm die Geschehnisse zu berichten. Er wollte die Freude der Rückkehr nicht trüben, die ihm ins Gesicht geschrieben stand. Michelangelo immerhin war am Leben, er sah aus wie ein klappriger Geist, aber er lebte.

Zu Hause wurde er von den Umarmungen der Frauen bestürmt, von ihrem heftigen Weinen, unklar, ob vor Glück oder Schmerz. Michelangelo lächelte: »Was habt ihr, ich bin zurück, gesund und munter, seht ihr das nicht?« Dann bemerkte er, dass der Vater fehlte, und fragte nach ihm. Es war schon dunkel, was tat er um diese Zeit noch auf den Feldern?

Ninabella war es, die ihm die Wahrheit sagte, sie sprach von Williams schrecklichem Ende, wobei sie sich zwang, nicht zu weinen, und vom Vater, der seit diesem Tag spurlos verschwunden war. Sie hatten ihn überall gesucht, und immer noch warteten sie auf ihn, sagte sie dem Bruder, damit der Schmerz ihn nicht überwältigte. Vielleicht hatte man ihn in ein Konzentrationslager der Nazis verschleppt, vielleicht in ein Gefängnis der Faschisten geworfen, vielleicht hatte er fliehen können und sich den Partisanen angeschlossen oder wer weiß was, vielleicht versteckte er sich in irgendeiner Höhle des Sila-Gebirges und wusste nicht, dass der Krieg zu Ende war, oder er lag in einem Krankenhaus außerhalb Italiens und wurde dort behandelt. »Früher oder später kommt Papa zurück, das spüre ich«, schloss die Schwester und umarmte ihn unter verzweifeltem Schluchzen, das den Optimismus ihrer Worte Lügen strafte.

Die Mutter und die Großmutter hatten keinen Zweifel, zumindest drückten sie ihn nicht aus: »Arturo lebt in irgendeinem Winkel der Erde«, sagten sie. Nonna Sofia träumte nachts von ihm, wie er fröhlich auf seiner Chitarra battente spielte.

»Wenn er lebt, was auch ich glaube«, sagte Michelangelo, »dann finde ich ihn und bringe ihn nach Hause zurück.«

Am nächsten Morgen begann er mit der Suche. Es war August. Der Hügel empfing ihn mit dem hässlichen Antlitz der Verwahrlosung: trockenes Gras und Unkraut, Mastix- und Ginstersträucher, die sich zwischen den übermäßig gewachsenen Oliven- und Obstbäumen ausgebreitet hatten, der Weinberg ein Gewirr aus umeinander und um die Stämme der Feigenbäume verschlungenen Ranken. Es wehte ein scharfer Wind. Um den Wald von Tripepi zu erreichen, musste er sich mit Spaten und Hippe den Weg freischlagen. Ein Streichholz oder ein Funkenflug aus der Ferne hätte genügt, um ein Höllenfeuer zu entfachen.

Am ersten Tag kämpfte er sich zu den geheimen Orten durch, die nur er und sein Vater kannten: hinter undurchdringlichem Dornengestrüpp verborgene Grotten in einem der Höcker des Hügels, hoch über der Fiumara. Er suchte nach Zigarettenkippen und Patronenhülsen, nach Fußabdrücken, Strohlagern, nach irgendeiner Spur, die auf den Vater hindeuten konnte. Er fand nichts außer drei vertrockneten Bögen aus Oleanderzweigen.

Mit zerkratzten Händen kehrte er nach Hause zurück und brachte einen Korb köstlicher Feigen mit und ein Bündel auf Englisch beschriebener Blätter. »Die habe ich versteckt in einem Holzkästchen hinter den Heuballen gefunden. Es steht sogar eine Adresse drauf, in Druckschrift. Wir müssen sie Williams Familie schicken.«

»Gut. Ich kümmere mich darum«, sagte Ninabella. »Ich mache ein Päckchen und schicke sie mit der Post.« Ihre Stimme zitterte.

Am nächsten Tag kehrte Michelangelo mit einem Trupp junger Tagelöhner auf den Rossarco zurück, allesamt Kriegsheimkehrer wie er, die er auf der Piazza unter Dutzenden Arbeitssuchenden angeheuert hatte. Sie sollten die Bäume ausschneiden, das Terrain von Gestrüpp, Unkraut und Unterholz befreien, von den Rebstöcken retten, was noch zu retten war, die Casella gründlich säubern, die Saumpfade wieder begehbar machen, Trockenmauern errichten, wo die Gefahr von Erdrutschen am drängendsten war.

Er selbst setzte seine Suche in der Timpalea fort. Er fand das über und über mit Efeu berankte Flugzeug, das mit dem Heck noch in den Steineichen festhing. Es sah aus wie die grüne Skulptur eines Fliegers, der sich gerade über dem Abgrund in die Lüfte erheben will. Er griff mit einer Hand ins Efeu und beugte sich so weit wie möglich über den Abgrund.

»He, Papa!«, schrie er einige Male. Seit über drei Jahren hatte er diese vertraute Anrede nicht mehr ausgesprochen, und es versetzte ihm einen Stich ins Herz.

Aus der Tiefe des zugewachsenen Talkessels hörte er das Echo seiner eigenen Stimme, kraftlos und absurd wie die Vorstellung, der Vater könne sich wirklich im dornigen Schlund der Timpalea verstecken. Unmöglich, dachte er, unmöglich, dass er hier ist. Oder wenn, dann nur tot.

Ruckartig löste er den Griff, die Hand schmutzig vom Efeu, und fuhr damit über sein Gesicht, wie um den schlimmen Gedanken fortzuwischen. Im selben Moment glaubte er, jemanden hinter sich zu spüren. Er drehte sich um und sah nur die Wipfel der Steineichen, die im Wind raschelten.

Es war nicht das erste Mal, dass er sich beobachtet fühlte, und auch nicht das letzte. Das passierte ihm schon seit seiner Kindheit: Der Wunsch, den Vater wiederzusehen, verwandelte sich in stumme Blicke, in jähe Windstöße der vertrauten Stimme.

»So ging es mir auch bei meiner Rückkehr aus dem Krieg«, sagte er abends zu seiner Familie und begann zu erzählen.

Er wandert schon seit zwei Monaten, hat das im Bombenhagel zerstörte Deutschland durchquert, und in den letzten Tagen erklimmt er die Berge von Südtirol; zu beißen nichts als bittere Wurzeln, hin und wieder eine rohe Kartoffel und ein paar gestohlene Äpfel, immer mit dem Risiko, gelyncht zu werden. Er ist am Ende, vom Hunger ausgezehrt, schleppt sich voran wie ein Bettler, langsam, keine Kraft mehr in den Beinen, die Arme schlapp, wenn es so weitergeht, kann er kaum hoffen, Spillace lebend zu erreichen. Er bricht bewusstlos zusammen, einmal, zweimal, da hört er hinter sich eine vertraute Stimme: »Die Münze«, sagt die Stimme, nur dieses Wort. Er sieht den Vater in einem Licht erstrahlen, das auch die Berge umfängt, so schön wie bei seiner Rückkehr aus der Verbannung. Er hat nicht die Kraft, etwas zu erwidern oder ihn zu umarmen, der Vater schaut ihn mit durchsichtigen, leeren Augen an wie ein Phantom, »die Münze«, sagt er wieder und verschwindet. Er rafft seine letzte Kraft zusammen, schleppt sich zu einem Bauernhof und tauscht die Goldmünze gegen Milch und Essen satt und ein Lager im Stall. Als er nach zwei Tagen und zwei Nächten aus tiefem Schlaf erwacht, füllt ihm die Frau des Bauern voll Mitleid den Brotbeutel mit Roggenbrot und Käse und wünscht ihm zum Abschied lächelnd »Viel Glück«.

»Arturo ist dein Schutzengel«, sagte die Großmutter, von der Geschichte zu Tränen gerührt. Und er, der den Schutzengel mit der Hand berühren wollte, suchte weiter nach ihm im Sila-Gebirge, in den Küstendörfern, in den Krankenhäusern von Crotone und Catanzaro, in der psychiatrischen Klinik Villa Nuccia. Er schrieb herzerweichende Briefe an das Innenministerium, denen er ein Foto des Vaters beilegte. Wo immer er hinging, fragte er nach einem gewissen Arturo Arcuri: ein schöner, großer Mann, mit Locken, funkelnden

Augen und einem Grübchen im Kinn. So beschrieb er ihn damals, so hat er ihn bis heute in Erinnerung.

Die Suche erlahmte in den ersten Oktobertagen, als Michelangelo an die Grundschule von Spillace berufen wurde, wo er Maestro Tavella ersetzen sollte, der nach Catanzaro versetzt worden war. Das war keine Frage von Glück oder Beziehungen, wie seine Neider behaupteten. Die Dörfer im Hinterland von Crotone, einschließlich des seinen, galten als unattraktiv, rückständig, am Ende der Welt gelegen. Wenn sie konnten, wählten die altgedienten Lehrer eine Schule in der Stadt oder zumindest in Ortschaften, die mit dem Zug zu erreichen waren.

Der neue Signor Maestro Michelangelo Arcuri präsentierte sich den Schülern der dritten Klasse mit dem gleichen Elan und Engagement wie Maestro Tavella, dessen Lehrplan und -methoden er auch übernahm: Wie er setzte er nicht auf den Rohrstock, sondern auf Geduld.

Die Arbeit gefiel ihm, er fühlte sich privilegiert. Er gab täglich vier Stunden Unterricht und hatte im Sommer fast vier Monate Ferien, ganz zu schweigen von Ostern, Weihnachten und anderen kirchlichen oder gesetzlichen Feiertagen.

Nachmittags ging er häufig auf den Rossarco, der wieder fruchtbar und duftend war wie zu Zeiten des Großvaters und des Vaters. Für die anstrengendsten Arbeiten wie Getreidemahd, Weinlese und Olivenernte holte er sich einen Trupp Tagelöhner zu Hilfe, die normalerweise in Naturalien bezahlt wurden, mit Korn, Most, Öl, »dem besten in ganz Kalabrien«, sagte er mit stolzem Funkeln in den Augen.

Von der Familie ging ihm nur die Mutter manchmal zur Hand. Die Großmutter konnte trotz allem guten Willen kaum mehr die Hühner und die Schweine in den Koben versorgen. Zum Glück war sie noch klar im Kopf: »Ich bin nun geschlagene fünfundsiebzig Jahre alt. Ich danke dem Herrn, dass ich über all die schlechten Nachrichten nicht ganz läppisch im Hirn geworden bin.«

Was Nina betraf, so wäre sie um nichts in der Welt mehr auf den Rossarco gegangen, auch nicht mit einem Gewehrlauf im Rücken. Nachdem sie die Schule endgültig abgebrochen hatte, die Malerei vernachlässigte, saß sie zu Hause und bestickte Laken und Kissenbezüge oder webte am Webstuhl Decken wie alle Mädchen im Dorf, die ihre Aussteuer vorbereiteten. Nur dass sie nicht die geringste Absicht hatte zu heiraten und empört die zahllosen Heiratsanträge zurückwies. Sie war dreiundzwanzig, zur damaligen Zeit schon längst eine alte Jungfer, doch die jungen Männer umschwärmten sie wie die kostbarste aller Trophäen: Von Antlitz und Körper war sie das schönste der Mädchen im heiratsfähigen Alter und obendrein das klügste, noch dazu würde sie sicher eine üppige Mitgift bringen, stammte aus guter Familie, die von allen oder zumindest fast allen respektiert wurde, mit einem Herrn Lehrer als Bruder. Schade nur, dass sie einen Vater hatte, der weder tot noch lebendig war, einen Phantomvater, der aus dem Limbus, in dem er sich befand, weder zum Vorankommen der Familie beitragen konnte noch eine Soldatenrente einbrachte.

Mit den reglosen Gesichtszügen einer Statue saß Ninabella hinter dem Webstuhl oder auf dem Hocker neben den Gefährtinnen, ihre Hände aber waren in ständiger Bewegung und schienen den schnellen Gedanken nachzueifern, die sie für sich behielt. Dachte sie an William oder den Vater? Dachte sie an das Leben, von dem sie geträumt hatte und das sich eines Morgens jäh in einen Alptraum verwandelt hatte? Auch sie spürte nächtens manchmal eine leichte Liebkosung auf der Wange. »Papa?«, fragte sie dann, den Mund noch voll bitterer Träume.

Der Bruder, zurück aus der Bar, verharrte mit angehaltenem Atem einige Sekunden im Dunkeln und schlich, als die Schwester wieder eingeschlafen war, auf leisen Sohlen in sein Zimmer.

# 27

Bei seiner ersten Begegnung mit Marisa Marengo beeindruckten meinen Vater vor allem ihr frisches Lächeln und ihre mitreißende Art zu erzählen, als erschlössen sich aus ihren von offenen Vokalen überbordenden Worten die drängendsten Wahrheiten des Lebens. Nicht genug für eine Liebe auf den ersten Blick, aber ausreichend, um sie sofort zu mögen und die Erinnerung an sie wie einen guten Wein zu genießen, den man sich in kleinen Schlucken, ohne Hast, auf der Zunge zergehen lässt.

Sie trafen sich in der Aula Magna des Pythagoras-Gymnasiums in Crotone während einer Tagung über *Paolo Orsi und Kalabrien*, an der zahlreiche Schüler, Lehrer und andere Interessierte teilnahmen. Sie hielt einen Vortrag – »die vielversprechende junge Turiner Archäologin«, so hatte man sie vorgestellt, doch an Entschlossenheit und Wissen stand sie den anderen, erfahrenen Rednern in nichts nach.

Mein Vater saß in der zweiten Reihe, hinter den Ehrenplätzen, und lauschte den Vorträgen mit übertriebenem Herzklopfen. Vielleicht hoffte er, dass Orsis Ausgrabungskampagnen bei der Punta Alice und auf dem Rossarco zur Sprache kämen, oder er fürchtete die Erwähnung des Skelettfundes und des Münzschatzes.

Als habe sie diesen letzten Gedanken aufgefangen und wolle ihm einen Streich spielen, kam Dottoressa Marisa Marengo auf die sogenannten Verwahrfunde und Münzschätze zu sprechen, denen Paolo Orsi mit Expertise und der Kühnheit eines Schatzsuchers nachgegangen war.

Die Schüler, die bis dahin ihr gelangweiltes Gähnen wohlerzogen hinter vorgehaltener Hand versteckt hatten, erwachten mit einem Schlag, ebenso die Lehrer.

Auf die ersten Münzen war ein Unternehmen gestoßen, das riesige Felsbrocken aus den Wassern vor Capo Colonna entnahm und im Hafen von Crotone ablud. Eines Tages im Jahr 1916 wurde vom Meeresgrund vor dem Strand von Punta Scifo ein großer Stein gehoben, der im strahlenden Sonnenlicht einen glitzernden Hohlraum offenbarte. Und auch die Augen der Arbeiter glänzten, als sie ganze hundertunddrei Goldmünzen hervorzogen und unter sich aufteilten. Doch dann plauderte einer. Und nun glänzten die Augen der Schüler, die begierig den Phasen der Sicherstellung von achtzig Münzen durch den Staat lauschten. Von den verbliebenen kaufte Armando Lucifero elf Stück auf und zwölf verschwanden, das heißt, sie wurden wie und wann auch immer gestohlen.

Den zweiten, eigenartigen Münzschatz fand ein Bauer auf dem Hügel des Rossarco. Das Ungewöhnliche daran war, fuhr die junge Archäologin fort, dass unter dem Häuflein von Silber- und Bronzemünzen, die auf das Jahr 400 vor Christus datierten und aus verschiedenen Gegenden der Magna Graecia stammten, unter anderem aus Kroton, sich auch Goldmünzen befanden. Es handelte sich um kostbare Solidi des Justinian, geprägt in Konstantinopel in den ersten Jahrzehnten des sechsten Jahrhunderts nach Christus, genau wie ein Teil des Fundes von Punta Scifo.

Das war das Rätsel, das Paolo Orsi lösen wollte, als er den Schatz erstand. Seine Hypothese lautete, dass der Hügel des

Rossarco nach der Zerstörung Krimisas von den Überlebenden und ihren Nachfahren mindestens weitere tausend Jahre lang bewohnt wurde, also mindestens bis zur Besatzung des Bruttiums – das die Byzantiner dann Kalabrien nennen sollten – durch den von Justinian geschickten General Belisar.

Bei Vortragsende brandete lebhafter Applaus auf, der noch anschwoll, als ein sehr großer und dünner älterer Herr mit magnetischem Blick aus strahlend blauen Augen aufs Podium gebeten wurde und den Hörsaal eroberte, noch bevor er ein Wort gesagt hatte. Er war der Star der Tagung, der Mann, von dem mein Vater so viel Gutes gehört hatte und den er nun endlich leibhaftig vor sich sah.

»Wir überlassen nun das Wort dem Anglo-Piemonteser Umberto Zanotti-Bianco, geboren 1889 auf Kreta, militanter Meridionalist, verdienstvoller Archäologe und Autor, langjähriger Patriot, heldenhafter Kämpfer im Großen Krieg, Gründer der ANIMI, des Nationalen Verbands für die Interessen des italienischen Südens, und der Società Magna Grecia, die sich so wirkungsvoll für Kalabrien eingesetzt hat, Präsident des Roten Kreuzes und Umweltschützer …«

Umberto Zanotti-Bianco bremste den Moderator mit einer Handbewegung und einer ironischen Bemerkung, die das Publikum zum Lachen brachte: »Genug, genug, ich bitte Sie. Um all meine Ämter und Verdienste aufzuzählen, bräuchte es eine eigene Tagung, dabei bin ich noch gar nicht tot …« Dann rekonstruierte er die Geschichte seiner Freundschaft mit Paolo Orsi, angefangen bei ihrer zufälligen Begegnung 1911 auf der Fähre nach Messina und entlang der verschiedenen Etappen ihrer gemeinsamen Arbeit »zum Wohle Kalabriens«.

Trotz des Altersunterschiedes hatten die beiden sich sofort prächtig verstanden. Ihr erklärtes Ziel war es, die fernste Vergangenheit mit der Gegenwart zu verbinden und der Welt und den ahnungslosen Kalabriern selbst die Großartigkeit ihres Landstrichs zu offenbaren, der lediglich für seine Armut und Rückständigkeit der Bevölkerung sowie seine Mafia-Gewalt bekannt war.

Mein Vater war begeistert von dem, was er hörte. Solche aufrichtigen und zupackenden Leute brauchte der Süden, um wieder zu dem zu werden, was er einmal war, dachte er in diesem Moment.

Umberto Zanotti-Bianco redete wie gedruckt, wer weiß, wie oft er diese Worte schon gesagt und geschrieben hatte: »Paolo Orsi lehrte mich den Respekt vor den Kunstschöpfungen der Vergangenheit, die als stumme Zeugnisse den Geist der Zukunft erziehen, und er ermunterte mich, im Jahre 1920, in jener verzweifelten Nachkriegszeit, die Società Magna Grecia zu gründen. Unsere Absicht war es, die kläglichen finanziellen Mittel Orsis aufzubessern …« Dann zählte er sämtliche Ausgrabungskampagnen auf, die sie finanziert hatten, darunter die für den Tempel des Apollon Alaios bei der Punta Alice und die auf dem Hügel des Rossarco.

Die Rede schloss mit einer persönlichen Reflexion, tiefgründig und ein wenig bitter, die mein Vater sich notierte, um sie nie mehr zu vergessen: »Es ist nun bald schon ein halbes Jahrhundert, dass ich die Länder des antiken Griechenlands kreuz und quer durchmesse. Und sosehr mich auch jedes künstlerische Zeugnis und die archäologische Forschung an sich begeistert haben, waren es doch vor allem die Armut und das Leid dieser Region, die mich mein Leben lang beschäftigten.«

Am Ende der Tagung näherte sich Michelangelo zögernd dem Rednerpult und stellte sich als Enkel des Bauern vor, der den Münzschatz auf dem Rossarco gefunden hatte.

Umberto Zanotti-Bianco überlegte ein paar Sekunden, strich sich mit seinen feinen Pianistenhänden über das hagere Gesicht und lächelte ihn schließlich an: »Das ist unglaublich, seit langem schon wollte ich auf euren Hügel kommen, weil ich Paolo versprochen hatte, mich um ihn zu kümmern, und auch aus persönlichem Interesse, da mich Krimisas Geheimnis fasziniert. Bedauerlicherweise hat der Faschismus es mir im wahrsten Sinne des Wortes unmöglich gemacht, so wie er auch die Ausgrabungsarbeiten in Sibari durchkreuzte; anschließend verhinderten der Krieg und tausend andere Verpflichtungen mein Kommen.«

»Auch ich wollte Euch nach dem Krieg um eine Ortsbegehung bitten. Aber ich wusste nicht, wie ich Euch kontaktieren sollte …«

»Seht ihr?«, mischte sich Marisa in einem Anflug von neunmalklugem Fatalismus ein. »Was sich finden soll, das findet sich auch früher oder später.«

»Dann würde ich sagen, dass wir uns so bald wie möglich wiedersehen und die Forschungen zu Krimisa wiederaufnehmen sollten«, schlug Zanotti-Bianco vor. »Zur Zeit arbeiten wir in Santa Caterina dell'Jonio an einigen sozialen Projekten. Sobald wir damit fertig sind, komme ich mit Marisa in Ihr Dorf, wo unser Einsatz sicher auch vonnöten ist. Wir haben einen Wagen mit Fahrer zu unserer Verfügung. Ich hoffe, Sie werden uns herumführen können.«

»Natürlich«, erwiderte Michelangelo errötend. »Mit dem größten Vergnügen!« Und er verabschiedete sich mit einem herzlichen Händedruck zuerst von Zanotti-Bianco und dann von Marisa, die ihn mit ihrem frischen Lächeln erwiderte.

Es war auf der Rückfahrt nach Hause, als Michelangelo in sich eine Beklemmung aufsteigen spürte, vermischt mit bisher unbekannten Zweifeln und einem Gefühl der Machtlosigkeit, das ihn sein Leben lang nicht mehr loslassen sollte. Die Rührung, die er ob der Erzählungen vom antiken Griechenland und den Menschen, die dieses Erbe zu retten versuchten, empfunden hatte, erschien ihm plötzlich schal angesichts der erbärmlichen Lebenswirklichkeit der Bauern, die unter Lebensgefahr die Ländereien der Großgrundbesitzer besetzt hielten.

Durch das Zugfenster betrachtete er das karge Hinterland von Crotone, in dem es von Männern, Frauen, Kindern, Eseln und roten Fahnen nur so wimmelte. Umberto Zanotti-Biancos Abschlussworte echoten unentwegt durch seinen Kopf. Und seine Beklemmung wuchs.

Als er in Cirò ausstieg und von dort zu Fuß nach Spillace ging, sah er sie von nahem, die Bauern, müde und zornig wie der Vater, der gewiss Seite an Seite mit ihnen stehen würde, wäre er nicht verschollen. Welchen Sinn hatte es, unter der Erde nach einer prunkvollen Vergangenheit zu suchen, wie die junge Frau mit dem frischen Lächeln und dem flinken Mundwerk gesagt hatte, wenn die Gegenwart für die meisten die Hölle war?

Im Übrigen war auch die Gegenwart seiner eigenen Familie ein Höllenfeuer unsichtbarer Flämmchen, Mutter und Großmutter schienen verloren ohne Arturo, die Schwester war apathisch und deprimiert, weil sie sich nicht vom Bild des blutüberströmt am Baum hängenden William befreien konnte und der Vater ihr wie ein ruheloses Phantom im Kopf herumspukte.

Im Dorf herrschte eine gespannte, melancholische Atmosphäre, Weltuntergangsstimmung. Der Wind heulte wie ein hungriger Wolf und wirbelte den Staub mannshoch von den Straßen auf.

Michelangelo schritt über die Hauptstraße mit dem Gefühl, nicht allein zu sein. Um seine Augen zu schützen, beugte er den Kopf nach vorn und sah den Schatten des wilden Windes ihn umflattern: Er wirkte wie der schwarze Mantel des Vaters, den er im Winter immer getragen hatte, und klang auch wie die Stimme des Vaters, ein düsteres Klagen, das mit jedem Schritt anschwoll zum Wutschrei, Protestlied, Widerhall einer Chitarra battente.

# 28

An Feiertagen deckte Lina für den Ehemann mit, gab eine Portion Tagliatelle mit Lammragout auf seinen Teller und stülpte, damit es nicht kalt würde, einen zweiten Teller darüber, dann schenkte sie dem abwesenden Tischgast Wein ein und aß schließlich mit den anderen, die Ohren immer zur Tür gewandt, als müsse Arturo jeden Moment nach Hause kommen.

Die Familie ertrug dieses Schauspiel mit liebevoller Nachsicht. »Ein bisschen mehr, hörst du, Mà, Papa isst doch so gern Tagliatelle«, rezitierte Ninabella versiert ihre Nebenrolle, während die Großmutter mit leichtem Kopfnicken zustimmte, den Blick ihrer kleinen Augen verloren in dem vom Teller aufsteigenden Dampf, und Michelangelo nach einem kurzen »guten Appetit« zum leeren Stuhl hin zu essen begann. Niemand wagte es, Lina zu widersprechen und mit einem Machtwort der Vernunft diesem abergläubischen Treiben ein Ende zu setzen.

Seit Arturos Verschwinden waren sechs Jahre vergangen: Im Dorf sprach man von ihm als dem letzten Opfer des Faschismus, dessen Knochen im Abgrund der Timpalea zu suchen waren, der wilden Teufels-Schlucht. Im Haus stellte die Familie sich taub und blind, um die kalte Wahrheit zu umgehen und sie durch eine herzergreifende Lüge zu ersetzen, die wenigstens noch einen Funken Hoffnung ließ.

Am Ende musste Michelangelo des Vaters Portion essen

und seinen Wein trinken, wenn nicht ein unerwarteter Gast kam, wie beispielsweise ein junger Mann, den die Organisatoren des Festes des heiligen Antonius oder der heiligen Vènnera schickten, oder ein Mitglied der Musikkapelle, die an dem Tag spielen sollte, oder etwa ein Schauspieler, der abends auf der Piazza auftreten würde. Arturo, als einem der eifrigsten Festorganisatoren, wäre es eine Freude, sagte Donna Lina und empfing die Fremden mit offenen Armen. Und dies sagte und tat sie auch, als am Ostersonntag plötzlich ein Ausländer im Hause Arcuri stand, dessen Mund sich beim Italienischreden wild verzog, als äße er eine heiße Kartoffel.

Der Mann war über die Einladung zum Essen nicht sonderlich überrascht. Er kenne ihre Gastfreundschaft bereits, sagte er, als er sich am Tisch niederließ, aus Williams Briefen. Und in tiefer Stille, unterbrochen nur vom Klappern des Bestecks, begann er zu erzählen.

Die Arcuris brauchten eine Weile, um sich auf die Redeweise des Ausländers einzustellen. Dann horchten sie auf, waren gerührt, die Frauen weinten. Dieser Mann war William-Minos Bruder. Und bei genauerer Betrachtung ähnelte er ihm gewaltig: groß, mit blondem, leicht rötlichem Haar und tiefblauen Augen. Nur dass er älter war als William, der in der Blüte seiner Jugend ausgelöscht worden war. An seiner Kleidung, dem eleganten Anzug mit Weste und Krawatte, lag es, dass sie die Ähnlichkeit nicht sofort erkannt hatten.

»Ich bin gekommen, um mein Bruder von Friedhof Spillace zu holen und in Familiengrab nach London zu bringen«, sagte er, indem er die Worte sorgfältig abwog. Er nahm einen Schluck Wein und bemerkte: »Mein Bruder hatte recht, dieser Wein ist *very good*, der beste von die Welt.«

Dann berichtete er vom Inhalt der Briefe: Williams Zuneigung für die Familie Arcuri, die Verehrung gegenüber Mister Arturo und seinem roten Hügel, von dem er wie von einem menschlichen Wesen sprach, einer warmherzigen Mutter, wunderschön und duftend, ein Paradies auf Erden.

Der Mann, der sagte, er hieße David, aß mit Appetit und sprach dem kräftigen Wein zu, um sich Mut anzutrinken.

Einige Sekunden lang schaute er zu Ninabella hinüber, die den Kopf über den Teller senkte. Und als er so weit war und das Blau seiner Augen dem sturmgepeitschten Meer glich, offenbarte er den zweiten Grund seiner Reise nach Spillace.

William hatte in jedem seiner Briefe von ihr gesprochen, dem Mädchen mit dem gewellten Haar und den strahlenden Augen, die davon träumte, Malerin zu werden. Schon im zweiten Brief hatte er eröffnet, in sie verliebt zu sein, und vom vierten an wollte er sie heiraten und gemeinsam mit ihr um die Welt reisen. Nein, William hatte Ninabella nie seine Liebe gestanden. Doch er wusste, dass dieses Gefühl erwidert wurde und ihre Familie es ahnte. Deshalb wolle er vertrauensvoll warten, bis der Krieg vorbei wäre. Das schrieb er in den Briefen. Mit jenem schrecklichen Ende hatte er natürlich nicht gerechnet.

David nahm einen langen Schluck Wein und holte tief Luft: »Ich bin hier, um in seinem Namen und dem meiner Eltern *thank you* zu sagen, danke euch allen, und Miss Ninabella nach London einzuladen. Sie kann in unserem Haus wohnen und auf unsere Kosten die Kunstakademie besuchen, so macht sie ihren Traum wahr. Für uns wird sie zur Familie gehören«, schloss er mit klaren, hoffnungsvollen Worten, die er wer weiß wie lange auswendig gelernt hatte.

Wie auf Kommando ließen die Arcuris die Gabeln sinken. Ninabella wusste nicht, wohin mit ihrem Blick, sie war schamrot, ihre Brust hob und senkte sich unter der Festtagsbluse im Stakkato ihres Atems. Sie sagte nichts, ihr fiel nichts ein, niemand wagte zu sprechen.

David lächelte, keineswegs überrascht von dem eisigen Schweigen: »Ihr müsst nicht sofort ja sagen. Wir erwarten Ninabella, wann sie will. Sie kann mit Bruder nach London kommen, als Gäste in unserem Haus, und dann entscheiden. *Okay?*«

Schließlich antwortete die alte Sofia: »Mino war wie ein Sohn für uns. Ich glaube, er war dazu bestimmt, meine Enkelin zu heiraten, das sah man in den Augen der beiden. Jetzt ist es anders gekommen. Wenn du Geduld hast, mein Sohn, ist Ninabella selbst reif genug, um dir die rechte Antwort zu geben, wenn sie bereit dafür ist.«

Donna Lina lud ihn ein, bei ihnen zu übernachten, da es in Spillace kein Hotel gab. Und Michelangelo erbot sich, ihn bei der delikaten Angelegenheit der Leichenüberführung zu unterstützen, auch wenn David bereits alle notwendigen Papiere beisammenhatte.

Ninabella rührte sich nicht vom Tisch, auch nicht um der Mutter beim Abdecken zu helfen. Sie sagte nur mit gesenktem Blick »Danke«, als David ihr eines der Geschenke überreichte, die er der Familie Arcuri mitgebracht hatte: ein elegantes Hütchen mit kleinem Spitzenschleier.

Der Engländer blieb drei Tage als willkommener Gast im Hause Arcuri. Er war ein offener junger Mann, der in kürzester Zeit mit Sofia und Donna Lina vertraut wurde, die eine unübersehbare Schwäche für ihn hatten, und ebenso mit Michelangelo und seinen Freunden. Nur Ninabella blieb ihm ein Rätsel. Er sah sie bei Tisch, als hätte sie sich seit ihrer ersten Begegnung nicht von dort fortbewegt. Kein Lächeln, kein Wort, keine freundliche Geste. Eher noch als kalt wirkte sie abwesend, mit den Gedanken woanders.

Am Tag seiner Abreise jedoch übergab Ninabella ihm zu aller Überraschung Williams Porträt. Sie hob den Blick von den verträumten Augen des Gemäldes zu den überraschten Augen Davids. »Das ist für eure Mutter«, sagte sie. Und sie schickte einen Kuss zum Sarg hinüber, der für die weite Rückreise nach London bereitstand.

# 29

Am 29. Oktober 1949 schoss auf dem Gut Fragalà bei Melissa, einen Steinwurf von Spillace entfernt, ein Carabinierikommando auf wehrlose Bauern und tötete drei von ihnen, zwei Männer und eine Frau. Ihre eigene Schuld? Sie hatten die brachliegenden Felder des Baron Berlingieri besetzt. Das Echo der Schüsse hallte rhythmisch und beängstigend bis ins Schulzimmer von Michelangelos vierter Klasse. Die Kinder ließen die Stifte sinken und stürzten mit ihrem Lehrer ans Fenster. In weniger als einer Stunde brauste die Nachricht von Hügel zu Hügel, von Mund zu Mund und erfasste die Piazza von Spillace wie ein gefürchteter, verheerender Orkan.

Michelangelo versuchte die Kinder zu beruhigen, deren Eltern in der Gegend unterwegs waren und Don Licos Felder besetzten: »Die Schüsse kamen aus Melissa, hier bei uns ist alles friedlich. Habt keine Angst, eure Eltern kehren gesund und unversehrt nach Hause zurück, heute Abend.«

Und doch stand er selbst, der Herr Lehrer Arcuri, dem Vorfall am hilflosesten gegenüber. Er kannte die getöteten Bauern nicht, in seiner Vorstellung aber hatten sie denselben stolzen Blick wie der Vater, für ihn waren sie Familie, Blut von seinem Blut.

Dieses Verbrechen sollte er niemals vergessen, und immer, wenn er von dem blutigen Unrecht an unserem Volk sprach, begann er bei den Ereignissen von Melissa und wurde nie müde, mir davon zu erzählen.

Als Umberto Zanotti-Bianco in Begleitung von Marisa Marengo und einem Fahrer nach Spillace kam, erkannte er in Michelangelos Augen sofort die mühevoll unterdrückte Wut und das Gefühl der Ohnmacht angesichts von Feinden, die ihm unbesiegbar erschienen, all diesen verfluchten Don Licos, gegen die der Vater gekämpft hatte: von der Geschichte verurteilte, besiegte und begrabene Harpyien, die anschließend unter neuem Namen, in neuem Gewand und mit neuen Gewalttaten wiederauferstanden.

Seit dem Massaker waren etwa drei Jahre vergangen, das Parlament hatte die Agrarreform gebilligt, Don Lico waren seine unbebauten Felder entzogen worden – insgesamt fast eintausendachthundert Hektar in fünf verschiedenen Kommunen –, während er die besten Flächen noch rechtzeitig unter seinen Söhnen und Enkeln aufgeteilt hatte, um sich dann für immer nach Catanzaro zurückzuziehen.

In Spillace waren die Bauern misstrauisch und enttäuscht, sie fühlten sich von den Politikern aller Couleur verraten, die nach den Toten von Melissa das Blaue vom Himmel versprochen hatten, während am Ende jede Familie ein kleines Stück steinigen Bodens bekommen hatte. Und doch reichte Zanotti-Biancos Ankunft, um eine frische Brise Lebensmut und Optimismus durch das Dorf zu fegen.

»Leider sind dies keine guten Zeiten für Ausgrabungen«, sagte er, an Michelangelo gewandt, nachdem er sich die Probleme der Menschen angehört hatte. Der junge Lehrer warf ihm einen verständnisvollen Blick zu, während ein zweiter dem frischen Lächeln Marisas galt, die zwischen ihnen stand.

Im Laufe eines einzigen Tages plante und organisierte Zanotti-Bianco eine Landwirtschaftskooperative, die Gründung eines Kindergartens sowie einer Abendschule für die erwachsene Bevölkerung, die zu großen Teilen aus Analphabeten bestand. Die finanziellen Mittel wollte er selbst zur Verfügung stellen mit Unterstützung des von ihm gegründeten ANIMI-Vereins, die Räumlichkeiten bot die neue Kommunalverwaltung. Doch die Hauptsache, den Willen, sagte er, mussten die Bürger von Spillace aufbringen. Er sprach vor dem Bürgermeister, vor der Familie Arcuri und vor einem Publikum aus Bauern mit ihren Frauen und Kindern, die zu seinem Empfang auf der Piazza zusammengeströmt waren. Der Blick seiner blauen Augen umfing alle Anwesenden, weckte ihr Vertrauen. »Es hilft nichts, vor sich hin zu weinen«, sagte er überzeugt. »Wenn die Gesetzesmacht versagt oder gegen uns arbeitet, müssen wir dem Leben mutig entgegentreten, wie es unsere Bauern in diesen Jahren getan haben, und nicht darauf warten, dass andere von oben unsere Probleme lösen, wir müssen es selbst versuchen, Schritt für Schritt. Hier fehlt es an Brot und Arbeit, an Bildung und Kultur. Konkrete Aktionen sind der Ausgangspunkt, um die Grundlagen einer neuen Welt zu schaffen. Ich weiß, das mag nach einem Traum klingen, von unserer täglichen Not so fern und unerreichbar wie die Sterne. Und doch müssen wir daran glauben, und vor allem müssen wir es wollen.«

Als geübter Redner machte er hier eine lange Pause und schloss mit einem denkwürdigen Satz, den Marisa schon aus einem seiner Bücher kannte und den sich Michelangelo flugs notierte: »Jede neue Welt entsteht aus solchen Sternensplittern, aus Träumen.«

Als Erste applaudierte Marisa Marengo, ein langer, anfangs einsamer Applaus, der rasch befreiend auf die anderen übergriff.

Die junge Frau, die bisher mit Zanotti-Bianco bei archäologischen Projekten zusammengearbeitet hatte, erklärte sich bereit, an der Abendschule zu unterrichten, ohne Bezahlung, sagte sie, schon vom kommenden Tag an.

Michelangelo unterstützte die Initiative voller Elan und schlug vor, sofort eine Runde durchs Dorf zu drehen, um die Erwachsenen an der Abendschule und die Kinder im Kindergarten anzumelden. Ausgerüstet mit Heft und Stift, ging er mit Marisa von Haus zu Haus, während Zanotti-Bianco und der Bauer-Bürgermeister die Grundzüge der Landwirtschaftskooperative besprachen.

Sie sammelten ganze dreiundsechzig Anmeldungen für den Kindergarten und einundsiebzig für die Abendschule, fast alles Paare. Ganz oben auf dieser Liste stand Donna Lina. »Ich habe die Grundschule bis zur dritten Klasse besucht, von vier Tagen war ich an dreien nicht da, und kriege mit Ach und Krach meine Unterschrift hin. Am Grips lag's nicht, aber die Zeit fehlte und die Groschen für Bücher und Hefte, weil mein Vater mir keinen müden Dollaro aus seinem Merika schickte«, sagte sie beim Abendessen, an den Gast gewandt.

»Sie, Signora, sind weitaus klüger als viele gebildete Menschen, die ich kenne. Ich bin mir sicher, dass Sie mit Marisas Hilfe die verlorene Zeit aufholen können«, erwiderte Zanotti-Bianco.

Sie aßen mit Appetit, während sie die letzten Details der

Unternehmungen besprachen. Die Abendschule sollte aus zwei Klassen bestehen, die eine mit sechsunddreißig Schülerinnen und die andere mit fünfunddreißig Schülern. In der ersten würde Dottoressa Marisa Marengo unterrichten, die in Spillace bleiben wollte und gleichzeitig den Kontakt zur ANIMI hielt, in der zweiten Maestro Michelangelo Arcuri. Für den Kindergarten würde man zwei Klosterschwestern und zwei Kindergärtnerinnen aus Crotone holen.

Im Nu war auch das Problem von Marisas Unterkunft gelöst. »Wenn Ihr wollt«, sagte Ninabella zu ihr, »könnt Ihr in meiner Kammer schlafen, dort stehen zwei Betten. Sie ist klein, aber wir werden uns schon arrangieren.« Marisa sagte gerne zu.

Später, als sie die Gäste zum Auto brachten, hakte sich die Torinèsia bei Ninabella ein und lief neben ihr her, als seien sie alte Freundinnen.

Umberto Zanotti-Bianco war erschöpft, aber zufrieden. Kurz vor der Abreise machte er Michelangelo ein letztes Versprechen: »Sobald der Notstand vorbei ist, widmen wir uns eurem Hügel. Den Gedanken an Krimisa trage ich ständig in mir. In der Zwischenzeit versuche ich, Gelder für eine entscheidende Ausgrabungskampagne zu bekommen. Das habe ich auch Paolo Orsi versprochen. Es wird nicht leicht werden, aber wir schaffen das.«

Marisa bewies eine ungewöhnlich hohe Anpassungsfähigkeit. Obwohl sie aus einer wohlhabenden bürgerlichen Familie und zudem aus einer Großstadt im Norden stammte, klagte sie nie über das alte Haus der Arcuris, in dem es weder elektrisches Licht noch fließend Wasser noch Heizung gab. Im Gegenteil, wenn an den Wintertagen in der Küche das Kaminfeuer prasselte, genoss sie sehr die heimelige Wärme, die von ihm ausging. Familie und Nachbarn kamen dann im Halbkreis davor zusammen und erzählten sich die Legenden der Vergangenheit und den Dorftratsch der Gegenwart. »Ich habe drei anstrengende Ausgrabungskampagnen in Griechenland hinter mir, wo ich über weite Strecken im Zelt genächtigt habe, im Vergleich dazu ist das Leben hier das reinste Vergnügen«, beruhigte sie die besorgten Arcuris.

Donna Lina freute sich sehr über Marisas Komplimente für ihre Speisen und ihre großzügige Gastfreundschaft und vergalt es ihr, indem sie überall ihre Verdienste als Frau und als Lehrerin lobte: Dank ihr hatte sie, Donna Lina, innerhalb weniger Monate an der Abendschule viel mehr gelernt als in allen drei Grundschuljahren zusammen.

Marisa war immer an der Arbeit, sie ackerte mit Kopf und Händen, wurde niemals müde. Tagsüber pflegte sie die Kontakte zur ANIMI, schrieb Briefe und Telegramme, füllte Anträge für Kriegs- oder Invalidenrenten aus, abends unterrichtete sie mit Sachkenntnis und Hingabe. In der übrigen Zeit half sie den Arcuris bei der Arbeit im Haus oder auch auf den Feldern, bei der Weinlese und der Olivenernte.

Mit dem Rossarco war es Liebe auf den ersten Blick. Marisa hatte ihn lange ergriffen betrachtet und dann verwundert gesagt: »Unglaublich, es kommt mir vor, als würde ich diesen Ort kennen. Als sei ich schon einmal hier gewesen. Aber wann? Mit wem?«

Sonntags nahm sie sich dann die Zeit, die archäologischen Ausgrabungsstätten in der Umgebung von Crotone zu besuchen – darunter die Überreste der Tempel für Apollon Alaios an der Punta Alice und für Hera Lacinia am Capo

Colonna –, allein, mit einem Notizheft, in das sie ihre Beobachtungen schrieb.

Im Frühling kaufte sie in Crotone eine gebrauchte Vespa, die sie »mein Eselchen« nannte und mit der sie die Wege über die damals sehr schlechten Straßen schneller bewältigen konnte. Auf dem Mofa trug sie Hosen, die ihre langen Beine betonten, und eine große Brille gegen den Staub.

Die Frauen, vor allem die in ihrem Alter, kreideten ihr das nicht an, wie sie es bei jeder anderen aus dem Dorf getan hätten, die es wagte, Motorrad zu fahren oder auch nur Hosen zu tragen, sondern sprachen im Gegenteil mit aufrichtiger Bewunderung von ihr. Die Torinèsia bewegte sich in einem allgemeinen Dunstkreis aus Wohlwollen und Wertschätzung. Der einzige Tratsch, sie sei Michelangelos Geliebte oder gar seine heimliche Verlobte, war zu billig, um Schaden anzurichten.

In Wirklichkeit schätzte Michelangelo sie als qualifizierte Kollegin, eine Art Ziehtochter Umberto Zanotti-Biancos, dessen Optimismus sie geerbt hatte, die wie er immer zwischen Denken und Handeln hin- und hersprang, immer in Bewegung, niemals träge oder müde, mit dem frischen Lächeln ihrer ersten Begegnung. Gewiss, wenn die Grundlage einer tiefen Liebe Respekt ist, könnte man sagen, dass Michelangelo sich unbewusst in Marisa verliebte. Doch ehe sie sich darüber klar wurden, bis zum ungläubigen Blick und dem darauf folgenden Kuss, aus dem eine lebenslange Liebe werden sollte, mussten sie bis Anfang Juni warten.

Bis dahin konzentrierte sich Marisas ganze Zuneigung auf Ninabella, mit der sie Zimmer und Geheimnisse teilte. Wenn sie im Dunkeln nebeneinander auf ihren Betten lagen, sprachen die zwei jungen Frauen bis tief in die Nacht hinein.

Eine von Marisas Stärken war ihre Fähigkeit zuzuhören. Und so erzählte Ninabella von ihrem Vater, von seinem mysteriösen Verschwinden und der Hoffnung, ihn eines Tages lebend wiederzusehen. Sie gestand ihre Liebe zu William, den sie nicht vergessen konnte, obwohl er seit fast zehn Jahren tot war, den Wunsch, nach England zu gehen, vielleicht nur, um der eigenen schmerzlichen Erinnerung zu entfliehen und Spillace hinter sich zu lassen, das sie einengte, sie zu ersticken drohte. Davids Einladung erschien ihr zu großzügig, um wahr zu sein, und doch gelang es ihr nicht, sie aus ihren Gedanken zu verbannen.

»Was würdest du an meiner Stelle tun?«, fragte sie Marisa. Und Marisa antwortete immer das Gleiche: »Ich würde gehen, ohne Zweifel. Hier lebst du nicht richtig, hier überlebst du nur, wie ein Baum in schönster Blüte zwar, aber nicht mehr lange.«

»Aber wie soll ich in einer fremden Stadt leben, wo ich niemanden kenne? Ich spreche kein Wort Englisch. Wie soll das gehen?«

»Wenn du willst, kann ich dir ein wenig Englisch beibringen. Und ansonsten braucht London dich nicht zu schrecken: Diese Stadt bietet so viele Anregungen, genau das, was du brauchst, um nicht zu verdorren. Du wirst sehen, wie leicht es ist, andere Menschen kennenzulernen und dich vielleicht noch einmal zu verlieben.«

Nacht für Nacht die gleichen eindringlichen, immer tiefer gehenden Gespräche, mit Einschüben einfacher, fast spielerischer Englischstunden. Bis Ninabella eines Morgens ihrer Familie verkündete, dass sie nach England gehen werde.

Sie wartete nicht auf die Zustimmung der Familie, die sie ihr nach ein paar Tränen und zumindest dem Versuch, sie davon abzubringen, wahrscheinlich gegeben hätten. Mutter und Großmutter bekamen kaum Gelegenheit zu einem ungläubigen »Was?«, als hätten sie sich verhört. Sie war mit sich im Reinen, zum ersten Mal seit den blutigen Ereignissen auf dem roten Hügel. Und entschlossen. Und sie wiederholte ohne den Schimmer eines Zweifels: »Ich gehe allein. Um ernsthaft das zu tun, was ich am liebsten auf der Welt tue: malen.«

# 30

»Los, hab keine Angst, steig auf.« Marisas Ton war liebenswürdig, aber bestimmt. »Ich fahr auch vorsichtig.«

»Wohin wollen wir?«, fragte Michelangelo verwirrt, während er sich hinter ihr zurechtsetzte und sie nur ganz leicht an der Taille berührte.

»Auf den Rossarco. In einer Viertelstunde sind wir da.«

Als die Vespa startete, erhob sich eine Staubwolke über der Piazza. Es war ein Vormittag Mitte Juni, Spillace ließ sich träge vom warmen Wind umspielen, auf dem Corso war niemand zu sehen außer Hunden und ein paar alten Frauen, deren ungläubige Schatten erschrocken vor dem Mofa der Torinèsia zurückzuckten.

Sie grüßte mit allseitigem Kopfnicken, wobei sie sich wie in einer ironischen Verbeugung gefährlich weit nach vorn lehnte, so dass ihr Körper sich Michelangelos sachtem Griff entwand und er sie kräftiger umfassen musste, wollte er nicht hinten herunterfallen. Dabei schienen seine Hände sie gar nicht so sehr zu packen, als ihr vielmehr raue, schüchterne Zärtlichkeiten zu erweisen. Dann drückte sich seine Brust an Marisas Rücken wie ein Saugnapf: Sie hatten den Weg ins Tal eingeschlagen.

Eine lange Strecke klebten sie in dieser unvermeidlichen Umarmung aneinander. Michelangelo spürte sein Herz immer schneller schlagen und hatte Angst, sie könne es merken.

In der Ebene angekommen, gab Marisa Gas, ihre Haare flatterten frei in alle Richtungen und umfingen Michelangelo in den Kurven wie ein duftendes Nest.

In der Einmündung zu dem steilen und steinigen Saumpfad, der auf den Hügel führte, drehten die Reifen durch, so dass Marisa den Motor abstellte und sagte: »Wir gehen zu Fuß weiter.«

Der Rossarco empfing sie mit seinen leuchtendsten Farben, darunter das hervorstechende Gelb des Ginsters, und der von ihm aufsteigende Wohlgeruch war so intensiv, dass beide die Augen schlossen, um ihn in vollen Zügen zu genießen.

»So stelle ich mir den Duft des Paradieses vor«, sagte Marisa. Michelangelo lächelte geschmeichelt, als hätte das Kompliment ihm gegolten.

Gleichzeitig öffneten sie die Augen und wurden überrascht von dem gegenseitigen Begehren, das in ihren Pupillen aufflackerte.

Am Anfang küssten sie sich, ohne sich zu umarmen, ihre Lippen klebten aufeinander, und langsam gingen sie in die Knie, bis sie schließlich übereinander lagen. Es war ein langer, langer Kuss, der bis in alle Ewigkeiten hätte dauern können, hätte sie nicht begonnen, sich auszuziehen. Und als er ihren weißen Körper auf dem roten Klee sah, als er ihre festen, ihm voller Leidenschaft entgegenstrebenden Brüste in den Händen fühlte, als ihm plötzlich klar wurde, dass Marisa die Frau seines Lebens war und er das seit Monaten heimlich geahnt hatte, es aus Aberglaube aber nicht hatte zugeben wollen, als auch er sich endlich auszog und sie nicht mehr wie das größte Kunstwerk auf Erden betrachtete, sondern mit den Fingerkuppen, den Händen, dem ganzen Körper streichelte, fühlte, wie sie vor Lust erbebte, da umfing er sie mit der ganzen Kraft und Sanftheit, derer er fähig war. Und er war der glücklichste Mann auf Erden.

Am Ende ließ Marisa die Wange auf Michelangelos Brust sinken und betrachtete zufrieden das Meer. Eine Weile schwiegen sie wie betäubt. Dann, anstatt zu kommentieren, was zwischen ihnen geschehen war, kam Marisa auf den Hügel zurück: »Himmel, wie schön es hier ist, es kommt mir vor, als sei ich schon immer hier gewesen. Das ist der faszinierendste und geheimnisvollste Winkel der ganzen Welt.«

»Ich liebe dich«, sagte er und küsste sie auf die Haare. Sie dufteten nach Rossarco. »Ich liebe dich«, wiederholte er.

Sie starrte auf das Purpurrot des Süßklees, der den gesamten Abhang des Piloru bedeckte. Sie schien taub zu sein, abwesend. Und wirklich erhielt er als einzige Antwort ein halbes, zerstreutes Lächeln.

Die ersten zwei Briefe kamen etwa einen Monat nach ihrer Abreise gen London an, einer für die Familie, der andere für Marisa. Ninabella beruhigte alle, dass es ihr gutgehe, dass sie die Reise nicht bereue, Williams Familie, schrieb sie, habe sie herzlich aufgenommen, sie hätten ein großes, luxuriöses Haus mit fließend Warmwasser, drei Bädern, elektrischem Licht und Telefon, besser hätte es nicht kommen können.

Wie versprochen, hatten sie sie an der besten Kunstakademie Londons eingeschrieben. Natürlich musste sie bei null anfangen, doch es war die Mühe wert. Marisa erzählte sie auch von David, der genauso freundlich und nett war wie William, ihr beständig, aber unaufdringlich den Hof machte und, na ja, er begann ihr zu gefallen, wenngleich sie ihn nicht liebte, daran hatte sie keinen Zweifel, noch nicht liebte.

In beiden Briefen und auch in den nachfolgenden vergaß sie nie, den Vater zu erwähnen, »mein liebster Papa, der mir an manchen Tagen in der Menschenmenge zu folgen scheint, und wenn ich mich umdrehe, ist er nicht da und an seiner Stelle nur die Spur eines lebendigen Blickes, schon verschwunden im nächsten Moment.«

Von der Beziehung zwischen Marisa und Michelangelo erfuhren Sofia und Lina aus dem dritten Brief, in dem Ninabella dem jungen Paar ironisch viele männliche Nachkommen wünschte. Beide hielten die Nachricht für mehr als glaubwürdig und freuten sich kommentarlos.

Als Michelangelo den anderen den Brief vorlas, errötete er wie ein kleiner Junge. Marisa ließ sich nichts anmerken, als beträfe die Sache sie gar nicht.

Das war nicht etwa Oberflächlichkeit, wie mein Vater mir hundertmal zu ihrer Verteidigung sagte, vielmehr durchlebte sie alle Erfahrungen mit vollkommener Natürlichkeit, reinem Gewissen, ohne Ausflüchte und Täuschungen, mit absoluter Aufrichtigkeit. Die Kommentare der anderen interessierten sie nicht, sie tat, was sie für richtig hielt. Das genaue Gegenteil von Michelangelo, der nicht auf seine innere Stimme hörte, sondern dem Willen der Mutter und der Großmutter unterworfen war, hörig sogar dem Phantom des Vaters, der aus seiner Welt maßregelnde Botschaften schickte, vor allem nachts oder auf dem Rossarco.

»Du musst deinen eigenen Weg finden, du musst dich ändern, sonst leidest du unter jedem Unsinn, leidest durch die Schuld der anderen, die dich nicht verstehen wollen oder können«, riet ihm Marisa.

Er stimmte ihr zu: »Ich kann nicht endlos so weitermachen, du hast recht«, doch dann wiederholte er seinen

Grundfehler: Bei jeder Entscheidung quälte er sich und wog alle möglichen Folgen seines Verhaltens ab, gute wie schlechte, ergab sich ganz dem Dorftratsch, den er nicht zu ignorieren vermochte.

»Liebst du mich?«, fragte er sie immer wieder.

»Natürlich, du bist wirklich ein Kohlkopf, wenn du das nicht kapierst«, erwiderte Marisa. Und bis zur Schließung der Abendschule empfing sie ihn jede Nacht in ihrem Bett, nackt und verliebt. Man musste wirklich dämlich wie der dickste Kohlkopf sein, wenn man die Liebe nicht an den Händen ablas, die ihn streichelten, an den Lippen, die ihn überall küssten, an dem Körper, der sich ihm mit lustvollster Erregung öffnete. Und Michelangelo, Kohlkopf aus Unsicherheit, ließ sich anstecken, liebte sie mit aller Kraft, küsste jeden Zentimeter ihrer Haut, die prächtigen Brüste, die Innenseite ihrer Schenkel, sogar ihre Füße, und er war zutiefst glücklich, »ich bin nur glücklich«, sagte er zu ihr, »wenn ich bei dir bin.« Dann verwandelte sich seine innere Stimme in die des Vaters: »Du darfst niemals laut sagen, dass du glücklich bist, das bringt Unglück.« Und er bereute es.

Sie lauschte ihm mit geschlossenen Augen, sie redete nicht gern in solchen Augenblicken, doch ihr Gesicht strahlte in einem Glück, das die Dunkelheit erhellte. Ein leuchtendes Glück.

Am Tag ihrer Abreise nach Turin überließ Marisa Michelangelo das Mofa als Pfand und versprach ihm überzeugt: »Ich bin bald zurück.«

Er wollte sie umstimmen, flehte sie an: »Bitte, bleib noch eine Woche. Jetzt, wo die Schule geschlossen ist, können wir am Meer bei der Punta Alice Urlaub machen oder, wenn du willst, durch Kalabrien fahren. Bitte reise nicht ab.«

»Ich muss. Ich habe meinen Eltern versprochen, ein paar Wochen mit ihnen in Turin zu verbringen. Sie haben ein Recht darauf, und ich möchte es auch. Außerdem werde ich Umberto und seine Mitarbeiter treffen. Hoffentlich können wir Mittel für die Suche nach Krimisa auftreiben. Ich möchte eine Ausgrabungskampagne nach allen Regeln der Kunst organisieren. Du wirst sehen, ich bin bald zurück.«

# Ausgrabungen

Beim Graben spürte ich unablässig Simonas ironischen Blick auf uns. Ich hätte der Bitte meines Vaters um Hilfe nicht nachkommen sollen. Von Anfang an grub ich ohne große Überzeugung, für mich war es ein Wahnsinn, »viel Lärm um nichts«, wie Simona es formuliert hätte. Tagelanges Schwitzen unter der sengenden Sonne.

Wir fanden nichts, weil es nichts zu finden gab, davon war ich überzeugt. Mein Vater führte Selbstgespräche, wenige Meter von mir entfernt, er sprach mit dem Wind, manchmal nannte er den Namen meiner Mutter, brummig und unzufrieden. Ich hatte den Eindruck, dass auch er keine Hoffnung hatte, die Spuren des antiken Krimisa zu finden. Vielleicht hatte Nonna Lina ja recht: Krimisa lag unter dem länglichen Hügel, der Krisma hieß, vor Spillace. Mein Vater grub um des Grabens willen. Vielleicht war auch sein eigentliches Ziel, auf Arturos Grab zu stoßen oder in diesem Beschwörungsakt das Unheil zu bannen, da er im tiefsten Herzen immer noch hoffte, der Vater sei nicht getötet worden, weder auf dem Rossarco noch anderswo.

Eines Tages sagte ich zu ihm: »Was wir hier treiben, ist vollkommen sinnlos, hier ist nichts.«

Er wurde sofort zornig und erwiderte, als hätte er nur auf meine Beschwerde gewartet: »Dann geh doch, wenn du nicht helfen willst. Worauf wartest du noch! Ich mach allein weiter, wie immer.«

Ich reagierte nicht, wandte mich nur ab und schaufelte weiter. Wieder hörte ich ihn laut vor sich hin schimpfen, ohne die genauen Worte zu verstehen, außer dem Namen meiner Mutter, der im Wind wirbelte.

Der einzige Trost dieser Tage war die Muße, die ich zum Nachdenken hatte. Ich grub und setzte die letzten Puzzleteilchen der Geschichte zusammen; ich grub, und vor meinen Augen spulten sich Ereignisse ab, die meine Jugend erschüttert hatten; ich grub und durchlebte erneut den Freudenrausch, als Simona mir verkündete, dass wir ein Kind erwarteten; ich grub und verlor mich wieder auf den dunkelsten Irrwegen des Hügels; ich grub und konnte es kaum erwarten, zu Simona zurückzukehren.

Eines Nachmittags, als ich neben meinem Vater schaufelte, fand ich zwei recht lange, an den Enden gesplitterte Knochen. Ich säuberte sie sorgfältig mit der Bürste, doch weder ich noch er konnte sagen, ob sie zu einem Menschen- oder Tierskelett gehörten, ob sie aus dem alten Krimisa stammten oder aus jüngerer Zeit. Dieser Fund jedoch erinnerte mich an die Skelette, die Paolo Orsi ausgegraben hatte, und ohne Umschweife bat ich meinen Vater, mir die Wahrheit zu erzählen.

Er versuchte, der Frage auszuweichen, indem er bemerkte, die neuen Knochen sähen versteinert aus, müssten also antik sein. Als er meinem fordernden Blick begegnete, meinte er vage: »Ich kenne ja nur die eine Seite der Wahrheit …«, und schaufelte weiter.

»Und die wäre? Erzähl schon!«, beharrte ich.

Und er: »Nur keine Eile. Vorher muss ich dir noch wichtigere Geschichten erzählen, Geschichten, die nicht …« Er brach ab. »Komm mal gucken! Hier sind noch mehr

Knochenteile, Dutzende …«, rief er, weiter grabend. »Hier auch, komm schnell! Hier müssen wir besonders vorsichtig sein.«

Zwei Tage lang legten wir außer einem Schädel mit komplett erhaltenem Gebiss Hunderte von Knochen frei, ganze oder zerbrochene, beinah mit jedem Schlag der Spitzhacke. Wir reinigten sie, so gut es ging, und stapelten sie unter dem großen Olivenbaum, um sie später einem Experten zu zeigen. »Schade, dass deine Mutter nicht hier ist, schade«, hörte ich seine ewige Litanei. Einige Fundstücke sahen versteinert aus, andere erstaunten uns durch ihren Glanz, sie schimmerten in der Sonne wie poliert. Mein Vater war fasziniert, fast zärtlich drehte er sie in den Händen: »Vielleicht ist es wirklich die Nekropole von Krimisa, vielleicht ist es auch ein Schlachtfeld aus Hannibals Zeiten … und vielleicht heißt unser Hügel deshalb Rossarco, wegen dieser blutigen Schlacht, an die sich niemand mehr erinnert …«

»Oder es ist ein Friedhof der 'Ndrangheta«, fügte ich hinzu, genervt von seinen vielen Vielleicht. Mein Vater erdolchte mich mit seinem Blick und grub weiter.

Ein paar Tage darauf teilte ich ihm mit, dass ich am nächsten Morgen abreisen würde, eine Woche früher als geplant.

»Ach!«, rief er kommentarlos aus. Doch in seinem Tonfall und in seinem eisigen Blick lag die ganze Missbilligung, die er meinem Entschluss entgegenbrachte.

»Gestern Abend hat mich Simona angerufen und gesagt, dass es Komplikationen mit der Schwangerschaft gibt. Ich mache mir Sorgen …«

»Na, wenn das so ist, musst du sofort abreisen«, sagte er voller Verständnis. Und als ich weitergraben wollte, kam er zu mir und riet mir mit einem kumpelhaften Schlag auf die

Schulter, nach Spillace zurückzukehren: »Geh in Ruhe packen, ich mache hier weiter.«

In dieser Nacht konnte ich nicht einschlafen. Das ging mir vor Reisen immer so. Mein Kopf tat genau das Gegenteil dessen, was ich von ihm wollte: Versuch zu schlafen, morgen erwartet dich eine lange Autofahrt, da musst du ausgeruht sein, schlafe, es ist bestimmt schon zwei Uhr nachts, oder drei, schlafe, und je mehr ich mir vornahm zu schlafen, desto nervöser wurde ich. Irgendwann bildete ich mir ein, die unruhigen Schritte meines Vaters zu hören, der fast zornig durch seine Schlafkammer stapfte wie ein eingesperrtes Tier. Ich stellte mir vor, wie er oben auf dem Rossarco wütend rauchte und sich nach einer Zigarette gleich die nächste anzündete, ohne Unterbrechung, um Streichhölzer zu sparen, wie er immer scherzte. Dann füllte er die Espressokanne, zündete den Gasherd an und öffnete die Tür, auf die Katzen fluchend, die seinen Liegestuhl belagerten. Ich sah auf den Wecker: vier Uhr. In meinem Kopf ging mein Vater weiter rauchend auf und ab. Adieu, letzte Ruhestunden. Seine Unrast drang in mein Zimmer und überflutete mich. An diesem Punkt brachte es nichts mehr, weitere Zeit im Bett zu vergeuden. Ich duschte, trank einen Kaffee und reiste ab.

Nach ein paar Kilometern und endlosen Kurven tauchte vor meinen Augen der Hügel auf, im vollen Licht der gerade aus dem Meer aufsteigenden Sonne. Auf diese Distanz wirkte mein Vater wie ein weißblauer Fleck mit flimmernden Konturen. Neben ihm noch drei oder vier bunte Flecke in Bewegung. Das waren seine marokkanischen Freunde. Sie gruben schon.

Ich parkte vor der Casella. Noch bevor ich aussteigen konnte, kam er mir entgegen und zeigte von ferne auf die Sachen, die er für mich bereitgestellt hatte. Kanister mit Öl und Wein, Tüten mit Brot und Taralli, Kartoffelsäcke, Kisten mit roten Zwiebeln, Paprika und Tomaten, Knoblauchzöpfe und Paletten mit Kaktusfeigen, Körbe mit schwarzen Trauben und Hahnensack, Gläser mit eingelegten Pilzen und Oliven in Salzlake.

Er half mir, alles ins Auto zu packen. Dann küsste er mich, zitternd vor Rührung, wobei er mich mit seinem rauen Bart in die Wangen pikste. Ein ungeheurer Schmerz stieg in mir hoch. Seine Augen waren feucht, vergeblich versuchte er mich anzulächeln. »Umarme mir Simona und den Kleinen, wenn er geboren ist. Gute Reise.«

Es schien der letzte Gruß eines Todgeweihten.

# 31

Marisa hielt ihr Versprechen nicht ein, bald nach Spillace zurückzukehren. Sie konnte nicht, denn an ihrem zweiten Tag in Turin hatte sie erfahren, dass sie schwanger war. Dies war das einzige Mal in ihrem Leben, dass sie nicht sofort wusste, wie sie sich verhalten sollte. Der Vater, pragmatisch und nüchtern, hatte ihr geraten abzutreiben, die Mutter als inbrünstige Katholikin beschwor sie, kein solches Verbrechen zu begehen, sie würden ihr helfen, das Kind großzuziehen, wenn dieser junge kalabresische Lehrer sich weigern würde, es anzuerkennen.

Aus Anstand schrieb Marisa Michelangelo einen kurzen Brief:

»Mein Liebster, ich kann nicht sofort zurückkehren, wie ich es Dir versprochen habe, weil ich schwanger bin und völlig durcheinander. Ich verlange nichts von Dir, was geschehen ist, ist nicht Deine Schuld: Wir waren beide leichtsinnig, ich mehr als Du. Ich schreibe Dir nur, weil ich es für richtig halte, dass Du die Wahrheit von mir erfährst. Ich liebe Dich sehr, Marisa.«

Zwei Tage nach Erhalt des Briefes erreichte Michelangelo Turin. Er war müde von der langen Reise, aber überglücklich über das Wiedersehen mit Marisa und ihre Schwangerschaft. Keine Sekunde lang dachte er an Abtreibung, hatte nicht den geringsten Zweifel, was zu tun sei, war sich im Gegenteil sicher, dass dieses Wesen im Schoß der Mutter ein

Junge werden würde, er nannte es »unser Sohn« mit unbeugsamem, ansteckendem Stolz.

Mit Tränen in den Augen küsste sie ihn unter den Blicken ihrer Eltern. Und ohne Zeit zu verlieren, nutzte er die allgemeine Rührung, um beim Vater um die Hand der Tochter anzuhalten, wie er es in Kalabrien getan hätte.

Also heirateten sie, bevor der Bauch zu ausladend und auffällig wurde. Nicht vor dem Standesamt, wie Marisa vorgeschlagen hatte, sondern in einer kleinen Kirche im Zentrum, um die beiden Mütter zufriedenzustellen.

Es wurde eine vergleichsweise nüchterne Zeremonie mit etwa zwanzig Gästen, unter denen der Trauzeuge Umberto Zanotti-Bianco hervorstach. Aus dem Dorf war nur Lina mit dem Zug gekommen und aus London Ninabella mit ihrem Verlobten David, den sie im Herbst heiraten würde.

Am Ende war also eingetreten, was alle insgeheim gehofft hatten. Und am strahlendsten über das glückliche Ende war Williams Bruder, der sich seiner Ninabella gegenüber schon so aufmerksam verhielt wie der liebevollste Ehemann.

Lina war zufrieden: Im Laufe eines Jahres sollten beide Kinder unter die Haube kommen. Da machte es ihr nichts aus, dass die junge Braut aus Turin kam und der zukünftige Gatte gar aus England. Wichtig war doch, dass sie sich liebten, wie ihr Arturo gesagt hätte, wenn er bei ihnen gewesen wäre.

In diesem Augenblick endete die Zeremonie, und Lina, die an die Trauungen in der gutgefüllten Kirche der Santa Vènnera gewöhnt war, konnte sich einen ironischen Kommentar nicht verkneifen: »Welch ein Trubel, wie viele Leute! Wie bei der Hochzeit einer Prinzessin.«

»Aber eine Braut, die so hübsch und gescheit ist, sucht man

in Spillace vergebens«, gab Ninabella mit einem komplizenhaften Augenzwinkern zu ihrem Bruder zurück. Tatsächlich war Marisa anziehender denn je, mit ihrem von der Schwangerschaft betonten Busen und der anmutigen Figur dank hoher Absätze und langem Kleid.

»Ihr seid ein perfektes Paar«, sagte Umberto Zanotti-Bianco, als er sie mit Küssen beglückwünschte. »Das habe ich schon in dem Gymnasium in Crotone gesehen, dass ihr füreinander geschaffen seid. Ich wünsche euch alles Glück dieser Welt, ihr habt es verdient.« Und noch vor dem Hochzeitsessen am Mittag reiste er nach Rom ab, weil er am nächsten Tag einen Termin im Parlament hatte, wie er zur Entschuldigung vorbrachte, da er in diesen Monaten zum Senator auf Lebenszeit berufen worden war.

Michelangelo blieb in Turin, bis die Schule wieder begann, und kehrte zu den Weihnachtsferien dorthin zurück.

In dem großen Haus der Schwiegereltern kam er sich verloren vor, obwohl Marisa bei ihm war, ihn bei Tisch in die Gespräche einbezog und ihn zu langen Spaziergängen durch die Stadt zwang, sie mit hervorspringendem Bauch und wiedergefundener Sicherheit aus den Zeiten vor der Schwangerschaft, er in einem feinen Anzug mit enggeschnürter Krawatte, die ihm das Aussehen eines plumpen Bauerntölpels verliehen.

Als ich in einer aseptischen Abteilung des Turiner Sankt-Anna-Krankenhauses geboren wurde, war mein Vater in Spillace in der Schule oder auf dem duftenden Hügel zugange, wo seine Mutter ihn zur Welt gebracht hatte. Per Telegramm setzte mein Großvater Cesare ihn von dem Ereignis in Kenntnis, und er nahm eilig den ersten Zug von Crotone nach Turin.

Mein Vater gestand mir, er sei in Freudentränen ausgebrochen, als er mich sah, zum zweiten Mal in seinem Leben, während Marisa ihn umarmte und küsste, ihm zuflüsterte, aufzuhören, nicht kindisch zu sein, der Kleine erschrickt sonst und hat für immer das Bild des heulenden Vaters im Unterbewusstsein, bitte, hör auf, und sie küsste ihn auf den Mund und auf die nassen Augen, presste ihn an ihren mit Milch gefüllten Busen, an dem ich lustvoll saugte.

In schönster Eintracht gaben sie mir zwei Namen: Arturo, wie mein Großvater väterlicherseits, und Cesare, wie jener mütterlicherseits. Und sie nannten mich Rino, die Verkleinerungsform von beiden, damit alle glücklich waren.

Die Streitereien begannen, als mein stolzer Vater begriff, dass Marisa keinerlei Absichten hatte, mit dem Neugeborenen nach Spillace zu ziehen.

»Soll das ein Witz sein?«, brüllte er. »Ich habe das Haus renoviert, jetzt ist es bis auf Don Licos und das des Arztes das einzige mit Bad und fließend Wasser. Es gibt in jedem Zimmer elektrisches Licht und so viel Platz, wie du willst. Du kannst nicht behaupten, dass sei nicht kindgerecht, ich und meine Schwester sind kerngesund und munter aufgewachsen ohne jeden Komfort.«

Sie überbrüllte ihn: »Schrei nicht so, was glaubst du, wer du bist? Je mehr du schreist, desto weniger erreichst du bei mir.« Und sie legte ihm die Gründe auseinander, warum sie in nächster Zeit nicht vorhatte, umzuziehen: die Reise zu lang, im Zweifelsfall kein Krankenhaus in der Nähe, die immer noch nicht gänzlich bezwungene Malaria, die afrikanische Hitze, die Polarkälte, kurz, das extreme Klima, das einem Neugeborenen schaden würde. »Lassen wir ihn ein paar Jahre ruhig in Turin aufwachsen, dann nimmst du deinen kleinen Prinzen mit, um ihn dem ganzen Dorf zu zeigen.«

Der letzte Satz war versöhnlich gemeint, doch schnitt er ihm ins Fleisch wie ein Messerstich. »Du bist wirklich ein Miststück«, sagte er zornig, während seine Augen aus den Höhlen zu springen drohten.

»Und du bist ein wahrer Gentleman, der weiß, wie man mit Frauen redet«, erwiderte sie trocken und zog sich, ihn in seiner Pein im Wohnzimmer zurücklassend, ins Schlafzimmer zurück, um den kleinen Prinzen an der Brust zu beruhigen, der schrie wie sein Vater.

Den Kampf der unbelehrbaren Sturköpfe gewann Marisa, die in dieser Zeit am längeren Hebel saß.

In allen Schulferien kam er nach Turin gefahren mit einer großen Kiste voller Leckereien für sie von der Schwiegermutter: Wurst, Salami, das saftigste Stück Schinken, gebackene Feigen, eingelegte Sardinen, Honig vom Hügel. Alles begleitet von der fürsorglichen Botschaft: »Das macht Milch, soll ich dir von meiner Mutter ausrichten. Und einen Kuss für den kleinen Rino.«

Marisa bedankte sich bei ihrem Mann mit einem echten Kuss und zog ihn auf das Bett neben meiner Wiege. »Du hast mir so gefehlt, mein Liebster«, sagte sie. Dann, mit einer Umarmung und noch einem Kuss, streifte sie ihm die Maske zornigen Stolzes vom Gesicht und rang ihm ein Lächeln ab.

Als sie mich nach Spillace brachten, war ich fast zweieinhalb Jahre alt und kannte niemanden. Mein Vater hat mir immer erzählt, dass ich aus dem Postbus stieg, der mittlerweile bis zur Piazza fuhr, die Gasse bis zu unserem Haus hinabrannte und mich, ohne zu zögern, zuerst in die Arme der Großmutter, dann in die der Urgroßmutter warf, die ich unter gut einem Dutzend Frauen ausgewählt hatte, welche mich neugierig erwarteten.

»Rinuccio hat die Stimme des Blutes gehört«, sagte mein Vater begeistert. Und meine Mutter beeilte sich, der Sache ihre Magie zu nehmen: »Das war reiner Zufall. Bild dir bloß nichts ein.«

Seitdem wuchs ich mit drei Müttern auf: Nonna Lina nannte ich Mammalì, Uroma Sofia Mammasofì und meine echte Mutter einfach Marisa, weil ich dachte, dass das »Ma« in ihrem Namen für Mama stünde.

So in Watte gepackt, zwischen drei Paar Händen, die mich ununterbrochen fütterten, zwischen Küssen, Liebkosungen und Umarmungen, war es schwierig, kein pummeliges Hätschelkind zu werden. Kurz, dasselbe Verwöhnprogramm wie in Turin.

Draußen jedoch konnte ich mit barfüßigen und tollkühnen Kinderbanden spielen, ich als Einziger mit polierten Schuhen an den Füßen, in ihren Augen also quasi ein Marsmensch. Mit ihrer Hilfe eroberte ich mir jeden Tag ein weiteres Stück der grenzenlosen Freiheit, Hühner, Katzen und Hunde durch die steinigen Gassen zu jagen. Und wenn ich verschwitzt und hungrig nach Hause kam, sagte Mammalì den süßen Satz, der mir noch heute im Ohr klingt: »So schöne Kinder wie dich gibt's heute gar nicht mehr, und wenn doch, sind sie nicht wie du.«

# 32

Die deutlichste Erinnerung aus meiner Kindheit ist ein Ostermontag auf dem Hügel des Rossarco. Ich war vier oder fünf Jahre alt, mein Vater hatte mir eine Schaukel gebaut, indem er ein starkes Eselsseil an einen Ast des großen Olivenbaums gebunden hatte. Marisa stieß mich an, immer kräftiger, und ich tat so, als hätte ich Angst, dabei spürte ich nur vollkommenes Glück, konnte es mit der Hand berühren, immer weiter oben, ich flog über den Wipfel des Olivenbaums hinaus, war im Himmel, über der riesigen blauen Fläche des Meeres, konnte ins Wasser springen und dann wieder hoch hinaufsteigen in die Wolken.

Von jenem Jahr an wurde der Rossarco für mich der Ort unserer fröhlichen Ostermontagsausflüge, die ich mit meinem Vater, den alten Müttern und Verwandten verbrachte und unzähligen Kindern, die spielten, mit der Schaukel durch die Luft flogen und immer wieder an der *cuzzupa* naschten, jenem traditionellen Hefegebäck mit dem rot gefärbten Ei in der Mitte, das Mammalì mit der Wurzelfarbe des selbstgesammelten Färberkrapp aus dem Wald von Tripepi tönte.

Nur Marisa fehlte bei unseren Osterausflügen. Die ersten Male wollte ich mich nicht damit abfinden, beim Fliegen hielt ich stets Ausschau nach ihr, konnte sie aber nirgendwo entdecken. Dann gewöhnte ich mich an ihr Fernsein wie an ein Naturgesetz: Ich hatte beobachtet, dass sie verschwand, sobald die Blüten an den Bäumen und auf den Wiesen auftauchten.

Ja, Marisa machte es umgekehrt wie die Schwalben, sie verließ das Dorf zu Beginn des Frühlings und kehrte am Ende des Herbstes zurück. Seit ich in der Grundschule war, arbeitete sie wieder Vollzeit als Archäologin. »Statt meiner hast du ja zwei liebe Mamas, dazu eine englische Tante, die dich im Sommer besuchen kommt, und einen Vater, der immer bei dir ist«, sagte sie bei jeder Abreise mit einem Anflug von Ironie, mehr um mir die Sache zu erleichtern als um sich zu rechtfertigen.

Mein Vater ertrug Marisas Abwesenheit mit mal zorniger, mal resignierter Ergebenheit, oft war er angespannt, in düstere Gedanken versunken, manchmal entfuhr ihm ein Schwall wüster Beschimpfungen wie »Miststück, Ignorantin, Egoistin«.

Sonntags linderte er seine Anspannung mit einsamen Treibjagden durch den Wald von Tripepi und am Hang der Fiumara entlang. Er kehrte mit einer fedrigen Vogel-Girlande am Gürtel zurück, noch düsterer als zuvor, als bereue er sein Gemetzel. Doch wehe Mammalì oder Mammasofì wagten es, seine Frau zu kritisieren, dann verteidigte er sie mit Zähnen und Klauen: »Was erwartet ihr denn? Dass Marisa in diesem Kaff versauert? Sie hat studiert, und sie liebt ihren Beruf, schließlich ist sie nicht zum Vergnügen unterwegs, sondern um zu arbeiten.«

Darauf die beiden: »Eine Frau muss bei ihrem Mann und ihrem Sohn bleiben, der doch noch so klein ist, unser Schätzchen, er braucht sie doch, der süße Rinuccio.«

»Wenn Rino nicht immer am Rockzipfel der Mutter hängt, wird auch kein Mamasöhnchen aus ihm, das ist ohnehin besser«, beendete mein Vater die Diskussion und hob die Hand zum Zeichen, dass weiterer Widerspruch unerwünscht war.

Nach ein paar Minuten Schweigen wandte er sich an mich: »Rinù, geh dir die Hände waschen, es gibt Essen.«

Ich gehorchte und lief dann hungrig in die Küche, wo auf dem gedeckten Tisch ein kleiner Berg gebratener Vögel wartete. Die Erwachsenen verzehrten sie genüsslich: Sie packten eins am Beinchen und verschlangen es in drei Happen, wie ich es bei Katzen und Hunden beobachtet hatte, zermalmten Fleisch und Knochen ohne Probleme. »Sie sind ganz zart, probier mal«, ermunterten sie mich reihum. Vorsichtig löste ich das Fleisch ab, spuckte alle Knöchelchen auf den Teller und dazu die eine oder andere Bleikugel, die zwischen meinen Zähnen knirschte.

»Wirf nicht das Wertvollste weg«, riet mir mein Vater. »Ein Biss in den Kopf, dann kannst du das Gehirn aussaugen. Stell dich nicht so an, los, das schmeckt köstlich.«

Um ihm meinen Mut zu beweisen, hätte ich auch in eine Maus gebissen. Ich lächelte, schloss die Augen und meinte anschließend, um ihn glücklich zu machen: »Wirklich sehr gut, Pà, du hast recht.«

Nach dem Abendessen ging ich hinaus und spielte noch ein bisschen mit meinen Freunden. Er spazierte zur Piazza, nach außen hin gewappnet mit Ruhe und Gleichgültigkeit. Das war die einzige Art, dem Dorftratsch zu begegnen, der in der Abwesenheit der Torinèsia die ersten Schritte hin zur Scheidung erkennen wollte, deutliches Zeichen von Ehezwist auf allen Ebenen. »Unsinn«, sagte mein Vater. Haltlose Gehässigkeiten ohne Hand und Fuß.

Zu jener Zeit war niemand in der Lage, das Verhalten

einer so modernen und unabhängigen Frau zu verstehen. Doch niemand hatte den Mut, sie offen dafür zu kritisieren. Im Gegenteil, wenn Marisa nach Spillace zurückkam, wurde sie von allen freundlich und herzlich empfangen, die vielleicht sogar ein bisschen zu dick auftrugen, um glaubhaft zu sein: »Willkommen, Donna Marisa. Immer bringt Ihr Freude und Schönheit in unser Dorf.« Und meine zwei Mamas hörten sofort auf, sie verächtlich »diese Person« zu nennen, und umräucherten sie mit einem liebevollen »unsere Marisella«, welch ein Glück, endlich zurück im warmen Nest, sagten sie, wo sie mit offenen Armen empfangen werde, vor allem von dem kleinen Rino. Dann fragten sie mit derselben Liebenswürdigkeit wie die Frauen aus der Nachbarschaft, wo sie denn dieses Mal gegraben habe, was sie entdeckt habe. Und sie, die im Gegensatz zu meinem Vater selbst aufgesetzteste Schmeicheleien und gemeinste Missgunst ihr gegenüber nicht durchschaute, beschrieb mit größter Geduld, Sorgfalt und Detailversessenheit die Orte und Funde, die den anderen Frauen herzlich gleichgültig waren und von denen sie im Grunde nichts verstanden.

Die Einzigen, die sich wirklich über ihre Rückkehr freuten, waren mein Vater und ich, und sobald wir ihr frisches Lächeln auf der Piazza aus dem Drei-Uhr-Bus erstrahlen sahen, begruben wir augenblicklich alle Kritik, allen Groll und alle Melancholie des Fernseins.

»Herzlich willkommen, meine Liebste«, sagte mein Vater und überreichte ihr einen Strauß Oktoberrosen vom Hügel. Und ich klammerte mich, ohne ein Wort herauszubringen, vorsichtig an meine müde Schwalbe, die von der weiten Heimreise noch ganz erhitzt war.

Mir genügten ein Tag und eine Nacht, um mich wieder an ihre Anwesenheit zu gewöhnen. Die dritte Mama war die liebevollste, sie hätschelte mich dreimal so viel, beschützte mich vor der erstickenden Liebe und dem mörderischen Essen der zwei anderen, holte die verlorene Zeit zwischen uns wieder auf.

»Schluss jetzt mit diesen barbarischen Sitten der gebratenen Vögel«, warf sie ihrem Mann vor, der mit sardonischem Lächeln antwortete: »Von wegen barbarisch, sie sind eine Delikatesse, die muss man probiert haben.«

Mein Vater war von der Jagd besessen wie Opa Arturo, Uropa Alberto und alle Männer unserer Sippe. Ich hingegen hatte auf sein Drängen hin nur einmal im Leben geschossen, auf einen Eichelhäher in den Zweigen eines Feigenbaumes, und mir durch den starken Rückstoß die Schulter ausgekugelt. Zum Glück war die Zielscheibe ohne Schaden davongeflogen.

»Das ist nichts für dich«, hatte mein Vater geurteilt. »Und sag deiner Mutter bloß nicht, dass du es probiert hast, hörst du?«

Trotz Marisas Vorwürfen jagte er die Saison über weiter. Nur dass er weder Vögel noch Fasane noch Füchse oder Hasen nach Hause brachte. Er schenkte sie seinen Jagdgefährten oder Verwandten.

Um die Mama milde zu stimmen, verzichtete er sonntags manchmal auf die Jagd zugunsten der von ihr organisierten Ausflüge auf Paolo Orsis Spuren: »Wir leben in einer Gegend voll magischer Orte, es wäre eine Schande, sie nicht zu besichtigen.«

Dank dieser Ausflüge erinnere ich mich noch heute voll Ergriffenheit an das Örtchen Santa Severina auf seinem

Tuffsporn, mit dem prächtigen Baptisterium, der Kathedrale und dem Kastell, an den Mosaik-Leoparden und die drei Schlangen mit ihren bedrohlichen schwarzen Köpfen, die sich auf dem Boden der Kirche Sant'Adriano in San Demetrio Corone ringeln, an das Kirchlein Cattolica di Stilo, ein außergewöhnliches byzantinisches Bauwerk, das ich lange mit offenem Mund anstarrte und das in mir ein eigenartiges Gefühl der Unermesslichkeit weckte, als sei ich im Himmel, während meine Eltern eifrig versuchten, ein paar Zeichen am Fuß einer Säule zu entziffern.

»Ja, das sind magische, wunderschöne Orte«, urteilte auch mein Vater. Es war nicht leicht für ihn und seinen störrischen Stolz, der Mutter recht zu geben. Doch er versuchte es. Und an Weihnachten bewies er aus Liebe oder des lieben Friedens wegen ein Höchstmaß an Gutwilligkeit, indem er mit uns im Zug zu den Großeltern nach Turin fuhr.

Ich für mein Teil war froh, mal zwei Wochen lang andere Luft zu schnuppern. Abgesehen von der Weihnachtsstimmung, die alles verzauberte, mochte ich Turin mit seinen breiten Straßen und herrschaftlichen alten Häusern, den glitzernden Geschäften, den schönen Cafés, wo meine Großeltern mit mir Torte essen gingen. Letztlich war es meine Geburtsstadt, und hier fühlte ich mich zu Hause.

Mein Vater legte eine pflichtbewusste Freundlichkeit an den Tag, doch an seinem Gesicht erkannte ich, wie fremd er hier war, obwohl er sich sehr bemühte, dies hinter Zuvorkommenheit und höflichem Lächeln vor den Schwiegereltern zu verbergen.

Marisa machte gute Miene zum bösen Spiel. Dann, auf der Rückreise nach Spillace, sagte sie: »Ich verstehe nicht, warum du uns unbedingt begleiten möchtest, wenn du dann die ganze Zeit grimmig dreinschaust. Nächstes Jahr bleibst du zu Hause bei deiner Mami und deiner Omi und bei dem Phantom deines Vaters, das ist besser für alle.«

»Das werde ich tun«, erwiderte er, »versprochen.« Doch nächstes Weihnachten vergaß er willentlich sein Versprechen und begleitete uns wieder.

Im Laufe der Jahre nahm Marisa an wichtigen Ausgrabungskampagnen in Griechenland, der Türkei, Spanien, Frankreich und fast allen Regionen Süditaliens teil. In den Sommermonaten, wenn sie bei Ausgrabungen in Kalabrien arbeitete, nahm sie mich mit.

Wir waren fast immer in unmittelbarer Nähe zum Meer. Tagsüber übergab sie mich irgendeiner Familie mit gleichaltrigen Kindern, mit denen ich am Strand spielen und baden konnte, abends aßen wir in fröhlicher Runde mit den anderen »Schürfern«, wie ich sie nannte, um uns dann in ihr Zelt zurückzuziehen.

Vor dem Einschlafen erzählte sie mir alte Mythen und Abenteuergeschichten. Das tat sie im Dunkeln, »dann kannst du dir alles besser vorstellen«, meinte sie. Ihre Stimme veränderte sich, die Worte wurden warm, luftig, farbig, die Geschichten durchdrangen die Dunkelheit und die tiefe Stille und bohrten sich in meine gespitzten Ohren. Ich liebte es, von dem alten Hund Argus zu hören, der, nachdem er seinen Herrn Odysseus erkannt hatte, sich dem ewigen Schlaf hingab, und von Äneas, der sich den greisen Vater auf die Schultern lud und viele, viele Kilometer mit ihm wanderte, um ihn nicht allein auf den vom Feind verbrannten Feldern sterben zu lassen.

Wenn ich groß war, wollte ich genauso werden wie

Äneas, ich würde meinen Vater vor den Feinden und aus den Flammen retten, ihn auf meinen Schultern bis ans Ende der Welt tragen. Das dachte ich, während Marisa erzählte. Ich fühlte mich gut und stark wie Äneas, klug und listig wie Odysseus, auch ich würde meine ganze Jugend über herumreisen und dann eine Stadt gründen, um dort mit meinen Eltern zu leben, meinen alten Müttern, den Turiner Großeltern, Onkel David und Ninabella, versprach ich Marisa überzeugt.

»Und wie wirst du deine Stadt nennen?« Sie gab mir einen Gutenachtkuss. Ich schloss die Augen und sagte den ersten Namen, der mir in den Sinn kam: »Krimisa Torinese.«

Ein schwacher Lichtschein fiel durch die vom Wind bewegte Tür in das Zelt. Sie hielt mich im Arm und schlief, müde von der Arbeit des Tages, noch vor mir ein.

Eines Morgens ging ich zu Marisa, die in der prallen Sonne grub. Das tat ich sonst fast nie, und nicht etwa, weil es mir verboten war. Ich langweilte mich dabei, sie grub, und nichts passierte, kein Schatz kam zum Vorschein, nur hin und wieder ein paar Quader, die mir nichts bedeuteten. Marisa schwitzte unter ihrem Strohhut, der sie vor der Sonne schützte. Ich fragte sie: »Warum gräbst du immer? Was suchst du, Mà?«

Es war das erste Mal, dass ich sie Mama nannte. Sie wischte sich mit dem Arm den Schweiß von der Stirn und sagte: »Ich suche neue Geschichten, die ich dir erzählen kann.«

Die Antwort gefiel mir, das schien mir ein triftiger Grund zu sein. Mit dem Ton eines Lehrers, der seine fleißige Schülerin lobt, sagte ich: »Gut, weiter so.«

Sie hockte auf den Knien. »Nächstes Frühjahr beginnen wir endlich mit den Ausgrabungen auf unserem Hügel. Wenn du willst, kannst du dann mithelfen«, teilte sie mir mit und grub weiter.

Ich verabschiedete mich mit einem dankbaren Kuss auf ihre Stirn und bekam im Gegenzug ein schönes frisches Lächeln der Sorte, die sich so tief in das Herz meines Vaters gegraben hatte.

# 33

Eine Stadt ist wie ein Mensch, sie wird geboren, wächst und stirbt, manchmal verschwindet sie und hinterlässt flüchtige Spuren, die nur das aufmerksame Auge erkennt. Eine Stadt hat eine Seele. Die verschwindet niemals. Sie steckt in jedem Stückchen Erde, im Gras, in der Luft. Sie hat die Stimme des Windes, meinte meine Mutter, und einen ganz eigenen Geruch. Wir wissen nicht genau, wo Krimisa liegt, doch seine Seele umweht diesen Hügel. Paolo Orsi hatte das als Erster wahrgenommen, konnte es aber nicht beweisen. Vielleicht wurde Krimisa von Hannibal im zweiten Punischen Krieg zerstört und erlitt so das gleiche Schicksal wie das wenige Kilometer entfernte Petelia, das seine Allianz mit Rom nicht verraten wollte. Oder, noch wahrscheinlicher, es wurde von einem Erdbeben dem Boden gleichgemacht – vergessen wir nicht, dass dies ein seismisch aktives Gebiet ist –, demselben sehr starken Erdbeben, das laut Orsi den Tempel des Apollon Alaios und die umliegenden Wohnbauten komplett zerstört hatte. In beiden Fällen litten die Bewohner Höllenqualen. Das ist sicher. Ihr Schmerz, ihr Blut sollten die Erde auf ewig zeichnen. Die Überlebenden hatten alles versucht, das Gedächtnis an Krimisa zu bewahren, bis die heimtückische Malaria sie auf die Berge fliehen ließ und ein Erdrutsch von gewaltigem Ausmaß alles unter sich begrub.

Bis auf Ninabella war die gesamte Familie Arcuri um den

alten Umberto Zanotti-Bianco und die Mutter versammelt, die über Krimisa diskutierten. Jeder von uns suchte Bestätigung in den Augen der anderen, eine Kette von Blicken, die den ganzen Hügel des Rossarco umspannte.

Der Senator verkündete, dass er die Finanzmittel für eine neue Ausgrabungskampagne zusammenhatte. »Zu viele Jahre sind schon vergangen, ich weiß. Aber wir leben in schwierigen Zeiten, es wird mehr Geld in die ›Ware Kultur‹ gesteckt als in die ›wahre Kultur‹ mit h. Es war ein ständiger Kampf, das könnt ihr mir glauben. Doch nun ist es wichtig, dass seriöse Arbeit geleistet wird. Die Ausgrabungsleiterin wird natürlich Marisa sein. Nicht, weil ich ihr so zugetan bin, und auch nicht, weil ihrem Mann das Land gehört, sondern wegen der Verdienste, die sie auf diesem Gebiet erworben hat.«

Meine Mutter war gerührt, mein Vater stolz und ich, aus Solidarität mit beiden, gerührt und stolz. Mammalì, gebranntes Kind nach den Erfahrungen mit dem *Archologen* Paolo Orsi, der grub und grub und nichts zutage brachte als die Skelette zweier Toter, wusste nicht, was sie von all dem halten sollte, und reagierte mit Gleichgültigkeit. Die Einzige, die sichtlich unzufrieden war über die Ausgrabungen und ihr Personal, war Mammasofì. »Lasst den Hügel doch einfach mal in Frieden, sage ich. Je mehr ihr grabt, umso mehr leidet er«, schimpfte sie mit schriller Stimme.

Ich musste unwillkürlich lachen über die bizarre Vorstellung, unser Land könne leiden wie ein Christenmensch. Mammasofì ist verrückt, dachte ich überzeugt. Die anderen stimmten mit mir in kollektives Gelächter ein, die sympathischste Art, den aufkeimenden Protest, den sie nicht ernst nahmen, zu ersticken.

»Wann geht es los?«, fragte mein Vater.

»Wenn alles gutgeht, in etwa zehn Tagen, sobald meine Mitarbeiter aus Sizilien da sind. Der Rest der Mannschaft kommt aus Cosenza und Reggio«, erwiderte Mama und wandte sich dann fürsorglich an den alten Umberto: »Jetzt essen wir zu Mittag, und heute Abend bringen wir dich nach Cirò zum Bahnhof, damit du nach Rom zurückkehren kannst. Wir haben seit einigen Monaten eine asphaltierte Straße, die Spillace mit Marina verbindet. Auch hier geht es voran.«

Meinem Vater gefiel der Hinweis auf das Vorankommen, und da er vor Auswärtigen immer gut über Spillace und seine Bewohner sprach, wies er während der Autofahrt auf die Ländereien, die dem ehemaligen Großgrundbesitzer Don Lico gehört hatten und nun von den Bauern genutzt wurden, die neue Obstbäume pflanzten, Olivenbäume und Getreide und alles in Ordnung hielten wie einen Empfangssalon. Sie hatten diese Flurstücke im Zuge der Agrarreform bekommen, die jedoch, wie sich herausstellte, zu klein waren, um eine Familie zu ernähren, so dass die jungen Leute schon wenige Jahre nach der Zuweisung gezwungen waren, nach Frankreich, Deutschland oder Norditalien auszuwandern. »Gute Arbeiter, unsere Jungs hier«, schloss mein Vater, »die sind daran gewöhnt, Opfer zu bringen und zu schuften, und es ist kein Zufall, dass sie da oben Erfolg haben, in einer gesunden Welt, wo gute Arbeit noch wertgeschätzt und entlohnt wird, wie es sich gehört.«

Wir kamen ins Dorf. Es sah aus wie eine einzige riesige Baustelle. Man sah Arbeitertrupps, die nach einer Überschwemmung die Straßen herrichteten, und kleinere, aus einem Vorarbeiter und drei, vier Hilfskräften bestehende

Grüppchen, die die Häuser der Emigranten bauten oder sie renovierten. Als wir aus dem Auto stiegen, wurde der Eindruck chaotischer Betriebsamkeit noch von einer Woge schwarzer Schwalben verstärkt: Wie verrückt vor Glück tschilpten sie und flogen tiefe Schleifen, als lärmten und tobten sie mit den schreienden Kindern um die Wette, die auf der Piazza Fangen spielten.

Mein Vater zeigte auf das neue Rathaus, das aus einem Flügel von Don Licos herrschaftlichem Palazzo entstanden war, den er an die Verwaltung von Spillace hatte abtreten müssen: Jahrzehntelang hatte er keine einzige Lira Gemeindesteuern gezahlt und musste nun zweiundvierzig Millionen nachzahlen, die zum Teil durch die Abgabe der Immobilie, zum Teil durch die ihm für die Bodenenteignung zustehende Entschädigung abgegolten wurden. »Und es gibt auch ein Kino, zahlreiche Fernseher, seht Ihr die vielen Antennen? Wir haben Elektrizität, Wasser und Toiletten in jedem Haus. Und zehn volle Schulklassen, die Kinder, die hier spielen, kommen in unsere Schule, und nach der Grundschule werden sie nach Strongoli auf die weiterführende Schule gehen und dann noch weiter nach Crotone«, schloss mein Vater stolz.

Umberto Zanotti-Bianco lächelte: »Ich sehe, ich sehe: das Dorf hat sich verändert in den letzten Jahren.« Er hatte Augen von betörendem Blau. Ich sah ihn an, und er antwortete mit einem Blick, der plötzlich melancholisch wurde. Oder wahrhaft weitsichtig, wie meine Mutter mir viele Jahre später in Bezug auf diese Szene sagen sollte: Umberto sah dieselben neuen Häuser in der Zukunft, sah den Muff der Verlassenheit, die verrosteten Eisenstangen der Stützpfeiler, die sinnlos in den schwalbenlosen Himmel aufragten, und all die Kinder, mich eingeschlossen, all die vitale Energie, wer weiß wohin verstreut.

Eines Nachmittags vor Ausgrabungsbeginn klopften zwei Männer an unsere Haustür. Mammalì bat sie herein, ohne zu wissen, wer sie waren, immerhin hatten sie höflich gefragt: »Wohnt hier der Lehrer Michelangelo Arcuri?« Sie waren gut gekleidet, sogar mit Schlips. Sie wirkten wie anständige Christenmenschen.

Mammalì führte sie ins Wohnzimmer, wo mein Vater die Aufsätze seiner Schüler korrigierte, während meine Mutter einen Stapel Kopien von Paolo Orsis Notizen zu den Ausgrabungen auf dem Rossarco sortierte. Ich saß an einer Ecke des Tisches und musste meine Hausaufgaben beenden, bevor ich spielen gehen durfte.

Die Fremden stellten sich vor und gaben allen die Hand, auch mir. Dann sprach der älteste: »Wir sind hier, um Euch eine gute Nachricht zu überbringen: Auf dem unteren Teil Eures Hügels wird eine Ferienanlage für Touristen entstehen mit Tennisplatz, Schwimmbad und Diskothek.«

»Was?«, erwiderte mein Vater ungläubig, als hätte er sich verhört.

»Kein Anlass zur Sorge, Signor Arcuri. Das ist ein seriöses Unternehmen, wenn ich mal die Pläne zeigen darf«, mischte sich der andere Fremde ein und entrollte auf dem Tisch ein langes Blatt, das er seitlich mit meinen Heften beschwerte. »Wie Ihr seht, wird es eine imposante Anlage. Der Ort ist wunderschön, nur wenige Meter vom Meer entfernt, unsere Touristen erreichen ihn über eine Straße, die unter der Eisenbahnlinie und der Bundesstraße 106 hindurchführen wird.«

Meine Mutter, die ihren Ohren nicht traute, musterte sie angriffslustig.

»Das an Eures angrenzende Gelände haben wir ohne Probleme erstanden, und zwar wohlgemerkt nicht als Agrarland, sondern als Bauland. Kurz, ein gutes Geschäft für die Besitzer, Don Licos Kinder, die Ihr gut kennt. Nun möchten wir Euch dasselbe anbieten.«

Auf dem Plan waren Dutzende zweistöckige Häuschen eingezeichnet, ein paar einzelne Bäume, Parkplätze, drei Tennisplätze, gesäumt von hingekritzelten Büschen, ein blaues Schwimmbecken in Form einer langgezogenen Acht. Es sah aus wie ein Miniaturdorf, sauber und ordentlich. Mir gefiel es. Mein Vater dagegen würdigte es keines Blickes. Er sagte in freundlichem Ton: »Ich danke Ihnen für das Angebot, aber der Rossarco steht nicht zum Verkauf. Das habe ich meinem Vater versprochen. Er ist sogar ins Exil gegangen, um ihn zu behalten.«

Die Fremden verzogen überrascht das Gesicht: »Das wissen wir, aber wir sind nicht Don Lico, wir wollen ihn nicht stehlen. Vielleicht haben wir uns nicht deutlich genug ausgedrückt: Euch winkt ein Geschäft von vielen Millionen Lire, und auf dem Teil, der uns interessiert, stehen grob geschätzt zwanzig Bäume und ein struppiger Weingarten. Das ist nicht unbedingt gutes Terrain für die Landwirtschaft, das wisst Ihr.«

»Was Sie sagen, ist völlig richtig, aber wir sind nicht interessiert. Mein Mann hat Ihnen klar und deutlich gesagt, dass er nicht verkaufen will«, mischte sich nun zum ersten Mal meine Mutter mit aggressiverem Unterton ein.

»Hört zu, Dottoressa, denkt gut darüber nach. Wenn Ihr mit Euren Ausgrabungen auf irgendwelche antiken Überbleibsel stoßt, müsst Ihr den Hügel für ein paar Lire an den Staat abtreten …«

Mein Vater zuckte zusammen. »Woher wisst Ihr von den Ausgrabungen?«, fragte er hellhörig.

»Wir wissen noch viel mehr. Wir bitten Euch doch nur darum, uns den unfruchtbarsten Teil des Rossarco zu verkaufen, praktisch die Hälfte des Piloru, und das zu einem für Euch vorteilhaften Preis. Ganz abgesehen davon, dass der Rest Eures Eigentums durch unsere Ferienanlage an Wert gewinnt«, erwiderte der Ältere, dem allmählich der Geduldsfaden riss.

»Aber dieses Areal ist kein Bauland, Ihr dürft dort gar nichts hinstellen.« Auch mein Vater hatte langsam genug.

»Wenn es das nicht ist, wird es das bald sein. Diese Kleinigkeit wird uns nicht aufhalten!«, gab der Jüngere überzeugt zurück.

Mammalì, die bis jetzt aus dem Hintergrund zugehört hatte, fragte die beiden Männer, was sie trinken wollten, und kaum hatten die sie mit einem »Gar nichts, Signora« abgefertigt, weil sie schnell die Diskussion weiterführen wollten, komplimentierte sie sie kurzerhand mit wattiertem Lächeln und dem liebenswürdig-drohenden Ratschlag aus dem Haus: »Michelangelo ist ein noch größerer Sturkopf als sein Vater, härter als ein Fiumara-Stein. Wenn er nein sagt, heißt das nein. Ihr seid Ehrenmänner, das sieht man Euch an, beharrt nicht weiter darauf, Ihr vergeudet nur Eure Zeit. Um unser Land zu behalten, hat sein Vater fast fünf Jahre in der Verbannung verbracht, der Sohn würde für zehn ins Gefängnis gehen, lasst es Euch von der gesagt sein, die ihn auf den Süßkleeblüten des Rossarco zur Welt gebracht hat, wenn Ihr versteht, was ich meine.«

Sie verstanden sehr gut, und ich auch.

Später am Tag spielte mein Vater gegen die allgemeine Übellaunigkeit auf der Chitarra battente. Ich saß ihm gegenüber und betrachtete wie hypnotisiert die schnellen Schwingungen der fünf Saiten, die bunte Papierrosette um das Schallloch, das Streicheln und Schlagen der Finger auf dem Resonanzkörper. Mein Vater lächelte mir zu: »Wenn du auf die höhere Schule gehst, bringe ich dir bei, sie zu spielen. Das ist nicht schwierig. Man braucht nur Leidenschaft und Köpfchen, wie bei allen Dingen.«

Drei Tage später, mit Ferienbeginn, starteten die Ausgrabungen.

# 34

Anfangs stritten sie über alles, sogar wo und wie gegraben werden sollte. Meine Mutter sagte: »Bis zum Beweis des Gegenteils bin immer noch ich die Expertin und leite die Arbeiten, schließlich habe ich die Finanzmittel bekommen und werde die Grabungen an Paolo Orsis Hypothesen ausrichten.« Mein Vater brüllte: »Wenn du erlaubst, dieses Land gehört immer noch mir, ich kenne es wie meine Westentasche, jeder Winkel, jeder Stein, jede Geschichte hier ist mir vertraut. Und im Gegensatz zu dir habe ich Paolo Orsi persönlich getroffen. Ich hätte dir niemals die Erlaubnis geben dürfen zu graben.«

Sie lachte wutentbrannt, und er schickte sie zum Teufel und kam zu mir, um sich zu beruhigen. Sie waren wie zwei ungezogene Kinder, den Kopf voller Flausen. Unerträglich. Ich schämte mich vor den sechzehn Leuten, die mit Begeisterung am Projekt Krimisa teilnahmen, Studenten, Kollegen, langjährige Mitarbeiter meiner Mutter: Sie arbeiteten konzentriert, mit gesenkten Köpfen in einem Umkreis von fünfzig Metern, ihnen konnten die Streitereien und gegenseitigen Beleidigungen nicht entgehen.

Ich war so wütend! Ich hätte im Vullo der Fiumara baden können oder zum ersten Mal dieses Jahr im Meer, es war Juni und sommerlich warm, von dort oben sah man die Kinder am Strand von Punta Alice. Leider hatte mein Vater darauf bestanden, dass ich bei der neuen Ausgrabungskampagne dabei war: »Du wirst sehen, das macht Spaß und ist außerdem lehrreich. Deiner Mutter liegt viel daran, auch wenn sie dich aus Stolz niemals darum bitten würde.«

Aus Pflichtgefühl meinen Eltern gegenüber hatte ich eingewilligt. Ich fühlte mich erwachsen, ich würde in die fünfte Grundschulklasse kommen und liebte es, überall querzuschießen, doch meinem Vater konnte ich einfach nichts abschlagen.

Er setzte seine Grabungen wenige Schritte von mir entfernt fort, auf dem Stück, das meine Mutter ihm zugeteilt hatte. »Ich mag ja ein sturköpfiger Arcuri sein, wie deine Nonna immer sagt, aber die da ist noch viel sturer als ich«, brummte er und schwieg dann bis zum Mittagessen.

In den ersten vier Tagen hatten wir einige Tonscherben von Krügen gefunden, zwei unförmige Marmorbrocken, drei am Rand verzierte Ziegel und eine Pfeilspitze aus Bronze. Zu wenig für meinen Vater und mich, wir waren enttäuscht und gelangweilt, während meine Mutter ohne jeden Kommentar hochkonzentriert die Arbeiten weiterführte, voll Vertrauen, dass diese vereinzelten Fundstücke, die in unseren Augen profan und unbedeutend waren, zu der sensationellen Entdeckung Krimisas führen würden.

Am fünften Tag legte mein Vater zwei von der Zeit zerfressene Knochen frei. Ich sah, wie er blass wurde und schnell meine Mutter herbeirief: »Marisa, komm mal schauen, was hier ist.«

Meine Mutter begriff sofort den Grund für seine Blässe und beruhigte ihn: »Das sieht mir nicht nach menschlichen Knochen aus, außerdem sind sie mindestens tausend Jahre alt.«

Anstelle der Worte, die er nicht auszusprechen wagte, stieß

er einen erleichterten Seufzer aus. Es war die absurde, niemals ganz erloschene Hoffnung, sein Vater könne gesund und munter auf dem Hügel auftauchen, wie vom Wind hergetragen.

Sonntags ruhten wir uns aus. Eines Montags, als wir aus dem Wagen stiegen, wurden wir von dem Widerhall metallischen, hektischen Lärms überrascht, der zu uns heraufdrang. Wir stürzten zur Ausgrabungsstätte und sahen das Treiben zwischen dem Fuß des Hügels und der Bundesstraße 106. Es waren vier Bagger, die behände durch die Staubwolken rollten, Erde abtrugen und auf der Ebene verteilten oder sie auf große Lastwagen luden, die in Richtung Straße davonfuhren.

»Die sind ja verrückt geworden. Sie verschandeln alles. Diese Mistkerle, Kriminelle, sie müssen gestoppt werden. Ich gehe zu den Carabinieri und zeige sie an, diese Halunken«, schrie meine Mutter. Selten hatte ich sie so wütend erlebt.

Alle Teilnehmer der Gruppe gaben ihr recht, waren bestürzt und fassungslos. Mein Vater sagte nichts, er war wie versteinert, die Augen weit aufgerissen, als sähe er einen Horrorfilm.

Meine Mutter rannte auf die Bagger zu: »Aufhören, ihr könnt hier nicht graben, das ist eine archäologische Ausgrabungsstätte. Ich zeige euch an, Verbrecher, Banausen!«, wiederholte sie völlig außer sich.

Wir rannten allesamt hinter ihr her, auch mein Vater. An der dornigen Ginsterhecke, die unser Land begrenzte, holten wir sie ein. Meine Mutter stieß ihre Beschuldigungen und Drohungen aus, doch der Lärm der Schaufelbagger übertönte ihre Worte, ganz abgesehen davon, dass die Baggerführer so taten, als sähen sie uns hinter unserem Dornengestrüpp gar nicht.

Mein Vater trat zu meiner Mutter, nahm ihre Hände in seine und sagte ruhig: »Ich verstehe, dass du wütend bist, aber leider können wir nichts machen. Was sie da ausheben, ist ihr Gelände, wenn sie unseres anrühren, gehen wir sofort zur Polizei. Im Moment können wir nichts tun als weitergraben.«

Meine Mutter wandte sich ab und begann, den Hügel wieder hinaufzusteigen, wir hinterher wie Fußsoldaten auf dem Rückzug.

An diesem Tag gruben wir schweigend und warfen aus den Augenwinkeln giftige Blicke auf die Bagger in der Ferne, die keinen Moment stillstanden.

Abends gingen wir niedergeschlagen nach Hause. Mammalì und Mammasofì erwarteten uns mit ihren Leckereien, schmale Bandnudeln mit Wildschweinragout und Schafskäse, gebratene Paprika mit Kartoffeln, Zwiebeln und Auberginen, das einzig Gute an diesem fürchterlichen Tag.

Nach dem Essen tauchten wieder die zwei Fremden auf, elegant gekleidet wie beim ersten Mal und so herzlich, als seien sie alte Freunde.

»Wir sind gekommen, um Euch das Geschäft erneut vorzuschlagen. Sicher habt Ihr gut darüber nachgedacht: Ihr seid studierte und intelligente Leute und werdet begriffen haben, dass es uns ernst ist.«

»Auf eurem Gelände könnt ihr bauen, was ihr wollt«, erwiderte mein Vater ruhig. Und meine Mutter fügte grob hinzu: »Auf unserem wissen wir selbst am besten, was zu tun ist. Und das tun wir!«

»Signor Arcuri, es geht Euch doch wohl nicht um Preistreiberei. Wir haben eine Menge Geld in dieses Projekt gesteckt. Viele der Häuschen wurden bereits auf dem Papier von unseren nach Deutschland ausgewanderten Landsleuten gekauft. Was geben wir ihnen, wenn sie zurückkehren, ein paar zerbrochene Ziegel? Ihr könnt Euch doch nicht der Schaffung unzähliger Arbeitsplätze und der touristischen Erschließung entgegenstellen, nur wegen Eurer sinnlosen Graberei? Da ist ohnehin nichts zu holen, glaubt es uns. Ihr vergeudet Zeit und Geld.«

»Und ihr könnt nicht einfach in unser Haus kommen, um Vorträge zu halten und uns das alte, unverschämte Angebot erneut aufzutischen. Wir werden unsere Meinung niemals ändern.«

»Niemals! Was für ein hässliches Wort, Maestro Arcuri. Überlegt es Euch gut. Wir kommen wieder.« Und sie entfernten sich mit einer herzlichen Verabschiedung.

Am nächsten Tag waren wir so ruhig und ganz in die Grabungsarbeiten vertieft, dass wir die gefällten Bäume zuerst gar nicht bemerkten. Mein Vater zählte durch: Es waren achtzehn an der Zahl, darunter kümmerliche Feigenbäume, Granatapfel- und Olivenbäume, von letzteren fünf hundertjährige, alle am Hang des Piloru, wo gegraben wurde. Dann suchte er mit nervösen Schritten den ganzen Hügel ab.

Zum Glück hatten sie keine anderen Pflanzen angerührt, und auch der Weinberg war unversehrt, erzählte er uns bei seiner Rückkehr.

Meine Mutter sah ihn enttäuscht und verbittert an, als sei er schuld an dem, was passiert war.

Mein Vater verstand den Blick auf seine Art: Er nahm das Auto und fuhr zu den Carabinieri nach Marina, um Anzeige gegen Unbekannt zu erstatten, auch wenn er sich denken konnte, wer dahintersteckte.

Für ein paar Tage verstummte der Baggerlärm. Eines Abends, bevor wir nach Hause gingen, suchten wir die schweigende Baustelle auf. Von der Bundesstraße aus konnte man das ganze staubige Areal überblicken. Der Schnitt, der sich direkt an unserer dornigen Ginsterhecke rund drei Meter tief ins Erdreich grub, verlief über fast die gesamte Länge des Hügels. Mit der Ebene bildete er ein Rechteck. Er sah aus wie eine frische, rostfarbene Wunde.

Wir hielten mit dem Auto mitten auf dem Gelände, meine Mutter lief es zu Fuß ab, jeden Quadratmeter begutachtend und mit der Hand den Aushub betastend. »Nichts, keine Spuren von antiken Überresten. Es sei denn, diese Halunken haben sie eingegraben oder mit ihren Lastern in wer weiß welche Felsspalten gekippt.«

Vom nächsten Morgen an setzte meine Mutter die Ausgrabungen mit einer Euphorie fort, die mir übertrieben vorkam. Sorgfältig säuberte sie alle Terrakottafunde, die kleinen Silberklingen, die so fein und schlecht erhalten waren, dass sie unter den Fingern zerfielen, die geköpften oder amputierten Bronzestatuen. Sie lagerte das Material in der Hütte und machte sich seitenlang Notizen in große blaue Hefte.

Ich langweilte mich und schwitzte unter der sengenden Sonne, ich war mittlerweile gebräunter als meine Spielgefährten, die von morgens bis abends unbeschwert durch die Becken der Fiumaren rund um das Dorf planschten. Wie ich sie beneidete! Manchmal schützte ich, um mich ihnen anschließen zu können und der nervigen Schürferei zu entgehen, schlimme Bauch- oder Kopfschmerzen vor.

Am nächsten Tag weckte mein Vater mich bei Morgengrauen und rief mich zur Pflicht: »Du musst kommen, Schätzchen, deine Mutter möchte es so sehr.« In Wirklichkeit war er es, der meine Gesellschaft suchte, denn meine Mutter ließ ihn links liegen, behandelte ihn höchstens wie einen der ungeschickten Studenten, die nur dabei waren, um ihren Professoren zu gefallen.

Und doch wollte die Ironie des Schicksals, dass ausgerechnet mein Vater die interessantesten Fundstücke der archäologischen Grabung zum Vorschein brachte: eine Rüstung mit zwei Seitenlöchern, die auf den ersten Blick wie der verrostete Deckel eines Ölfasses aussah, und ein rechteckiges Metallstück von etwa dreißig Zentimeter Länge. Sie lagen ungefähr einen halben Meter tief, dicht beieinander.

Meine Mutter war sofort herbeigelaufen. »Das sind Teile einer Rüstung, wahrscheinlich gibt es in der Nähe noch mehr davon«, sagte sie und grub schon wieder fieberhaft mit uns weiter.

Ich war aufgeregt, und beim Graben betete ich zum heiligen Antonius, dass ich ein wertvolles Rüstungsteil finden möge.

Eine Stunde später zog mein Vater einen kleinen Bogen und drei Silberpfeile aus dem Boden. Der heilige Antonius hatte mein Gebet nicht erhört, sondern noch mehr getan, zumindest nach Ansicht meiner Mutter, die begeistert wiederholte: »Außergewöhnlich, ich glaube, wir haben es.« Dann küsste sie meinen Vater auf die Stirn, sagte: »Heute ist das Glück auf deiner Seite«, und schloss sich mit den Funden in der Casella ein, um sie zu säubern und zu betutteln wie Wesen aus Fleisch und Blut.

Leider stießen wir bis zum Ende der Ausgrabungen weder auf die fehlenden Teile der Rüstung noch auf neue Funde von Bedeutung. »Vielleicht hat man sie zu anderen Zeiten verschwinden lassen«, sagte meine Mutter, die trotzdem mit dem Ergebnis zufrieden war: »Der fein gearbeitete bronzene Brustpanzer und der kleine Silberbogen mit den Pfeilen sind allein schon die gesamte Ausgrabungskampagne wert. Sie gehörten sicherlich zu den Grabbeigaben einer bedeutenden Persönlichkeit des antiken Krimisa.«

»Könnte es Philoktetes selbst gewesen sein?«, fragte ich naiv und hoffnungsvoll.

»Ich glaube nicht, auch wenn das eine faszinierende Vorstellung ist. Doch in einer Sache habe ich keine Zweifel: In diesem Hügel pulsiert die geheimnisvolle Seele Krimisas.«

# 35

Bis zum nächsten Frühjahr hatte ich keine Gelegenheit, auf den Rossarco zu gehen. Als ich am Ostermontag dorthin zurückkehrte, sah ich, dass mein Vater auf dem Piloru frische Setzlinge gepflanzt hatte – Walnuss, Birne, Feige, Nektarine, Kirsch-, Maulbeer- und viele Granatapfelbäume, dazu einige Rebstöcke des Hahnensacks – und so dem Willen Urgroßvater Albertos und seiner alten Freunde nachgekommen war.

Auf der Fläche hinter den dornigen Ginsterbüschen, die in gelber Blüte standen, waren die ersten Rohbauten des Touristenparks entstanden, doch man sah keine weiteren Baustellen und keine Menschenseele, nur ein paar rostfarbene Staubwölkchen, die der Wind aufwirbelte.

Ich dachte an den Sommer der Ausgrabungen zurück, schob alle Wut und Langeweile beiseite und durchlebte noch einmal die aufregenden Momente der Entdeckungen. Vor meinem inneren Auge stand leuchtend das frische Lächeln meiner Mutter, und ich sehnte mich nach ihr. Wenige Tage zuvor hatte sie mir eine Postkarte aus Zypern geschickt, auf der sie mir frohe Ostern wünschte; ich hatte ihr mit einer Liebeserklärung geantwortet, auf der Rückseite einer Ansichtskarte von Spillace vor dem Meer und dem roten Hügel. So ging es mir immer, ich war nicht wütend auf sie, auf ihr Fernsein. Vielleicht aus einem Selbsterhaltungstrieb heraus ließ ich nur die schönen Bilder an mich heran und rahmte sie mir ein, um sie nicht zu vergessen.

Zum Fest des heiligen Antonius im Juni reiste Ninabella aus England an. Es war das letzte Mal, dass wir sie zusammen mit Onkel David sahen. Sie blieben zwei Wochen im Dorf und machten keinerlei Hehl daraus, dass zwischen ihnen kein Funken Liebe mehr glomm, sollte es sie jemals gegeben haben. Nur mein Vater und Mammalì wollten sie immer noch zusammen sehen, eine Familie wie viele mit den normalen Eheproblemen. Mit einem oder mehreren Kindern wären sie das perfekte Paar, meinte mein Vater. Sie waren natürlich nicht mehr die Allerjüngsten, sagte Mammalì, doch eine Frau konnte gut und gerne bis vierzig ein gesundes und rettendes Kind in die Welt setzen, wenn es dem heiligen Antonius gefiel.

Ninabella musste lachen, doch sie sagte nichts. Sie verließ das Haus und spazierte durchs Dorf oder besuchte ihre Freundinnen von früher, während Onkel David sich mit meinem Vater in die Küche oder in eine Bar verkroch und sich dort exorbitante Mengen an Essen, Wein und Bier einverleibte, um sich abzulenken und fröhlich zu erscheinen.

Vom nächsten August an kam Ninabella nur noch allein nach Spillace, und wurde sie gefragt, warum denn ihr Mann nicht dabei sei, sagte sie unschuldig: »Wir haben uns getrennt. Es tut mir leid für ihn und meine Familie, aber wir hatten uns nichts mehr zu sagen.«

Inzwischen wurden die Bäumchen am Piloru von Frühjahr zu Frühjahr größer, und mein Vater konnte erste Früchte nach Hause tragen. Ich übernahm es gerne, sie für Mammasofì zu pürieren, mit einem hervorragenden Qualitätsmixer, den Ninabella uns aus London mitgebracht hatte. Niemand im ganzen Dorf besaß so ein nützliches Gerät, nicht einmal die zwei Bars.

Mit der ersten Hitze hatte Mammasofì sich kraftlos ins Bett gelegt, die Beine von den Füßen bis zu den Knien geschwollen, und aß nur noch, wenn wir sie fütterten. Ich hatte sie noch nie krank gesehen, im Gegenteil, sie war es immer gewesen, die sämtliche Leiden der Familie mit einem Absud oder Gebräu aus Kräutern linderte, die sie im Wald von Tripepi sammelte. Bis zu diesem Frühjahr war sie ohne jede Hilfe gelaufen. Dann der Zusammenbruch, der trotz ihres beachtlichen Alters von fünfundneunzig Jahren das ganze Dorf überrascht hatte. Ich sagte zu ihr: »Mammasofì, halte durch, wir wollen dir doch einen Kuchen mit hundert Kerzen backen«, und sie erwiderte unter lautem Schnaufen, das mehr nach Schmerzensseufzern klang: »Mir geht's gar nicht gut, Schätzchen, ich habe zu lange gelebt, nun hat es keinen Sinn mehr, sich dem Herrgott zu widersetzen, der mich ruft. Das ganze Leben tut mir weh, von Kopf bis Fuß.«

Sie wollte nicht mehr leben, das verstand auch ich. Tatsächlich entschlief sie friedlich wie ihr Mann Alberto in der Nacht vor dem Festtag des heiligen Antonius, als hätte sie noch Ninabellas Ankunft aus London abwarten wollen.

Am Vorabend, ehe sie vom Priester die Letzte Ölung bekam, hatte sie darum gebeten, mit ihren zwei Enkeln allein zu reden. Nach einer Stunde oder mehr waren sie aus ihrem Zimmer gekommen. Mein Vater war blass und verstört, Ninabella schweigsam und düster. Mammalì bebte vor Neugier: »Was musste sie euch denn so Schreckliches mitteilen?«

»Ihre Wahrheit«, erwiderte mein Vater. Und Ninabella ergänzte mit Tränen in den Augen: »Außerdem hat sie etwas gesagt, das auch für dich gilt: Sucht nicht länger meinen Sohn Arturino, grämt euch nicht länger. Er lebt an einem

Ort, der noch schöner ist als unser Hügel. Er ist da, wo ich nun hingehe. Wir werden immer bei euch sein, meine Schätzchen. Solange ihr euch an uns erinnert.«

Zwei Wochen nach der Beerdigung ging ich mit meinem Vater und Mammalì über den Corso, sie trug drei Sträuße rote Nelken im Arm und antwortete jedem, der fragte, wohin wir gingen: »Die Schwiegereltern und meine Mutter besuchen, auf dem Gottesacker.« Ninabella war wieder nach England zurückgekehrt, und sie fehlte mir schon jetzt, so wie mir meine Mutter fehlte und vor allem Mammasofì, die weder zu Ferragosto noch im Herbst noch jemals wiederkommen würde.

Es war ein Vormittag Ende Juni, die drückende Hitze umschlang uns in einer glühenden Umarmung und spiegelte sich flimmernd auf der Straße vor uns. Ich sah als Erster das Bündel, das auf dem Asphalt zappelte. Ich lief schneller, doch es kam mir vor, als bewegte ich mich wie in Zeitlupe, wie im Traum. Es war ein kleiner weißer Vogel, der nicht mehr auffliegen konnte. Er hatte einen gegabelten Schwanz, einen gekrümmten Schnabel und Augen, die wie zwei staubige Regentropfen aussahen. Ich sagte zu meinem Vater: »So einen Vogel habe ich noch nie gesehen, was ist das?«

Er war noch erstaunter als ich, nahm ihn vorsichtig in die Hände und sagte: »Das ist eine Albino-Schwalbe. Sehr selten, besser gesagt, nicht nur selten, sondern fast einzigartig. Es ist das erste Mal im meinem Leben, dass ich eine sehe. Die da oben haben sie vom Himmel geworfen.« Und er zeigte auf einen Schwarm schwarzer Schwalben, die wütend über unseren Köpfen flatterten.

»Warum?«, fragte ich.

»Weil sie anders ist als die anderen, siehst du, wie weiß sie ist?«

»Weil sie zu schön ist, wie ein Paradiesvogel, und die anderen sind scheelsüchtig. Neid ist eine böse Krankheit, hat mein Arturo immer gesagt«, mischte sich Mammalì ein und fuhr mit dem Finger durch den weißen Flaum der Schwalbe. Dann fügte sie hinzu, dass ihr Schwiegervater Alberto solch einen Vogel gesehen habe, während er mit Professor Paolo Orsi auf dem Rossarco sprach.

Wir gingen weiter durch die Hitze, nebeneinander. Die Albino-Schwalbe starrte mich aus ihren staubgrauen Augentropfen neugierig an. Was wollte sie von mir? Sie war überhaupt nicht verängstigt, im Gegenteil, sie schien uns zu kennen und betrachtete uns mit ihrem stolzen Raubvogelblick. Ich lächelte ihr zu und dachte an meine Mutter, ich würde ihr von dieser merkwürdigen Begegnung erzählen. Sie, die an so vielen Orten der Welt gewesen war, hatte sicherlich niemals eine solche Kreatur gesehen.

»Woran denkst du?«, fragte mein Vater, als er mich so versunken sah.

»An Mama«, erwiderte ich aufrichtig.

»Söhnchen, recht hast du. Aber vergiss nicht, dass auch unser Haus ein Nest weißer Schwalben ist. Stimmt's oder stimmt's nicht?«, meinte Mammalì. Und ich war überrascht von diesem Vergleich, der mir, um ehrlich zu sein, nie in den Sinn gekommen wäre, doch ich sagte nichts.

Mein Vater wiederum nickte und streichelte erneut die Albino-Schwalbe, als streichele er einen unserer Lieben, vor allem Nonno Arturo.

Kaum erblickte sie die Friedhofsmauer, begann Mammalì zu weinen und Lobes- und Liebeshymnen auf ihren tüchtigen Schwiegervater Alberto und die beste aller Schwiegermütter zu singen, immer waren sie einer Meinung gewesen, sagte sie, nie eine Unstimmigkeit, nie ein Streit, nie ein harscher Befehl, und wenn sie stritten, dann war im nächsten Moment alles wieder gut, wie mit ihrem Mann Arturo, nie ein böses Wort, nie ein Stachel im blutenden Fleisch, sagte sie, genau wie die Torinèsia, so eine anständige und feine Schwiegertochter, wie man sie nicht mal zuoberst im Erdenparadies findet.

Mein Vater lachte aus vollem Hals und ich mit ihm, denn wir wussten beide, dass Mammalì in letzter Zeit alles vergaß, sogar was sie mittags gegessen hatte. Und tatsächlich fragte sie vor dem Friedhof zum x-ten Mal ihren Sohn, was Mammasofì ihm denn kurz vor ihrem Aushauchen erzählt habe, Friede ihrer Seele.

Ohne Ankündigung warf mein Vater die Albino-Schwalbe hoch in die Luft, und zusammen sahen wir ihr hinterher wie einer Sternschnuppe. Dann, indem er das Friedhofstor aufschob, wiederholte er geheimnisvoll: »Sie hat mir ihre Wahrheit erzählt.« Kein Wort mehr.

Die Albino-Schwalbe spreizte endlich die Flügel und schoss gerade wie eine Rakete über den Himmel zwischen dem Rossarco und Spillace. Sturköpfig suchte sie nach ihren Gefährten. Für ein paar Sekunden kreiste sie noch einmal über dem Friedhof, wie um uns zum Abschied dankbar zu grüßen, drehte dann in Richtung Horizont ab und verschwand in einer Wolke schwarzer Schwalben.

Diese verfluchten Feiglinge, schimpfte mein Vater, respektierten nicht einmal den ersten strengen Trauermonat. Er verließ das Haus in dieser Zeit nur, um zur Schule und manchmal zum Friedhof zu gehen, dann zog er sich ins Wohnzimmer zurück und las. An einen Gang auf den Rossarco war nicht zu denken.

Das Feuer brach an einem Sonntagabend aus. Ich sah eine Flut von Menschen auf der Piazza, die auf die lodernden Flammen starrten, und rannte zu meinem Vater. »Der Hügel brennt«, rief ich keuchend.

Mammalì begann wie eine Verrückte zu kreischen: »O weh, o weh, schlimme Nachrichten, Mörderpack, sie sollen Weihnachten nicht mehr erleben, der Blitz soll sie versengen, bis sie nur noch ein Häuflein Asche sind.« Sie schrie so laut, dass sich das Haus innerhalb von zwei Minuten mit Nachbarinnen und Verwandten füllte.

Mein Vater hatte mir, entgegen meinem Drängen, den Wagenschlag vor der Nase zugeknallt und war ohne mich losgefahren.

Beleidigt ging ich zurück zur Piazza und sah die Menge, die sich auf Autos, Mofas und Kleinlaster verteilte, um den Brand löschen zu gehen. »Die Steineichen brennen«, sagten sie. »Zum Glück weht der Wind vom Meer und nicht zu stark, sonst gute Nacht du schöner Rossarco.«

Vor Mitternacht war die Feuersbrunst gestoppt mit Hilfe einer horizontalen, über zwei Meter breiten Bresche, die eine Flut Freiwilliger mit Äxten, Hacken, Spaten und viel gutem Willen in den Wald geschlagen hatte. Ein paar Hektar waren in Flammen aufgegangen, sagte mein Vater, als er zurückkam, doch der Großteil des Tripepi war gerettet, und gerettet waren auch die Obstbäume und Rebstöcke, die Casella und der Rest unseres Hügels.

Am nächsten Morgen in aller Frühe klingelte das Telefon. Es meldete sich ein feiger anonymer Anrufer, wie mein Vater mir berichtete, und fragte sarkastisch, ob ihm die Lektion mit dem Feuer gereicht habe.

Er hatte ihn verflucht und aufgelegt. Doch noch am selben Abend und an den Folgetagen riefen wie von ungefähr abwechselnd die zwei Fremden an, die in unserem Haus gewesen waren. Sie wollten um jeden Preis das Stück Hügel, um ihre Ferienanlage zu bauen.

Mein Vater ging zu den Carabinieri, erzählte von dem anonymen Anruf und nannte zum ersten Mal die Namen der zwei Fremden, die seiner Ansicht nach die Auftraggeber des Brandes waren.

Zwei Tage später brachte er mich ohne jede Erklärung zu den Großeltern nach Turin, wo ich den Rest des Sommers verbringen sollte. Und als die Schule wieder anfing, kam er mich nicht holen. Er rief nur an und teilte mir mit, dass ich im neuen Schuljahr eine Mittelschule in Turin besuchen würde.

»Soll das ein Witz sein?«, fragte ich. »Ich will nicht, mir gefällt es hier nicht.«

Er erwiderte trocken: »Deine Mutter ist einverstanden.« Und mit der Wucht einer Ohrfeige knallte er den Hörer auf.

Seitdem war meine Beziehung zu Mama und Papa, zum Dorf und dem Hügel nicht mehr dieselbe. Ein dunkler Schlund tat sich zwischen uns auf, in den nur dann Licht fiel, wenn ich in den Sommerferien nach Spillace zurückkehrte oder meine Mutter zu Weihnachten nach Turin kam.

Nur Mammalì gegenüber schaffte ich es nicht, kalt und mürrisch zu sein, sie brachte mich regelmäßig zum Lachen, wenn sie mir am Telefon die ewig gleichen Dinge wiederholte: »Hast du schon gegessen, mein Schatz? Die Torinèsia-

Oma kocht nicht so lecker wie ich, stimmt's? Dann iss und trink und denk an uns, versprichst du das deiner Mammalì, die dich von Herzen liebt? Hast du eine hübsche und gescheite Braut? Eins sag ich dir, sie darf ruhig Torinèsia sein, wie *màmmata*, aber über Familie muss sie denken wie wir, versprochen?«

Wie konnte ich ihr böse sein? Ich antwortete ihr: »Ja, ja«, und lächelte.

Mit der Zeit gewöhnte ich mich an das neue Leben in der Stadt, und ich kann mich nicht erinnern, dass mir das Dorf, der Rossarco oder meine Eltern gefehlt hätten, wohl aber, dass ich ihnen gegenüber einen grollenden Unwillen hegte: Für mich waren sie schuldig, mich zu Unrecht aus dem Haus gejagt zu haben. Wenn ich damals begriffen hätte, dass ich in Spillace in der Gefahr schwebte, ebenso zu verschwinden wie Nonno Arturo, hätte ich meine Verbannung wahrscheinlich, ohne mit der Wimper zu zucken, hingenommen.

Als ich schließlich erfuhr, dass sie mich nach Turin geschickt hatten, um mich vor der Bedrohung durch diese »verfluchten Feiglinge« zu schützen, wie mein Vater sie weiterhin nannte, war es zu spät: Die Nabelschnur zur Welt von früher war, durch die Zeit und die Distanz, unwiederbringlich gekappt.

Im Ganzen dauerte mein goldenes Exil ungefähr drei Schuljahre. Dann wurden die »verfluchten Feiglinge« eingesperrt oder verschwanden aus dem Blickfeld, das Unternehmen ging bankrott, die Investoren verloren ihr Geld, und die Ferienanlage wurde eine hässliche Narbe unterhalb des Piloru. Die Appartements ohne Türen und Fenster wurden im Sommer von durchziehenden Zigeunerfamilien genutzt, während in späteren Jahren Gruppen von illegalen Einwanderern hier ihren Unterschlupf fanden.

Eines Tages teilte mein Vater mir mit, dass ich nun ins Dorf zurückkehren könne. »Dann bringe ich dir Gitarre spielen bei«, sagte er, um mir die Rückkehr schmackhaft zu machen. Doch mittlerweile hatte ich in Turin das naturwissenschaftliche Gymnasium begonnen und fühlte mich wohl, daher beschloss ich, bis zum Abitur zu bleiben, zur Freude meiner Großeltern mütterlicherseits und meiner Mutter. Der Groll auf meine Heimat verwandelte sich in scheinbare Gleichgültigkeit, und ich verspürte immer noch keinerlei Sehnsucht nach dem Dorf, dem Rossarco, meinen Eltern und Mammalì. Den Grund sollte ich erst begreifen, als ich mir mit Hilfe meines Vaters die ersten Wahrheiten dieser Geschichte zusammensetzte: Ich sehnte mich nach nichts, weil ich unterbewusst alles in meinem Innersten bewahrte.

## Wahrheiten

Die Wahrheit ist, dass Orte absolute Treue fordern, ähnlich wie eifersüchtige Liebhaber: Wenn du sie verlässt, tauchen sie früher oder später wieder auf, um dich mit der geheimen Geschichte zurückzuholen, die dich an sie bindet; wenn du sie verrätst, übergeben sie die Geschichte dem Wind, in dem sicheren Wissen, dass sie dich überall erreichen wird, selbst am Ende der Welt. Das begriff ich, als mein Vater mich in seiner kurz angebundenen Art daran erinnerte, dass der Rossarco meine Anwesenheit verlangte.

Er rief mich auf dem Handy an, das ich ihm vor Jahren zum Geburtstag geschenkt hatte. Bis dahin hatte er sich erst ein Mal damit gemeldet: »Komm schnell, deine Mutter liegt im Sterben!« Genau so, trocken, ohne jedes Anzeichen von Leid. Ich war sofort ins Auto gesprungen und hatte die ganze lange Reise über gehofft, mein Vater habe übertrieben. Mama war schon vor einigen Jahren erkrankt, hatte sich aber in letzter Zeit wieder erholt. Als ich ankam, war das Haus voller Leute, die weinten und respektvoll vor mir zurückwichen, düster und fahlgesichtig stand er am Fenster und rauchte zitternd, meine Mutter lag noch auf dem Bett, sie war vor wenigen Stunden verstorben.

Dieses Mal sagte er zu mir: »Du musst kommen, unser Hügel rutscht ab.« Ich hörte deutlich den Regen und den Wind, die ihm ins Gesicht peitschten, und ich stellte mir seinen wütenden und weidwunden Blick vor, das Handy in der Faust umklammert wie einen Stein, den man gen Himmel wirft. Er stand auf dem Rossarco, allein im prasselnden Regen. Er wiederholte: »Komm sofort.« Als sei ich in Spillace und nicht 1195 Kilometer weit weg. Ich wusste nicht, ob das ein Befehl war oder eine Bitte um Hilfe. Und ich wusste nicht, was ich letztlich tun würde. Und doch antwortete ich ihm schweren Herzens und wenig überzeugt: »Ich fahre heute Abend los. Ich muss noch packen und mich ein paar Stunden ausruhen.«

Bevor das Telefonat abrupt abbrach, hörte ich einen Donnerschlag im Hintergrund und Worte, die wie ein Grunzen klangen und aus denen ich mir ein »Ich erwarte dich. Bis bald. Ciao« zusammenreimte.

Ich hatte nicht die geringste Lust auf diese unerwartete, vielleicht unnütze Reise, auf tonnenweise Regen und Schlamm, während es oben bei uns schneite, eine unberührte und geheimnisvolle Landschaft wie im Märchen, und die Wettervorhersage davon abriet, ins Auto zu steigen. Ich kam gerade aus der Schule. Auf dem Heimweg fielen mir tausend Ausreden ein, um nicht zu fahren, darunter auch eine, die selbst mein Vater akzeptiert hätte: »Es ist kaum mehr ein Monat bis zur Geburt, gerade jetzt kann ich Simona unmöglich alleine lassen.« Ich hörte nur eine Gegenstimme: »Wie wird mein Vater reagieren, wenn ich nicht komme? Was wird das Dorf von mir denken?«

Als Simona mich sah, merkte sie mir meine Zerrissenheit und Sorge sofort an. »Was ist passiert, mein Lieber? Was hast du? Erzähl, geht es dir nicht gut?«, fragte sie besorgt.

Ich berichtete ihr von dem Telefonat, und sofort schlug sie einen anderen Ton an und riet mir nachdrücklich von der Reise ab: »Wenn du fährst, bist du genauso verrückt wie dein Vater.«

Sie lächelte mich an, es sollte keine Beleidigung sein, sie war wunderschön mit ihrem großen Bauch voll Leben, den hohen, schwellenden Brüsten, der glatten Haut der Schwangeren. Sie hatte schon oft im Spaß gesagt, dass mein Vater komplett verrückt sei, dennoch wusste ich, dass sie ihn im Grunde schätzte. Und hätte sie an diesem Punkt aufgehört zu reden, hätte ich ihr vielleicht einen dankbaren Kuss gegeben und wäre geblieben. Doch sie fuhr fort: »Was willst du dort unten tun, den Erdrutsch per Gedankenkraft aufhalten oder mit deinen Herkulesarmen?« Eine Ironie, die ich von ihr nie erwartet hätte, bissig und völlig fehl am Platz.

Ohne weiteres Hadern ging ich packen. Dann verabschiedete ich mich mit der ganzen Kälte, derer ich in diesem Moment fähig war: »Wir sehen uns dann wohl in ein paar Tagen. Und hüte dich, vor dem errechneten Termin niederzukommen.«

Konnte sie ihn verstehen, diesen von Regen und Wind erstickten Schrei? Eine lange Nacht und eine weite Reise lagen vor mir, um die Wucht der letzten Erinnerungen zu mildern; und du, meine schwangere und schöne Liebe, hast mir mit deiner Überheblichkeit den letzten Nerv geraubt.

Um nicht einzuschlafen, versuchte ich, mir das Ende dieser Geschichte als Film vorzustellen, mit der Hintergrundmusik einer Chitarra battente aus den Autoboxen und des trommelnden Regens von draußen. Aber da jede Szene trotz all meines Optimismus von Simonas Bauch überlagert und dem finstren, Unheil verheißenden Wind durchkreuzt wurde, stand ich drei oder vier Mal kurz davor, umzukehren. »Wie wird mein Vater reagieren, wenn ich nicht komme? Was wird das Dorf von mir denken?« Und ich fuhr weiter.

Als ich am Fuß des Rossarco ankam, schüttete es wie aus Eimern, so dass ich nicht aus dem Wagen steigen konnte. Der Wind heulte ungestüm, spie wahre Sturzbäche über die Windschutzscheibe. Den Gipfel des Hügels konnte ich nicht erkennen, er bohrte sich tief in den dunklen Himmel, obwohl Mittag war; auch die übrigen Konturen verschwammen, die Landschaft schien sich in flüssige, verblichene Fetzen aufzulösen. Der Weg hinauf zur Casella hatte sich in den Lauf einer gewaltigen Schlammfiumara verwandelt, der weder mit dem Auto noch zu Fuß passierbar war.

Ich versuchte meinen Vater anzurufen, um zu sagen, dass ich da sei und hinaufkäme, sobald die Flut abschwoll. Doch sein Handy war ausgeschaltet, wie ich befürchtet hatte. Also schloss ich die Augen, um mich auszuruhen, und nickte trotz des Tosens von Regen und Wind über dem Lenkrad ein.

Geweckt wurde ich von einem hartnäckigen Pochen an die Seitenscheibe und der Stimme meines Vaters: »Schläfst du? Alles in Ordnung bei dir?« Ich wusste nicht, wo ich war, kniff die Augen zusammen. »Wach auf, es ist drei Uhr nachmittags.« Mein Vater öffnete den Wagenschlag und legte mir sanft die Hand auf die Schulter. Er dachte wirklich, es ginge mir nicht gut.

Das Erste, was ich sah, war sein besorgt auf mir ruhender Blick. Dann der Nebel, der aus der Schlucht der Timpalea aufstieg und im Treiben des Windes zu vielen weißen Wölkchen aufriss, die sich in den Ästen der Bäume verfingen oder im Himmel verpufften.

Es hatte aufgehört zu regnen.

»Ich bin um die Mittagszeit angekommen, aber das Unwetter war so heftig, dass ich von hier nicht weiterkam«, sagte ich zu meinem Vater, nachdem ich ihn auf die borstigen Wangen geküsst hatte.

»Recht so. Wenn du mit dem Auto hochgekommen wärst, hätte dich die Schlammflut ins Meer gespült«, meinte er mit düsterer Miene. »Wir nehmen jetzt meinen Wagen, der ist für diese Straßen gemacht. Lass deinen hier stehen.« Dann fragte er mich nach Simona, ob ich sie angerufen habe. Ich sagte ja, eine Lüge, und dass es ihr gutginge.

Ich stieg in den Panda, und im niedrigsten Gang, manchmal gefährlich schlitternd, fuhren wir auf den Gipfel des Rossarco.

»Du bist sicher hungrig und durchgefroren«, sagte mein Vater, als er mich in die Casella führte. Wir setzten uns vor den eingeheizten Ofen an einen Tisch, der für zwei gedeckt war, scheinbar hatte er mich zum Mittagessen erwartet. »Ich habe dir Nudeln mit Kichererbsen gemacht. Das magst du hoffentlich noch.«

Ich lächelte ihm zu. Ich hatte so einen Bärenhunger, dass ich auch trockenes Brot gegessen hätte. Der neue Wein war granatrot, mit orangefarbenen Einsprengseln und schmeckte außerordentlich, einer der besten Cirò, die ich je getrunken hatte, das sagte ich ihm und bediente mich reichlich. Mein Vater bestätigte meine Begeisterung mit der Kompetenz des Sommeliers: »Ja, er hat die intensive Blume von reifen, eingelegten Pflaumen, von Leder und Lakritz, Tabak, Pfeffer.« Und er trank mit mir. »Ungestüm und warm am Gaumen, weich wie die Haut einer Frau.« Er trank und redete. Er war froh, dass ich da war, so sagte er, doch in seiner Miene lagen Sorge und Furcht. Das Drängende, das ich am Vortag in seiner von Wind und Regen erstickten Stimme gehört hatte, fand ich nun in seinen Worten wieder, die erhitzt vom Feuer und vom Wein aus seinem Mund hervorbrachen.

In Wahrheit hat er mich herbestellt, um mit mir zu reden, dachte ich, der Hügel ist gar nicht in Gefahr, sonst säßen wir hier nicht so ruhig beim Essen und Trinken.

Er wiederholte, dass der Rossarco abrutsche, es könne sich nur um Stunden oder im besten Fall um Tage handeln, ohne jeden Zweifel. Und bevor die letzten Bruchstücke unserer Geschichte unter dem ewigen Schlamm begraben würden, fügte er hinzu, sollte ich die Sachen erfahren, die zu erzählen er bisher nicht den Mut gefunden hatte.

»Die erste Wahrheit ist die von Nonna Sofia«, sagte mein Vater. »Stell dir ihren dornenreichen Blick vor, nur dann wirst du begreifen, warum sie bis wenige Minuten vor ihrem Tod so hartnäckig geschwiegen hat.«

Ich erinnerte mich an Mammasofì als eine energische Alte, sanft und ironisch, mit rauer Stimme nur, wenn sie provoziert wurde. Mit etwas Mühe malte ich sie mir als junge Frau aus, allein auf dem roten Hügel, die drei Söhne fröhlich im Vullo ihrer Kindheit planschend. Die zwei Männer nähern sich von hinten, sie sind jünger als ihr Mann, einer aus Spillace, er ist es, der sie mit verräterischem Lächeln anspricht: »Guten Tag, Donna Sofia.«

Sie erwidert den Gruß und unterdrückt die böse Vorahnung, die jäh in ihr aufsteigt. Was wollen die beiden von ihr?

»Wir haben von den Goldmünzen gehört, die Ihr beim Graben auf diesem gesegneten Hügel gefunden habt.«

»Wir haben gar nichts gefunden, wer redet denn solchen Unfug?«

»Das sagt ein Lehrer in Cirò, der für Euch sechzehn wertvolle Münzen nach Rom verkauft hat, und mit dem Geld habt Ihr all das schöne Land hier gekauft.«

»Dieser Lehrer ist nicht bei Trost und hat sich alles nur ausgedacht, wir haben Blut geschwitzt, um den Rest des Hügels kaufen zu können.«

Die zwei Männer lachen lauthals. »Ihr könnt nicht gut lügen. Ihr seid rot geworden wie die Blüten des Süßklees«, sagt der Mann aus dem Dorf.

»Ich lüge nicht und habe solchen Nichtsnutzen wie euch nichts weiter zu sagen.«

»Ihr müsst nichts sagen, Donna Sofì: Ihr müsst uns nur zeigen, wo Ihr die Münzen versteckt habt. Wir nehmen uns unseren Teil und lassen Euch in Frieden, kaufen uns das Kärtchen und verschwinden für immer nach La Merika«, lächelt der Dörfler. Und der andere: »Sonst fangen wir deinen Mann am Stollenausgang ab, und wenn auch er nicht reden will, das schwöre ich dir, hat er ein paar heile Knochen weniger im Leib, wenn er nach Hause kommt.«

»Schluss jetzt, ihr müsst gehen, wenn mein Mann erfährt, dass ihr mich hier oben belästigt habt, brennt er euch einen auf den Pelz.«

Die Männer lachen wieder, blicken sich sicherheitshalber einmal um, sehen nichts als ihre schwankenden Schatten im Gras und den stummen Hügel.

»Compà, du hast mir gar nicht gesagt, was für ein schönes frisches Weibsbild deine Dörflerin ist! Die Möpse so prall wie Melonen, da wird man doch mal probieren dürfen, damit sie zu Verstand kommt, was meinst du?«, sagt der Fremde und streckt die Hand nach ihren Brüsten aus.

Mammasofì schlägt ihm den mit Kirschen gefüllten Korb

auf den Arm und überrumpelt ihn anfänglich, zwei Kirschen hängen ihm in den Haaren, einen Moment lang ist er still und schaut sie aus seinem lächerlichen Gesicht an, dann brüllt er: »Verdammte Hure, dir will ich's zeigen!«, wirft sich auf sie und rollt mit ihr über den Boden. Der andere springt ihm bei, sie versuchen sie auszuziehen, Mammasofì windet sich, kratzt, beißt, schlägt um sich, so gut sie kann. »Du elendes Flittchen, halt still, es wird dir schon gefallen!« Doch der Fremde hat kaum sein Hose aufgeknöpft, da ertönt hinter ihm ein furchteinflößendes Gebrüll, das ihn unterbricht: »Ihr Hurenböcke, sofort loslassen!«

Sie drehen sich um, auf der Schwelle der Hütte steht ein Mann und zielt mit dem Gewehr auf sie. Es ist Alberto Arcuri. Sie begreifen nicht. Sollte er nicht zu Hause sein und schlafen? Hat er nicht die ganze Nacht in der Mine geschuftet?

Mammasofì nutzt ihre Verwirrung und läuft zu ihrem Mann. Die beiden bleiben am Boden, wissen nichts zu sagen, zu tun, in ihren Augen steht Todesangst. Dann springen sie jäh auf und flüchten, wollen zwischen den Kirschbäumen und dem Wald von Tripepi verschwinden. Alberto ist wutentbrannt, überschäumend vor Wut, er schießt, ohne nachzudenken, vielleicht hätten sie sich retten können, ohne diesen sinnlosen, feigen Fluchtversuch, Alberto schießt nochmals, und je öfter er schießt, desto größer wird seine Wut, »Hurenböcke!«, brüllt er weiter, der Dorfbewohner fällt mit dem Gesicht ins Gras. Alberto lädt die Doppelflinte nach, noch zwei Schuss, der Fremde geht in die Knie, schreit wie ein verletztes Tier, jammert vor Schmerz und aus Angst, kläglich zu verbluten, zwei Gnadenschüsse bringen ihn zum Schweigen, und ein letztes Röcheln entfährt ihm, ein Geifer aus Wut und

Blut, er stürzt ins Gras, besudelt es rot, die Augen für immer offen, in Ungläubigkeit, im ewigen Nichts.

Am Ende der Erzählung weinte Mammasofì unter Lachen oder lachte unter Tränen, endlich befreit von dem Geheimnis, das ein Leben lang auf ihr und dem Ehemann gelastet hatte. Nun konnte auch sie in Frieden sterben.

Mein Vater leerte das halbe Weinglas in einem Zug, biss sich leicht auf die feuchten Lippen und sagte: »Du darfst sie nicht verurteilen. Sie haben ein Leben lang gelitten wegen diesem Blut auf dem Hügel, haben es teuer mit einem beißenden Gewissen bezahlt, Nonno Alberto mehr als seine Frau, auch wenn sie sich immer wieder gesagt haben, dass die zwei Verbrecher sich diesen saudummen Tod selbst ausgesucht hatten. Für Mammasofì war die größte Strafe, ihre drei Söhne zu überleben, die im Schlund der Geschichte verschwanden, ohne Grab, auf das sie eine Blume legen konnte.«

Zum ersten Mal haben wir uns mit Augen betrachtet, die frei waren von Angst und Heuchelei. Es ist an der Zeit, das Versprechen einzulösen, das du mir abgerungen hast, hätte ich ihm gerne gesagt. Doch er kam mir zuvor: »Die Wahrheit tut weh und muss doch ausgesprochen werden, sonst wird der Schmerz immer stechender und unerträglich. Denk daran, wenn du unsere Geschichte weitererzählst.« Dann bat er mich, ihm nach draußen zu folgen: »Komm, ich zeige dir, warum ich dich so dringend herbestellt habe.«

Wir standen gut zehn Meter vom großen Olivenbaum entfernt, aus dem es noch tröpfelte.

»Schau dir den Riss an«, rief mein Vater aus. »Schrecklich!«

Es war ein Schlund von über einem, stellenweise zwei Meter Breite, der den Rossarco oberhalb der Ausgrabungen durchschnitt. Wir gingen daran entlang, und ich sagte: »Das ist unglaublich, der ist bestimmt zweihundert Meter lang, als hätte sich ein ganzes Stück Hügel durch ein starkes Erdbeben gelöst.«

Mein Vater sprang mit jugendlichem Schwung über den Spalt auf die andere Seite. Ich hatte Angst, er könne hineinfallen oder in Richtung Meer hinunterrollen, wie damals im Spiel mit Ninabella.

»Ja, aber dieses Mal hat das nichts mit einem Erdbeben zu tun, sondern mit diesem Graben dort unten, der den Rossarco geschwächt hat, damit, dass es keinen Wald gibt und kein tiefes Wurzelwerk, mit den ständigen Ausgrabungen, dem weichen, schlammigen Terrain. Und mit dieser Sintflut, wie es sie seit Menschengedenken nicht mehr gegeben hat.«

Auch ich sprang auf die andere Seite und wurde gleich von einem kurzen Schwindel erfasst, als balancierte ich auf dem Geländer eines Wolkenkratzers. Mein Vater bemerkte es und sagte: »Du bist wirklich ein Hosenschisser, Ninabella hatte recht. Lass uns wieder die Seite wechseln. Nicht, dass du mir noch hineinfällst.«

Bei dem Sprung hielt er meine Hand fest, wie er es getan hatte, wenn ich als Kind in Schwierigkeiten steckte. »Komm«, sagte er, ohne den Griff zu lockern. »Du musst noch eine Wahrheit erfahren, bevor ich sterbe.« Und er brachte mich zu dem Rosenstock, der unter der Krone des großen Olivenbaumes wuchs, an derselben Stelle, wo mein Urgroßvater Alberto den antiken Münzschatz vergraben hatte. Und wirklich, der runde Stein mit dem eingeritzten K lag noch dort, reingewaschen und glänzend vom Regenwasser.

Mein Vater zog die Coppola ab, der Wind fuhr ihm durch das volle Haar. Ich sah ihn wortlos an, er senkte die Augen auf den Rosenstock und drückte kraftvoll meine Hand: »Hierunter ruht deine Mutter.« Das sagte er mit fester Stimme, in der nur eine leichte Rührung mitschwang, als enthülle er mir eine Wahrheit, auf die er stolz war. »Sie wollte es so, sie hat mich inständig darum gebeten, immer wieder.«

Ich sah ihm fest in die Augen: Du hast recht, Simona, mein Vater ist verrückt und ich ein Narr, dass ich seinen Wahn unterstütze.

»Ich bin nicht verrückt, ich habe nur den letzten Willen der Frau erfüllt, die ich am meisten im Leben geliebt habe. Du hättest dasselbe getan, wenn sie dich darum gebeten hätte.«

Meine stille Hoffnung, dass es nicht stimmte, dass mein Vater mich belog, um meine Reaktion zu testen oder einen schaurigen Spaß mit mir zu treiben, erwies sich als falsch.

»Marisa hatte keine Angst vor dem Tod, sie begegnete ihm mit erhobenem Haupt und einem Lächeln, sicher, dass ich mein Versprechen halten würde«, sagte mein Vater. »Sie vertraute mir blind, trotz unserer ständigen Streitereien.«

Sie hatte keinen Hehl daraus gemacht, auch nicht vor mir: Ihr graute bei der Vorstellung, in einem dunklen Zementloch zu enden, verschlossen durch einen Marmorstein mit dem lächelnden Foto samt Geburts- und Sterbedatum darauf. Den Rossarco jedoch hatte sie vom ersten Moment an geliebt, als sie ihn mit den Blicken gestreichelt hatte: Gab es einen besseren Ort zu ruhen als zwischen den Wurzeln des großen Olivenbaumes, über den antiken Steinen einer geheimnisumwitterten Stadt, im Duft des ewigen Lebens?

Es war einfacher gewesen als gedacht, fuhr mein Vater fort. Nach der Beerdigung stand Marisas Sarg eine Nacht lang in der Friedhofskapelle, auf einem von elektrischen Kerzen beleuchteten Tisch. Am nächsten Tag sollte sie in der Grabnische Nummer 28 beigesetzt werden.

Mitten in der Nacht durchschritt mein Vater das Friedhofstor und betrat die Kapelle. Um den Sarg flatterten Hunderte von Nachtschwärmern, unermüdlich, als tanzten sie im Sog des Lichts. Sie schraken nicht vor ihm zurück, vor seinem Schatten, der durch den Raum ging, den Sarg öffnete, Marisas klares Antlitz betrachtete, sich zwei verräterische Tränen wegwischte, die ersten seit ihrem Tod. Die Nachtschwärmer tanzten mitleidvoll weiter. Er küsste Marisa auf die eisigen Lippen. »Ich werde dich immer lieben«, sagte er ihr, dann nahm er sie auf die Arme, sie wog kaum mehr als vierzig Kilo, legte sie vorsichtig auf ein Leinenlaken, das Mammasofì ihr zur Hochzeit geschenkt hatte und das sie wegen seiner weichen Frische liebte. Er wickelte sie sorgfältig ein, ließ ihr Gesicht frei, als könne sie das Geschehen mitverfolgen, dann bettete er sie vorsichtig in den Panda und fuhr los, nachdem er den Sarg mit zwei Zementblöcken darin gut verschlossen hatte.

Er fuhr umsichtig, ruhig, um nicht aufzufallen, sollte ihm jemand begegnen. Er wusste genau, welches Risiko er einging. Wenn sie ihn entdeckt hätten, sagte mein Vater, wäre er jetzt nicht hier, um mir seine Geschichte zu erzählen, sie hätten ihn ins Gefängnis oder in die Psychiatrie gesteckt. Doch es war tiefe Nacht, die Leute schliefen um diese Zeit, nur ein Fuchs kreuzte seinen Weg auf der schmalen Straße, während ein Schwarm Nachtfalter ihm vom Friedhof aus zu folgen schien.

Der Hügel lag im hellen Licht des Vollmonds, er brauchte die Taschenlampe nicht einzuschalten. Vom Meer stieg eine feuchte Brise auf, die sich ihm in Rinnsalen auf das Gesicht legte wie eine Myriade salziger Tränen. Die Grube lag seit drei Tagen ausgehoben bereit, bedeckt mit einem Netz für die Olivenernte.

Er sah Marisa ein letztes Mal an, ihr Gesicht war heiter, in dem matten Lichtschein strahlte es geradezu. Er bedeckte es mit dem Leinenlaken, dann füllte er die Grube mit der schwarzen Erde des Rossarco, der besten. Schließlich breitete er das Netz wieder darüber und kehrte nach Hause zurück, in sein leeres Bett, mit reinem Gewissen.

Ich umarmte meinen Vater. Anfangs schien er überrascht, hielt die Arme steif an den Leib gepresst, die Fäuste geschlossen. Dann entspannte er sich und drückte mich mit aller Kraft an sich. »Du hättest es doch auch getan, oder?«, fragte er mit vom Weinen gebrochener Stimme.

»Ja, Papa, ich hätte es auch getan. Mama ist glücklich hier oben, mit dem Meer vor sich und im Duft des Hügels.«

Jetzt schluchzte mein Vater lauter, wurde wieder zum Kind, er umarmte seinen Sohn und klammerte sich an seinen Vater, der ihn sicher genauso verstanden hätte, wie ich ihn verstand.

Das Tröpfeln des Regens auf den Olivenbaumblättern brachte uns in die Wirklichkeit zurück. Er löste sich von mir und sagte: »Du solltest lieber mit meinem Wagen nach Spillace zurückfahren, ehe es wieder zu schütten anfängt. Da ruhst du dich richtig aus, das kannst du gebrauchen: Du bist blass und müde. Wir sehen uns morgen früh.«

Ich gehorchte ihm gern, ich war so müde, dass ich, wenn ich nur ein bisschen länger geblieben wäre, in seinen Armen eingeschlafen wäre wie damals als Kind.

Um mich auf der kurzen Strecke zum Dorf wach zu halten, versuchte ich mir vorzustellen, was am nächsten Tag passieren würde. Es gelang mir beim besten Willen nicht, ich sah nur Nebel am Ende dieses grauen Tages, ein feuchtes und heimtückisches Grau, das weiteren Regen versprach.

# Epilog

Es war das erste Mal, dass ich mitten im Winter nach Spillace kam. Ich wunderte mich, dass es im Dorf nicht regnete. Die Straßen waren trocken und menschenleer, die Fenster verriegelt, die Bars geschlossen. Es sah aus wie ein Geisterdorf.

Als ich das Haus betrat, schlug mir der Muff verlassener Räume entgegen. Man merkte, dass hier seit dem Sommer niemand mehr gelüftet hatte. Ich machte Licht in meinem Zimmer, zur Freude der Nachtfalter, die mir ohne die Erzählung meines Vaters vielleicht gar nicht aufgefallen wären.

Staunend öffneten sich eine Handvoll vertrauter Augen: die drei Arcuri-Brüder, junge Infanteristen im Ersten Weltkrieg; Nonno Arturo beim Gitarrenspiel, in seine Träume versunken; Mammalì und Mammasofì lächelnd mit zerzausten Haaren vor der Casella, im Gegenlicht das Meer, die Süßkleeblüten vom Wind gebeugt; die finstere und surreale Miene von Urgroßvater Alberto auf Ninabellas Bild; meine Eltern, die mich an Ostern auf der Schaukel anschubsen, sie lächeln, stolz auf ihr Kind, das über ihrer Liebe fliegt; eine Großaufnahme von Simona am Strand von Punta Alice, die mir aus den Augenwinkeln einen verliebten Blick zuwirft, während sie in einem schmalen Novalis-Band liest; Ninabellas Charme, umflort von ihrer ewigen Ernüchterung, am Tag ihrer Hochzeit mit David, der seinem Bruder William so ähnlich sah und sie um die Taille fest umschlungen hielt, damit sie nicht weglief. Alle, die Lebenden und die Toten, verfolgten meine Bewegungen neugierig von ihrer Wand aus, wo Mammalì sie im Sommer ihres Todes aufgehängt hatte, damit ich sie nicht vergaß. Fehlten nur noch Paolo Orsi, Umberto Zanotti-Bianco und die Albino-Schwalbe, dann hätte ich sie alle vor Augen gehabt, die Protagonisten dieser Geschichte.

Nach einem kleinen Slalom um die herabhängenden Spinnweben warf ich mich auf das Bett meiner Kindheit. Bevor ich einschlief, rief ich Simona an, um ihr und unserem Kind eine gute Nacht zu wünschen. Sie verstand mich, obwohl ich sie nicht ausdrücklich um Verzeihung bat. Mit wiedergefundener Wärme verabschiedeten wir uns.

Als mein Handy klingelte, war ich kurz verwirrt, ich glaubte zu Hause im Bett neben Simona zu liegen. Auf dem Display leuchtete das Wort PAPA. Als ich ranging, war meine Stimme von bitterer Spucke belegt. Ohne sich mit Entschuldigungen oder Begrüßungen aufzuhalten, rief mein Vater keuchend: »Geh und hol die Einwanderer aus ihren Baracken, sonst werden sie vom Erdrutsch lebendig begraben.« Ich begriff nicht, verschlafen wie ich war. »Ich kann zu Fuß nicht runter«, erklärte er, »und selbst wenn ich das Auto hätte, ginge es nicht, die Straße ist ein Sturzbach aus Schlamm und Wasser. Der Hügel rutscht ab, hörst du es?« Ich hörte nur sein verzweifeltes Keuchen, den prasselnden Regen, der auf die Casella trommelte, und den Wind, der an den Fensterscheiben rüttelte.

»Ich komme, bring du dich in Sicherheit, bitte.«

Mein Vater unterbrach das Telefonat, ohne mir noch eine beruhigende Antwort mitzugeben.

Ich verlor keine Zeit und verließ sofort das Haus. Draußen war es dunkel, es schüttete wie aus Kübeln. Von dem kurzen Weg bis zum Auto war ich schon bis auf die Haut durchnässt.

Schnell durchquerte ich das Dorf. Auf der Landstraße allerdings musste ich abbremsen, sie war völlig überschwemmt, und ich lief Gefahr, im Graben zu landen.

Als ich am Rossarco vorbeifuhr, drückte ich lange auf die Hupe, um meinem Vater zu signalisieren, dass ich unterwegs zu seinen Freunden war. Eine schöne Illusion, die vom Donnern und Tosen im Entstehen erstickt wurde.

Als ich die eingeebnete Fläche unterhalb des Piloru erreichte, begann ich wieder zu hupen. Ich fuhr mit dem Wagen, so weit ich konnte, durch den schlammigen Aushub und stieg vor den baufälligen Ruinen der fehlgeschlagenen Ferienanlage aus.

Als Türen und Fenster dienten feste Plastikplanen. Ich öffnete sie eine nach der anderen und schrie in die Dunkelheit: »Kommt raus, sofort raus hier, sonst werdet ihr unter dem Erdrutsch begraben.«

Ich sah vier oder fünf Männer herausrennen, die in einer fremden Sprache fluchten.

»Schnell, ins Auto«, brüllte ich und stieg mit ihnen ein. »Sind das alle?«

»Ja, alle, alle«, erwiderte der neben mir. Die anderen hatten sich dichtgedrängt auf die Rückbank gequetscht. Also ließ ich den Panda an und hoffte, dass er stark genug war, sich aus diesem Schlammmeer herauszuarbeiten. Ich hatte nicht die geringste Lust, gerade jetzt zu sterben, da mein Sohn auf die Welt kommen sollte. Wir hörten ein dumpfes Grollen, wie ein Klageruf aus den Tiefen der Hölle. Der

Hügel bewegte sich nicht. Ich warf den Rückwärtsgang ein und setzte zurück, folgte meiner groben Erinnerung an den Hinweg. Dann bog ich rechts ab und erreichte über eine kurze Rampe die Bundesstraße 106.

Wir waren gerettet.

Ich richtete die Scheinwerfer auf den Hügel: keine Bewegung.

»Nix rutschen«, sagte einer der Männer. »Ich zurück gehen schlafen.«

»Warte. Das ist gefährlich!«, versuchte ich ihn abzuhalten.

»Regen zu Ende. Wir aussteigen«, meinte ein anderer, dem es im engen Auto zu stickig wurde.

Wir stiegen alle aus. Es hatte aufgehört zu regnen, und hinter unseren nassen Rücken, über dem Meer, klarte es allmählich auf.

Von diesem Moment an konnte ich die Silhouette des großen Olivenbaums sehen, der wie ein windgepeitschter Sonnenschirm auf dem Hügel stand, dazu meinen Vater, der sich winzig und rastlos vor dem Schlund bewegte, und schließlich den Abhang mit den Ausgrabungsstellen, wie er langsam in die Tiefe sackte.

Die Szene war nicht dramatisch, keine rollenden, alles vernichtenden Felsblöcke, keine Staubwolken, keine mitgerissenen Bäume, die ihre Wurzeln in den Himmel reckten, selbst das Donnergrollen war wie in einem Tagtraum gefangen, das ferne Echo eines Gewitters. Und wäre nicht mein Vater da oben gewesen, den ich nun nicht mehr sehen konnte, hätte ich diese Momente ohne übermäßige Sorge durchlebt.

Doch dann, etwa auf halber Höhe des Piloru, gewann der Erdrutsch an Kraft und Tempo, warf sich zu Erdwällen auf, stürzte auf die Häuser, die er innerhalb von Sekunden unter sich begrub, ergoss sich wie eine Magmawelle über die gesamte Ebene des ehemals geplanten Feriendorfes und schwappte bis auf einen Abschnitt der 106.

Die Immigranten sahen mich verängstigt an. »Danke, Cumpà, danke, Bruder«, sagten sie im Chor. Erst jetzt hatten sie realisiert, dass sie nur durch ein Wunder am Leben waren.

Ich rief meinen Vater an. Sein Handy war stumm, tot. Erfüllt von einer bösen Vorahnung, stieg ich ins Auto. Papa ist vom Abgrund verschlungen worden, dachte ich schaudernd. Oder hat sich verschlingen lassen. Jetzt ist er für immer auf seinem Hügel begraben, neben Mama. Vielleicht war dies das Ende, das er sich gewünscht hatte.

Im Wegfahren kamen mir ein paar Mannschaftswagen der Carabinieri entgegen, drei Feuerwehrautos und sogar ein Minivan mit dem Logo eines Privatsenders.

Mein Handy klingelte, als die 106 hinter mir lag. Ich dachte, es sei Simona.

»Hallo, ich bin's«, sagte mein Vater. Ich war so froh, seine brummige Stimme zu hören, dass ich unwillkürlich Gas gab. »Hast du die armen Kerle rausbekommen?«

»Ja, sie konnten sich um Haaresbreite retten.«

»Ein Glück, was für ein Glück, das hätte ich mir nie verziehen, wenn sie unter unserem Hügel begraben worden wären.« Dann wechselte er Stimmlage und Thema: »Hast du gesehen, dass sie recht hatten, Professor Orsi, Zanotti-Bianco, Marisa und, wenn du erlaubst, sogar ich?« Ich wusste nicht, was er meinte. »Die Steinblöcke, hast du die Quader gesehen, die Mauerreste, die gepflasterten Straßen?«

Ich gestand ihm, dass mir nichts aufgefallen war, aus dem

fahrenden Auto sah ich nur das aufgewühlte Meer mit seinen rostrot leuchtenden Wellenkämmen.

»Von hier oben sind sie gut zu sehen, komm schnell, ein ganz außergewöhnlicher Anblick!« Mein Vater war euphorisch, nicht wiederzuerkennen. »Ich glaube, Krimisa ist ans Licht gekommen. Oder zumindest irgendeine antike Stadt. Nein, ich bin mir sicher, dass es Krimisa ist …«

Ich blieb stumm, ganz auf die mit Ästen übersäte Straße konzentriert und die glitschigen Pfützen. Und dabei suchte und fand ich doch nicht die einfachsten Worte, die ich ihm gern gesagt hätte, um auszudrücken, wie dankbar ich für die Geschichte war, die wir erlebt hatten und die ich eines Tages meinem Sohn erzählen würde. Versprochen, Pà.

»Du sagst gar nichts? Freust du dich denn nicht?«

»Ich bin in zwei Minuten da.«

Ich warf einen kurzen Blick in den Rückspiegel und erkannte darin meinen Gesichtsausdruck als Kind wieder, wenn ich für die Sommerferien nach Spillace zurückkehrte und er mir mit geöffneten Armen entgegenkam.

Ich war glücklich, ja. Denn im strahlenden Glanz dieses endlich aufgeklarten Vormittags war mein Vater am Leben und erwartete mich auf unserem Hügel für eine letzte Umarmung, die wichtigste meines Lebens.

# Dank

Die Rekonstruktion der bäuerlichen Welt in den Zeiten nach dem Ersten und Zweiten Weltkrieg verdanke ich den leidenschaftlichen Erzählungen meines Vaters in seinen letzten Lebensjahren.

Zu den Ausgrabungen an der Punta Alice konnte ich auf die Notizen zurückgreifen, die ebenjener Paolo Orsi in seinem Buch *Templum Apollinis Alaei ad Crimisa promontorium* zusammengefasst hat, mit Zeichnungen von Rosario Carta, das 1933 in Rom von der Società Magna Grecia herausgegeben wurde und 2005 bei Laruffa eine Neuauflage erlebte. Über den trentinischen Archäologen konsultierte ich außerdem zahlreiche veröffentlichte und private Dokumente im Besitz der Biblioteca Civica Tartarotti in Rovereto, während ich im Stadtmuseum die Ausstellung *Orsi, Halbherr, Gerola. Die italienische Archäologie im Mittelmeerraum* besuchen und bewundern durfte sowie die anregenden Aufnahmen des Dokumentarfilms *Tracce di Paolo Orsi* von Matteo Zadra und Massimo Valentinotti.

Das schöne Buch *Umberto Zanotti-Bianco. Patriota, educatore, meridionalista: il suo progetto e il nostro tempo* (Rubbettino 2009) hat mir dabei geholfen, die zweite historische Figur dieses Romans zu zeichnen; vor allem in Kapitel 27 habe ich einige authentische Zitate von Zanotti-Bianco eingeflochten, außerdem den kurzen, definitiv erinnerungswürdigen Satz auf Seite 230.

Was die archäologischen Aspekte des Buches betrifft, bin ich dem Archäologen Francesco Cuteri sehr dankbar für seine aufmerksame und großzügige Lektüre der ersten Entwürfe, für seine Vorschläge und sein anregungsreiches Urteil.

An dieser Stelle möchte ich anmerken, dass in meinem Dorf tatsächlich eine der äußerst seltenen Albino-Schwalben aufgetaucht ist und von meinem Onkel Casimiro Marino gefunden wurde. Michele Abates Artikel in der Lokalzeitung »Il Crotonese« vom 3. Juli 2010 bezeugt dies, den man auf der Website meines Freundes Celeste Basta (www.celeste.it) nachlesen kann, mit einem schönen Foto der Schwalbe.

Mein herzlicher Dank gilt all den anderen Menschen, die zu diesem Roman beigetragen haben, indem sie das Manuskript gelesen, Informationen oder spezielle, nicht minder wertvolle Beiträge zugesteuert haben: Gianna Pedrazzoli, Nicoletta Reboa, Marilena Rossi, Alvaro Torchio, Giuseppe Colangelo; dann dem großen Virtuosen auf der Chitarra battente, Cataldo Perri, dem Lehrer Francesco Pompò und der Professoressa Gigliola Nocera, deren Vater Orazio Nocera mit Paolo Orsi zusammengearbeitet hatte, für die kostbaren Informationen aus erster Hand über den großen Archäologen.

Ein besonderer Dank gilt schließlich meiner Frau Meike, die die verschiedenen Versionen des Buches mit ihrem klaren und präzisen Blick begleitet hat, Giulia Ichino, Antonio Franchini und Stefano Tettamanti, meine unverzichtbaren Gesprächspartner, die seit der ersten Idee an diese Geschichte geglaubt haben. Ohne sie hätte *Der Hügel des Windes* niemals das Licht der Welt erblickt.

C. A.

# Ein Bild und ein Versprechen Eine Ausgrabungsstätte der Erinnerung

*Carmine Abate über die Entstehung seines Romans*

*Der Hügel des Windes* gründet in einem Bild und einem Versprechen. Das Bild ist ein Hügel in Kalabrien, zwischen dem Ionischen Meer und Carfizzi, meinem Heimatdorf. Viele Jahre lang war ich fasziniert von der geheimnisvollen Aura, die ihn umhüllt, von den Süßkleeblüten, die ihn im Frühjahr purpurrot färben, von den archäologischen Schätzen und den Geheimnissen, die sich vielleicht unter ihm verbergen, da er im Herzen der antiken griechischen Kolonien liegt. Was mir fehlte, war ein starkes Motiv, um über ihn zu schreiben, eine innere Notwendigkeit, die hinter jeder authentischen, berührenden Geschichte steht.

Bei diesem Buch erwuchs die Notwendigkeit aus dem Versprechen, das ich meinem Vater in dem Jahr vor seinem Tode gab: die Geschichten aufzuschreiben, die er mir erzählte, selbst die geheimsten und unbequemsten, bevor sie mit ihm in Vergessenheit gerieten. In dem kleinen Arbeitszimmer in meinem Haus im Trentin schob sich der Hügel des Rossarco vor mein inneres Auge und bot sich als realer und symbolischer Ort dar, um mein Versprechen einzulösen. Ein leuchtendes Bild, aus dem die grellen Farben des Frühsommers hervorstachen, die Geräusche der sonnenüberfluteten Landschaft, die Stimme des unaufhörlich wehenden Windes. Dann brauchte ich nur noch die Augen zu schließen, und schon atmete ich aus 1195 Kilometer Entfernung seinen Duft ein.

Die ersten Seiten, die ich zügig herunterschrieb, überraschten und beunruhigten mich: Wer war der Mörder dieser zwei jungen Burschen, die der kleine Arturo Arcuri auf der roten Wiese des Hügels liegen sieht? Würde es dem berühmten Archäologen Paolo Orsi gelingen, die genaue Lage von Krimisa, der mythischen antiken Stadt, zu entdecken? Und warum wollte der alte Michelangelo Arcuri sein Dorf verlassen und alleine auf dem Rossarco leben?

Ich muss gestehen, dass ich die Antworten auf diese und andere Fragen erst am Ende des Romans gefunden habe. Das geht mir bei jedem Buch so: Ich weiß nie, wie die Geschichte ausgehen wird, ich folge keinem bestimmten Schema, keinem festgelegten Plan. Mir ist es wichtig, mich beim Schreiben berühren, überraschen zu lassen, denn sonst kann man auch den Leser kaum berühren und überraschen. Das bedeutet nicht, beim Schreiben künstliche Höhepunkte aneinanderzureihen, sondern im Gegenteil den Charakter, die sprachlichen Besonderheiten und Gefühle jeder einzelnen Figur zu respektieren, bis sie zu einer eigenständigen Person wird mit der je eigenen Lebensauffassung und dem freien Willen, der es ihr erlaubt, sich vom Erzähler zu lösen und zu leben, zu lieben oder zu sterben, wie es ihr gefällt.

So erging es auch den außergewöhnlichen Männern und Frauen der Familie Arcuri: Sie waren mutiger, als ich sie mir in Anlehnung an die Realität hätte vorstellen können; sie haben ein ganzes Jahrhundert italienischer Geschichte durchlaufen, haben Übergriffen und Gewalttaten aller Art widerstanden, haben ihr Land geliebt und es mit Klauen und Zähnen verteidigt.

Mühsamer, dabei nicht weniger reizvoll, war die Ausarbeitung der Figuren, die wirklich gelebt haben, wie der Trentiner Paolo Orsi und der Piemonteser Umberto-Zanotti, zwei außerordentliche Brückenbauer zwischen Nord- und Süditalien. Neben der notwendigen historischen Recherche arbeitete ich intensiv an ihrem Blickwinkel und entdeckte dabei, dass er dem meinen glich, den ich mir hier im Trentin angeeignet habe, auf halbem Weg zwischen meinem Heimatdorf und Hamburg, wo ich als junger Mann gelebt habe: ein Blick, der frei ist von Vorurteilen und es ermöglicht, die Vielschichtigkeit eines Ortes zu erfassen und wiederzugeben und dadurch automatisch nicht nur seine negativen, sondern auch seine positiven Seiten zu zeigen.

Schreiben heißt für mich, immer wieder zu überarbeiten. Und so widme ich mich nach dem ersten Entwurf und der Einlösung meines Versprechens unermüdlich der langwierigen Arbeit, an jeder Seite zu schürfen und zu graben – wie die nach Krimisa suchenden Archäologen – und Schicht um Schicht die Erinnerung an die Welten im tiefsten Innern des Hügels und auf seiner blühenden, blutgetränkten Oberfläche freizulegen, beide prallgefüllt mit Geschichten und Geheimnissen. Eine notwendige Erinnerung, die mit ihrem hellen Licht unsere Gegenwart erleuchten kann.

Carmine Abate

# Inhalt

**ZEINER, MONIKA**
**Die Ordnung der Sterne über Como**
Roman
607 Seiten
Gebunden
ISBN 978-3-351-05000-9
Auch als E-Book erhältlich

# Wie viel Liebe verträgt eine Freundschaft?

Dieser Roman erzählt die Geschichte zweier Männer und einer Frau, die ihre Freundschaft und ihre Liebe aufs Spiel setzen. Tom Holler, halbwegs erfolgreicher Pianist und frisch getrennt von seiner Frau, tourt mit seiner Berliner Band durch Italien. In Neapel hofft er seine große Liebe wiederzutreffen: Betty Morgenthal. Doch je näher ihre Begegnung rückt, desto tiefer taucht Tom in die Vergangenheit ein. Denn vor vielen Jahren verunglückte Marc, sein bester Freund und Bettys Lebensgefährte. Er hat keine andere Wahl, als die fatale Dreiecksgeschichte noch einmal zu erleben.
Berlin und Italien, Leichtsinn und Schwermut, Witz und Dramatik, die lauten und die leisen Töne – dieser Debütroman ist voller Musik.

*»Es ist unerhört selten, dass eine Frau mit dieser Gerechtigkeit, jenseits aller Klischees, über einen Mann schreibt. Was für ein Roman!«*
MICHAEL KUMPFMÜLLER

*»Untergründig und scharfsinnig und im nächsten Moment sehr poetisch und heiter.«* RAINER MERKEL

**Mehr Informationen erhalten Sie unter www.blumenbar.de**
**oder in Ihrer Buchhandlung**

Blumenbar